10
18

12, AVENUE D'ITALIE. PARIS XIIIe

Sur l'auteur

Viviane Moore est née en 1960 à Hong Kong, d'un père architecte et d'une mère maître verrier. Photographe à dix-neuf ans, elle devient journaliste indépendante, avant de se consacrer entièrement à l'écriture. Elle vit aujourd'hui près de Versailles. Sa série de romans historiques mettant en scène le chevalier Galeran de Lesneven la fait rapidement connaître du grand public, un succès confirmé avec « La Saga de Tancrède le Normand », puis la trilogie Alchemia, dans la collection Grands détectives des éditions 10/18.

Site de l'auteur : www.vivianemoore.com

VIVIANE MOORE

LE SOUFFLEUR DE CENDRES

INÉDIT

10
18

Grands détectives

créé par Jean-Claude Zylberstein

Du même auteur
aux Éditions 10/18

Le peuple du vent, n° 3890
Les guerriers fauves, n° 3891
La nef des damnés, n° 4008
Le Hors Venu, n° 4084
Le sang des ombres, n° 4164
Les dieux dévoreurs, n° 4284
À l'orient du monde, n° 4388

La saga de Tancrède le Normand (recueil du *Peuple du vent*, des *Guerriers fauves* et de *La Nef des damnés* ainsi qu'une nouvelle inédite)

Ainsi puis-je mourir (grand format)
Ainsi puis-je mourir, n° 4774
La femme sans tête, n° 4727
L'homme au masque de verre, n° 5085
► Le souffleur de cendres, n° 5250

ISBN 978-2-264-06945-0

Jamais l'homme n'a été si sincèrement
au monde qu'en ces temps des rêves
alchimiques, car souvent, une matière,
par ses puissances de rêveries cosmiques,
suffisait à mettre le rêveur
au fond du monde.

Gaston Bachelard,
La Terre et les rêveries de la volonté

PROLOGUE

Non loin de la porte Saint-Martin et des Fossés jaunes, à l'écart de toute habitation, se dressait une maison forte protégée par de hauts murs.

Nul au faubourg Saint-Laurent, tout proche, n'aurait pu dire qui habitait là. La seule chose que les gens savaient, c'est qu'il valait mieux s'en tenir éloigné. L'endroit était lugubre, mais surtout, hiver comme été, de jour comme de nuit, une fumée noire, nauséabonde montait des cheminées. Parfois, même, une voiture bâchée, attelée de chevaux pâles, menée par un mystérieux cocher, entrait dans l'enceinte ou en sortait à vive allure.

Sans doute quelque sorcellerie, à moins que ce ne soit le diable lui-même qui vive là avec ses serviteurs, les démons. En bonne compagnie, puisque le gibet de Montfaucon était tout proche et que, par les nuits sans lune, les feux follets dansaient sur les cadavres.

La sonnerie grêle des cloches de la léproserie Saint-Lazare retentit, faisant relever la tête à l'apprenti qui assistait l'alchimiste.

— Combien de fois t'ai-je dit de ne pas quitter l'œuvre des yeux ! gronda le maître.

Tout en levant les mains dans un geste de défense, comme si on allait le frapper, l'apprenti grogna. Un son rauque, qui n'avait rien d'humain. Le visage couvert d'un masque de verre, les mains protégées par des gants de cuir, l'alchimiste revint à son ouvrage.

Il travaillait à la métamorphose du cuivre, le métal de Vénus. Vénus, la déesse de la Beauté. L'étoile ambiguë qui annonce la lumière du jour mais reste sentinelle de la nuit. Masculine le matin, féminine le soir.

Malgré le froid qui régnait dehors et la neige qui recouvrait tout, il faisait, dans la salle basse aux plafonds et aux murs noircis par la suie, une chaleur intense. D'énormes fours servant à la fusion, à la sublimation et à la dissolution occupaient tout l'espace, ne laissant que peu de place pour se mouvoir. Au fond de la pièce se dressait le plus singulier de tous, l'athanor[1], *ou* al-tannur, *muni d'un chaudron profond empli d'une épaisse couche de cendres d'os.*

Non sans de multiples précautions, en les protégeant de la lumière, l'alchimiste avait sorti d'un coffret de bois d'étranges cristaux de couleur rouge à l'éclat huileux qu'on nommait indifféremment de leur nom arabe, rahj al-ghar, *ou sandaraque. Des cristaux sanglants qu'on utilisait aussi pour tuer les rats car ils contenaient plus d'arsenic que le légendaire orpiment.*

Il les carbonisa. Enfin, après avoir chauffé le nuage arsénieux qui résultait de cette difficile opération, en le réduisant au moyen de substances dont il taisait

1. Voir, en fin d'ouvrage, les Annexes, qui comprennent notamment un glossaire, de brèves notices sur les personnages historiques, ainsi qu'une courte bibliographie.

le nom à son assistant, il obtint le « second mercure ». Grâce à lui, il transformerait le cuivre en argent. Vénus deviendrait Lune.

Bien sûr, ce ne serait pas du véritable argent mais un corps solide, blanc, d'aspect métallique qui lui ressemblerait.

L'alchimiste savait tout cela et plus encore.

Il connaissait les sept corps : Sol-l'or, la Lune-l'argent, Mars-le fer, Mercure-le vif-argent, Saturne-le plomb, Jupiter-l'étain et Vénus-le cuivre... Il savait comment extraire l'eau de lune du cinabre, cette pierre d'un rouge presque violet qui noircit quand on l'expose à la lumière du jour et suinte de minuscules gouttes de mercure natif. Le cinabre dont le nom venait du perse zinjifrah, *qui signifie « sang de dragon ». Il savait comment obtenir du plomb blanc, le métal saturnien, à partir de la litharge et du vinaigre...*

Un soudain mal de tête le saisit.

Il laissa son assistant prendre la suite, ôta ses gants et, pris d'une brusque faiblesse, s'appuya sur l'une des paillasses où s'alignaient des moules de terre cuite et des balances.

Il lui fallait dormir quelques heures. Et manger autre chose qu'un quignon de pain. Dix jours qu'il n'avait pas pris de vrai repos.

Il alla à la fenêtre de la pièce voisine et leva les yeux vers le ciel.

Le jour se lèverait bientôt. Au-dessus des toits passa un vol de corbeaux, plus noirs que la nuit, leurs battements d'ailes ralentis par l'air glacé. Un frisson lui courut partout le corps comme s'il pouvait voir ce qui se dressait sur la butte, non loin de son antre.

Le lieu des sacrifices : le gibet royal de Montfaucon où, malgré le froid, des charognards disputaient les restes des condamnés aux rats qui grimpaient le long des potences...

LE MAÎTRE

1

Partagé entre la peur et la colère, Étienne Lambert marchait de long en large dans son cabinet de travail. Il tenait à la main un billet trouvé sur son bureau, lui donnant ordre de se rendre au quartier des Halles. Sauf que ce pli n'aurait pas dû se trouver là. Que portes et fenêtres étaient barricadées. À croire que le porteur de ce message était passé à travers les murs. Il le froissa d'un geste rageur et le jeta dans le feu où il noircit et se consuma.

Depuis qu'il travaillait avec la mystérieuse Ligue des Marchands, l'argent affluait. Pourtant, au lieu de s'en réjouir, le jeune homme s'en inquiétait. Quelle diablerie cela cachait-il ? Et pourquoi tant de mystères, ces rencontres dans des lieux abandonnés, ces visages masqués ?

Il se souvenait de sa première entrevue avec celui qu'on appelait « le Maître ». Un homme affable et courtois dont il n'avait jamais vu les traits. Ce jour-là, Étienne avait décidé de refuser l'offre qui lui était faite. Au lieu de cela, il l'avait acceptée, incapable de dire « non » à cet homme à la voix trop douce.

Et maintenant, il était trop tard. Depuis bientôt six mois, il obéissait à des ordres comme celui-là, suivait les instructions qu'on lui donnait, achetait, vendait, trichait sur les écritures, mentait à Margaux, son épouse.

Le jeune marchand poussa un long soupir et se força à regarder autour de lui pour se calmer, s'attardant sur le fauteuil à l'assise de velours rouge, sur les registres empilés, sur son chien étalé de tout son long sur le dallage, sur la chandelle dont la cire avait coulé pendant qu'il travaillait…

La sonnerie lugubre d'une cloche le rappela à l'ordre, bientôt cinq heures, il devait partir. Comme s'il avait compris, le chien noir se dressa aussitôt.

Étienne posa son bonnet de velours sur ses cheveux, prit sa dague, glissa son pistolet à sa ceinture et baissa les yeux vers l'animal.

— Tu viens, le chien ?

L'animal remua la queue et lui emboîta le pas.

— Monsieur s'en va ? s'étonna Gillette, la jeune servante, qui sortait de la réserve, un panier à la main. Je vais prévenir Anselme.

— Laisse-le tranquille, petite, va plutôt chercher madame, ordonna le commerçant en attrapant sa cape de laine.

La jeune fille s'inclina et revint bientôt, suivie de Margaux Lambert. Le marchand et sa femme se connaissaient depuis l'enfance. Leurs familles étaient liées et faisaient affaire. Leur union, qui paraissait une évidence pour les parents, était, dans le secret de leur chambre, devenue un mariage d'amour.

La servante aida son maître à s'habiller puis retourna à son ouvrage.

— J'ai à faire, madame, annonça Étienne à sa femme. Mais je serai là avant la nuit noire. Attendez-moi pour souper, je vous prie.

Le visage de Margaux s'assombrit, son cœur se mit à battre plus vite. Elle avait un terrible pressentiment. Elle posa sa main sur le bras de son mari, ses doigts s'agrippant au tissu.

— Restez, monsieur, je vous en prie, souffla-t-elle. J'ai fait un rêve…

Elle eut peur qu'il ne se moque d'elle et ajouta :

— Et puis, il fait si froid dehors.

Dans un geste familier, il lui attrapa le menton et baisa son front, ses paupières et ses lèvres.

— Ne vous inquiétez pas, ma mie. Voyez, le chien m'accompagne et j'ai sur moi mes armes. Je ne crains rien.

— Pourquoi sortir sans Anselme ? Paris est si dangereux.

— Je serai de retour avant la nuit, madame, je vous en fais promesse.

Elle comprit qu'il ne servait à rien d'insister et s'inclina.

— Je vous attendrai donc, mon ami.

Le jeune marchand referma derrière lui et aussitôt le froid le saisit. La neige recommençait à tomber. Un vent glacé soufflait dans les rues désertes. Il remonta sa capuche et partit d'un bon pas, son chien sur les talons.

Le rendez-vous était non loin des Halles, dans une maison abandonnée. Une fois la bâtisse en vue, Étienne ordonna à son chien de l'attendre et, après s'être assuré que nul ne l'observait, alla frapper le signal convenu. La porte s'entrebâilla aussitôt.

Les autres étaient déjà là. Quatre hommes aux visages masqués par des loups de velours noir et, au milieu d'eux, le Maître, reconnaissable à sa haute stature. Un homme de belle prestance, aux cheveux gris, vêtu de drap épais, coiffé d'une toque de velours noir ornée d'une perle, chaussé de souliers à boucles d'argent. La mise des membres de la Ligue était plus modeste.

— Ah, vous voilà, monsieur Lambert, j'ai cru que vous n'alliez pas venir, remarqua le Maître.

— Mille excuses, je ne voulais pas arriver en retard. Un client dont je n'arrivais à me défaire, mentit Étienne.

— Nous disions que c'était la dernière fois que nous nous réunissions ici. Quelqu'un nous espionne et j'ai demandé à Adenet de tirer cela au clair.

— Adenet ? interrogea Étienne auquel ce nom était inconnu.

— Nul n'aime à rencontrer Adenet, pas même moi, monsieur Lambert. C'est notre homme des basses œuvres.

À ces mots, Étienne frissonna.

— D'ailleurs, monsieur Lambert, auriez-vous vu celui qui s'intéresse à nos affaires ?

— Pardon ?

— N'avez-vous pas remarqué quelqu'un qui tournait autour de votre logis ou de vos entrepôts ?

— Puisque vous me le dites, monsieur… Je ne l'ai pas vraiment vu mais, depuis quelques jours, j'ai souvent la sensation d'être suivi.

— Moi aussi, c'est pareil, ajouta un autre.

— Cessez donc de trembler comme des moineaux ! ordonna le Maître. Dès qu'Adenet aura mis la main sur celui-là…

Il fit un geste qui ne laissait planer aucun doute sur le sort qui attendait l'espion.

Un petit coup sec retentit à la porte.

Tous se retournèrent, portant la main à leur dague. Enfin résonna le signal, cinq coups rapides puis le silence. Sur un signe du chef, Étienne Lambert alla ouvrir, s'écartant pour laisser passer un homme aux vêtements couverts de neige.

— Nul ne t'a suivi ?

— Non, monsieur, répondit Adenet en ôtant sa capuche.

Il avait un visage émacié, des pommettes hautes, des lèvres minces, mais surtout des yeux au regard pâle qui ne cillaient pas.

Il détailla la pièce, l'échelle qui menait au grenier, puis ramena son attention vers ceux qui l'observaient.

Étienne ne le quittait pas des yeux, à la fois fasciné et horrifié. Adenet sentait la mort, comme Jean Roseau, le bourreau de Paris.

— Qu'as-tu à nous apprendre ? reprit le Maître. Sais-tu enfin à qui nous avons affaire ?

Le mercenaire était un taiseux. Il prit son temps pour répondre d'une voix sourde, s'exprimant avec lenteur :

— Oui, monsieur. Cela fait deux jours que je le suis sans qu'il s'en doute.

— Tu l'as donc trouvé. Continue.

— Je sais où il loge.

— Quoi d'autre ? s'impatienta le Maître.

— Il va chaque matin au Châtelet.

Étienne avala sa salive. Les autres se récrièrent. Aucun nom ne suscitait plus d'effroi que celui de l'ancien château où s'exerçait la justice royale. On y entrait facilement, mais on n'était jamais assuré d'en ressortir. Les uns agonisaient dans les geôles, les autres mouraient sous la torture ou finissaient écartelés ou pendus en place de Grève avant de pourrir accrochés aux potences de Montfaucon.

— C'est un commissaire-enquêteur, poursuivit Adenet.

À cette nouvelle, même le Maître sursauta.

— Comment a-t-il pu trouver nos traces ? murmura-t-il tandis que son regard parcourait les visages masqués.

Sa voix se fit plus douce encore qu'à l'accoutumée et nul parmi les présents ne s'en trouva rassuré.

— À moins que quelqu'un ne nous ait trahi.

Ils allaient se récrier. Il eut un geste agacé qui les fit taire.

— Messieurs, nous allons devoir serrer les rangs et éliminer les plus faibles. Adenet !

Le Maître désigna Étienne Lambert qui blêmit.

— Que voulez-vous ? protesta-t-il, esquissant un mouvement de recul. Je n'ai rien fait, je…

Avant même qu'il ait eu le temps d'achever sa phrase ou de saisir son pistolet, le mercenaire, qui s'était glissé derrière lui, lui trancha la gorge. Les autres s'étaient figés, terrifiés et muets.

Étienne porta les mains à son cou, essayant de retenir le sang qui jaillissait, puis il tomba à genoux avant de s'effondrer, face contre terre.

Il ne ressentait aucune douleur, seulement une peur panique à la vue de cette mare rouge qui allait grandissant autour de lui. Puis tout se brouilla. Les voix, les sons s'éloignaient. La pièce s'assombrit. Il n'y avait plus que ténèbres et, pour seul repère, la pensée de Margaux. Il eut une dernière secousse et ne bougea plus.

Étienne Lambert était mort.

— Que cela serve d'exemple, messieurs, jeta froidement le Maître. Lambert était un faible, tôt ou tard, il nous aurait livrés.

Son regard fit le tour de ses compagnons. Sa voix avait gardé sa redoutable douceur quand il asséna :

— Il n'a pas souffert, mais je vous fais promesse que, si l'un de vous trahit, les flammes de l'enfer lui paraîtront plus enviables que le sort que je lui réserve. Faites-le savoir aux autres.

Adenet avait essuyé sa lame et l'avait remise au fourreau. Il attendait les ordres.

— Revenons au commissaire-enquêteur, ordonna le Maître en se tournant vers lui. Quel genre d'homme est-ce ? Pouvons-nous l'acheter ?

— Non, monsieur. Il a la réputation d'être incorruptible et tenace. J'ai fait causer un gars qu'il avait envoyé à la Fosse[1]. Ce commissaire est une bête affamée. Quand il tient un os, il ne le lâche plus.

— Et là, l'os, c'est nous, murmura le Maître.

— J'ai encore jamais tué de commissaire-enquêteur au Châtelet… reprit Adenet, un rictus déformant ses lèvres.

— Tu auras suffisamment d'écus d'or au soleil pour oublier sa qualité. Et même pour t'en réjouir.

— Vos désirs sont des ordres, monsieur, fit le tueur qui saisit la bourse que son chef lui tendait.

— Tue-le ! Et que l'on croie à un accident. Il y a tant de truands dans les rues de Paris et puis il pourrait tomber dans la Seine, avec ce froid…

— Bien, monsieur. Dois-je vous débarrasser de celui-ci ? fit-il en poussant le cadavre du pied.

— Non.

Il désigna une trappe que l'on voyait à peine sous le sable.

— Vous autres, descendez-le là-dedans et déshabillez-le, qu'on ne puisse pas l'identifier. Vous

1. Surnom de l'un des cachots du Châtelet.

condamnerez porte et fenêtres… Au mieux, on le retrouvera après le dégel, quand il commencera à pourrir.

Les hommes se répartirent la tâche.

Au sous-sol, la neige pénétrait par un soupirail et, tel un linceul, recouvrit le cadavre d'une fine couche pâle.

Le dernier à partir plaça un madrier en travers de la porte. La rue était déserte. Les flocons, en tourbillonnant, avaient effacé les traces de ses compagnons.

Le grand chien noir, assis, immobile, dans la pénombre d'un porche voisin, le regarda s'éloigner. Un frisson parcourut son échine, mais il ne bougea pas. Son maître lui avait ordonné d'attendre.

Il attendait.

LA MORT DE SOI

2

Les cloches de Saint-Séverin sonnaient l'office de matines quand Lajoye ouvrit sans bruit la porte de la chambre de son maître. Il resta un moment sur le seuil, puis il posa la lanterne à ses pieds. Un ronflement discret s'élevait du lit. Sur le sol gisaient en tas des registres de cuir et des feuillets annotés.

Le laquais s'avança à pas de loup et il allait tendre la main pour toucher l'épaule du dormeur… quand la pointe d'une dague piqua sa gorge.

En reconnaissant son serviteur et ami, Jean du Moncel jura.

— Morbleu, Lajoye, grommela-t-il en glissant de nouveau sa lame sous l'oreiller, je t'ai déjà dit de frapper avant d'entrer ! J'aurais pu te tuer.

— Ma foi, mon maître, vous êtes rentré si tard et vous aviez l'air si épuisé, rétorqua le Normand sans s'émouvoir, que je ne voulais pas vous réveiller en sursaut.

Comme souvent, Jean regretta aussitôt son emportement.

— Pardonne-moi, mon ami, fit-il, rejetant la courtepointe dans laquelle il s'était entortillé.

Il est vrai que ces quinze jours à la cour d'Angleterre l'avaient éreinté, et puis la traversée de la Manche avait été houleuse, tout autant que sa collaboration avec le surintendant des Finances, Pompone de Bellièvre, qu'il avait rejoint à Londres. Il était reparti seul, laissant le diplomate plaider sans espoir la cause de Marie Stuart auprès de la reine Élisabeth Ire.

— Il fait un froid de gueux, ici, presque autant que sur ce satané bateau ! grogna-t-il en se levant et en ajustant son braiet.

— J'aurais bien laissé dormir monsieur, mais monsieur Galeazzo l'attend avec son valet et des chevaux.

La nouvelle acheva de réveiller Jean qui attrapa sa chemise.

— Pour le froid, mon maître, c'est point autant que par chez nous, en pays de Cotentin, ajouta le valet en lui tendant ses chausses.

Jean retint à grand peine un sourire. Lajoye n'aimait rien tant que leur Normandie natale où tout était meilleur et plus beau qu'à Paris.

— Souvenez-vous, poursuivit le valet en agrafant le pourpoint de velours, cette année où tous les arbres du verger s'étaient fendus et où la terre était si dure qu'on n'y pouvait enterrer les morts. Votre père nous avait réunis dans la grande pièce. Le feu ronflait même la nuit et nous dormions pêle-mêle, serrés les uns contre les autres.

Le commissaire enfila ses bottes, maîtrisant mal l'émotion que ce récit éveillait. Oui, il se souvenait de cet hiver-là. De sa famille dormant avec les serviteurs, d'un enfant mort de froid, des oiseaux qui tombaient à terre, gelés en plein vol…

Cela lui paraissait si lointain. Depuis, son père était mort, sa petite sœur, Antoinette, s'était mariée et seule sa mère, Mathilde, vivait encore dans leur manoir, non loin de Cherbourg. Lajoye et lui avaient grandi à Haute Lande. Ils avaient couru ensemble dans les dunes, joué à la soûle, chevauché sur les grèves, traqué le loup et écouté le chant des perdrix. Un paradis perdu.

— Ne faisons point attendre le sire Galeazzo, jeta le commissaire, chassant la mélancolie qui l'envahissait. Ah ! J'oubliais : prépare-moi une collation et porte-la au Châtelet.

Pourquoi avait-il toujours faim ? Néanmoins cet appétit qui le tenaillait avait un côté rassurant. C'était quelque chose de lui qui ne changeait pas, tout comme cette « joyeuse et alerte curiosité » qui le possédait toujours. À Paris, il ressentait l'excitation du chasseur davantage que dans les forêts normandes. Que ce soit à la Cour ou au Châtelet, il restait aux aguets et faisait de tout son apprentissage, aimant, comme monsieur de Montaigne, « frotter et limer sa cervelle contre celle d'autrui ».

— Cela sera fait, mon maître, répondit Lajoye.

Le jeune commissaire jeta un œil par l'étroite fenêtre. Les toits et la rue étaient couverts de neige. Les chevaux piaffaient.

— Demande à Jeanne si elle a besoin de ton aide. Et dis à Julien que je passerai le voir ce soir.

— Ce soir, monsieur a oublié, nous recevons mademoiselle Antoinette… Pardon, madame Antoinette et son époux, monsieur de Saint-Germain, rue Perdue.

Jean se frappa le front.

— Si je ne t'avais pas, mon ami ! soupira-t-il.

Il saisit son épée et son pistolet puis dégringola l'escalier.

— Me voilà ! fit-il en donnant l'accolade au gentilhomme qui l'attendait.

Le regard sombre de ce dernier lui fit comprendre que ce qu'il redoutait était en train d'arriver.

Jean attrapa sa cape et sa toque de velours, fourra sa robe de commissaire dans une sacoche de cuir. Quelques secondes plus tard, ils étaient à cheval et, devant eux, courait Roberto, le valet, levant haut sa lanterne. Un vent glacé, venu du nord, faisait tourbillonner d'épais flocons qui les aveuglaient et faisaient renâcler les montures. Les contours des choses s'effaçaient, se dissolvaient. Plus de maisons, plus de rues, juste la nuit noire et l'éblouissement de la neige dans le halo de la lanterne.

— Les autres doivent être arrivés, souffla Domenico.

Jamais, depuis qu'il travaillait pour le Bureau des affaires extraordinaires, ils ne s'étaient réunis ainsi. Chacun dissimulait son appartenance à cette société secrète qui gérait plus d'affaires d'État et de crimes touchant aux grands du royaume que le prévôt royal ou le lieutenant criminel de robe longue.

Les cavaliers empruntèrent la rue de la Parcheminerie.

Le long du mur de l'église Saint-Séverin, une forme humaine, que la lanterne éclaira un instant, était tombée, raidie par le froid, à demi recouverte d'un linceul de neige. Jean songea que, la veille encore, le roi Henri III avait distribué neuf cents écus à chacun de ses chevaliers, lors de la cérémonie annuelle de l'ordre du Saint-Esprit. Un geste qui paraissait déplacé avec les gens qui mouraient dans les rues de Paris en ce terrible mois de janvier 1587.

— Prenez garde, du Moncel ! cria Domenico, sortant son pistolet.

Le jeune Normand dégaina. Deux hommes armés de coutels avaient surgi devant le valet, qui s'était figé. Il y eut un moment de flottement puis les attaquants reculèrent devant les cavaliers et disparurent dans une venelle.

— *Avanti*, Roberto ! ordonna Domenico à son valet.

Le serviteur repartit.

Ils arrivaient près du Pont-Neuf. En contrebas, la Seine charriait des plaques de glace. Ils longèrent les rives, laissant derrière eux le Port-à-la-Chaux. Les hautes murailles du Châtelet apparurent enfin. Un appel familier retentit : le « Qui va là ? » des hommes de garde à la barrière des Sergents.

Une fois dans la cour, les gentilshommes confièrent leurs montures au valet. Quelques instants plus tard, ils se faufilaient dans les combles, traversant des enfilades de pièces où s'empilaient caisses numérotées et registres rongés par les souris.

Enfin, ils frappèrent à une porte d'un rouge passé. Philippe de Cavriana, médecin du roi et diplomate, ouvrit et s'écarta aussitôt.

— Entrez, messieurs ! Il ne manquait plus que vous.

3

Du Moncel et Galeazzo pénétrèrent dans une antichambre aux lucarnes voilées de tentures. Ici et là, des chandeliers dégoulinant de cire fondue, des livres, des registres, une clepsydre, un crâne humain.

Leur guide souleva le rideau qui masquait l'entrée d'une seconde pièce. Comme dehors, tout n'était que silence et murmures étouffés.

Monsieur Loys de Villeneuve était assis dans son fauteuil. Face à lui, dix sièges de velours rouge sur lesquels patientaient les membres du Bureau des affaires extraordinaires.

Jean s'inclina devant celui qui, trois ans plus tôt, l'avait choisi pour travailler aux affaires secrètes de l'État.

Aucun fard, ni blanc de céruse ni rouge d'Espagne, ne pouvait plus masquer l'approche de la mort. La chair de monsieur de Villeneuve était grise et il frissonnait malgré les fourrures qui l'enveloppaient et la chaleur des braseros. On sentait que le simple fait de se tenir assis lui demandait un effort surhumain.

— Vous voilà, mes amis. Prenez place, madame, messieurs, les invita-t-il d'une voix sifflante, ne perdons pas de temps. Il ne m'en reste plus guère. La *mort de soi* est proche, messieurs. Mais cela fait longtemps que je la côtoie, et ce côtoiement me l'a rendue plus douce et familière.

Jean, Domenico et Philippe rejoignirent les autres.

— Quel jour sommes-nous, Domenico ?

— Le deuxième jour de l'an 1587, monsieur de Villeneuve.

— Aujourd'hui, je dois choisir parmi vous celui qui me succédera, reprit le vieil homme.

Son regard fit le tour des membres du Bureau.

— Un choix difficile, très difficile…

Une seule femme parmi eux, madame de Castellane, une pythonisse célèbre. Deux Italiens : Cavriana, ambassadeur de Toscane, et Domenico Galeazzo. Le premier valet de la Chambre du roi, l'impassible Pierre du Halde, et, à côté de lui, silencieux et attentif,

Pierre de L'Estoile, chroniqueur et audiencier en la chancellerie de Paris, un homme au parler vif et à l'esprit plus vif encore.

Venait ensuite un des discrets conseillers de Catherine de Médicis, monsieur Étienne du Tronchet, assis à côté d'un procureur au Châtelet du nom de Charles-Timoléon Carrel. Les deux derniers membres étaient Gilles d'Angely, un redoutable bretteur, et Laurent Joubert, un roturier dont nul ne savait grand-chose, hormis monsieur de Villeneuve.

Jean du Moncel était le plus jeune d'entre eux. Il savait, depuis bientôt trois mois, quelle était la décision de monsieur de Villeneuve et il n'était pas loin de penser que celui-ci avait attendu son retour d'Angleterre pour quitter ce bas monde.

Sa mort changerait le cours de son existence. Il n'aurait plus de commissaire-enquêteur au Châtelet que le titre. Sur ses épaules reposerait un poids plus lourd. Il observa ses compagnons, se demandant si leur loyauté lui serait acquise ou si parmi eux se cachait déjà quelque ennemi en puissance. Un court instant, son regard croisa celui de son chef. Et il sentit que le vieil homme se posait la même question.

Une scène lui revint, qui avait pour cadre le palais du Louvre. Cela se passait deux mois plus tôt. Déjà, monsieur de Villeneuve ne se déplaçait plus qu'en chaise à porteurs.

On l'avait introduit dans les appartements royaux puis dans une petite pièce que peu de gens connaissaient, même parmi les proches du roi.

Ce n'était ni au rez-de-chaussée ni au premier étage, mais au second, dans un cabinet secret placé au-dessus de la chambre du roi, que se décidaient les affaires les plus secrètes du royaume. D'infimes détails lui revenaient en mémoire, mais étrangement surtout la couleur des lieux. Tout y était vert : les bancs, le lit, les tapis, les rideaux de taffetas. Le vert, la couleur du destin. Et debout au milieu de la pièce, Sa Majesté, le très secret roi Henri III…

— Mes amis, j'ai choisi monsieur Jean du Moncel, reprit monsieur de Villeneuve. À partir de cet instant, s'il l'accepte, il deviendra votre chef à tous.

Une quinte de toux secoua Loys qui reprit d'une voix plus faible encore :

— Monsieur du Moncel, ajouta-t-il en se tournant vers le commissaire-enquêteur, acceptez-vous de me succéder à la tête du Bureau des affaires extraordinaires ?

— Je l'accepte, monsieur de Villeneuve.

— Faites le serment de consacrer votre vie à la paix de notre royaume.

Jean s'agenouilla.

— Je jure, moi, Jean du Moncel, d'œuvrer jusqu'à mon dernier souffle pour la paix, la justice et l'ordre du royaume de France.

— Tout est bien, murmura le vieillard qui ferma les paupières.

Jean se releva. Un à un les membres du Bureau vinrent lui faire allégeance. Loys de Villeneuve expira peu de temps après, alors que le jour se levait à peine.

4

Le corps de monsieur de Villeneuve enlevé, les membres du Bureau partis, il ne resta dans la grande pièce que Domenico Galeazzo et le procureur Carrel, auxquels Jean avait demandé de rester.

Même si nul ne l'avait montré – ils étaient tous trop fins politiques pour cela –, du Moncel avait senti que sa nomination surprenait, voire déplaisait. Ils le pensaient sans doute trop jeune, trop inexpérimenté, alors qu'eux auraient mieux fait l'affaire. Ces deux-là les tout premiers, l'un parce qu'il avait été le bras droit de monsieur de Villeneuve pendant toutes ces années, l'autre parce qu'il était l'homme dont l'influence montait tant au Châtelet qu'auprès du prévôt de France ou à la Cour.

Du Moncel, alors qu'il contemplait leurs visages impassibles, se rappela une phrase du chef du Bureau : « Si vous acceptez de me remplacer, vous serez nu et seul. » Et Jean sentit que cette prédiction s'était déjà réalisée.

— Monsieur du Halde m'a demandé un entretien, fit-il en s'adressant à Galeazzo. En savez-vous la raison ?

— Non, je sais juste que c'est lié à la Chambre royale.

— Et pour l'enterrement de monsieur de Villeneuve ?

— Il aura lieu demain, en fin de matinée, au cimetière des Innocents.

— Nous nous y retrouverons donc, vous et moi.

— Madame de Castellane demande si elle peut assister à la cérémonie.

— Bien sûr, qu'elle vienne. Quand la reine mère sera-t-elle de retour ?

— D'après monsieur du Tronchet, pas avant deux mois.

— Quelle pitié que cette rencontre avec Henri de Navarre soit un échec, murmura Jean. Elle n'a réussi qu'à obtenir cette maigre trêve qui, d'ailleurs, s'achève bientôt.

— Le 6 janvier, acquiesça Galeazzo. Vous le savez, la reine mère nourrit toujours le projet d'annuler le mariage d'Henri de Navarre avec sa fille, la reine Margot, et voudrait lui faire épouser sa petite-fille, Christine de Lorraine. Projet que n'approuve pas Henri III.

— Notre roi ne peut désavouer l'union avec sa propre sœur, rétorqua le commissaire-enquêteur.

— Et pendant ce temps, monsieur de Guise est partout traité en héros, s'indigna le procureur Carrel, la Ligue portée aux nues et Sa Majesté honnie par son peuple et par les curés.

— Messieurs, je dois vous laisser, pour organiser la cérémonie, pardonnez-moi, fit Galeazzo qui les salua.

— Je ne vais pas tarder non plus, fit le procureur, mon substitut doit m'entretenir d'une affaire urgente.

L'Italien sortit, laissant le lourd rideau de velours retomber derrière lui. Carrel et Jean restèrent un moment silencieux.

— Vous voilà bien songeur, monsieur, finit par remarquer Jean.

Une fois de plus, Jean nota la prestance du magistrat. Bel homme, très soigné de sa personne, toujours vêtu avec recherche, il n'aimait rien tant que son travail. De simple clerc, il était devenu procureur.

Intelligent, brillant, il travaillait depuis plusieurs années pour le Bureau.

— Pardonnez-moi, monsieur du Moncel, répondit le magistrat en inclinant courtoisement la tête. Je suis, tout comme vous, dans la tristesse d'avoir perdu un modèle que j'admirais.

Du Moncel savait l'homme trop habile pour avouer sa déception, voire sa colère, devant le choix du maître du Bureau. Ses yeux ne cillaient pas, sa face restait impassible. Point n'était besoin d'enseigner la dissimulation à ce fin rhétoricien. Il ne laissait rien deviner de ses sentiments. Pour l'instant.

— Poursuivons son œuvre ainsi qu'il le désirait, fit Jean, c'est la meilleure réponse à notre tristesse à tous deux.

— Vous avez raison, monsieur, convint Charles-Timoléon Carrel. J'attends vos ordres.

— Pas plus que monsieur de Villeneuve, je ne donnerai d'ordre, rien que des suggestions. Mais revenons à vous, monsieur Carrel, reprit Jean. Vous imaginez bien que, pendant toutes ces années, monsieur de Villeneuve a eu le temps de voir au-delà de l'homme public que vous êtes.

Le procureur s'était imperceptiblement raidi.

— Vous êtes un homme habile, continua Jean. Dans la façon dont vous traitez les affaires criminelles mais aussi les civiles. Vos relations avec le Parlement et la Cour montrent que vous pratiquez à merveille *l'arte dello stato*, l'art de l'État.

— Vous me gênez, monsieur.

— Les diplomates italiens, dans leurs rapports confidentiels, utilisent souvent deux mots : *intendere* et *ritrarre*. Cet « entendre » qui veut dire « comprendre » les attitudes et paroles des hommes et cet « extraire, ôter » qui est la capacité d'en retirer l'essence même.

Vous êtes passé maître dans ce domaine. Votre jugement nous est précieux, vos interprétations aussi. Et ces qualités, vous le savez, sont nécessaires au Bureau et à sa bonne gouvernance.

Jean sentit que le procureur, malgré son apparente impassibilité, avait été touché par son discours. Une phrase de Niccolo Machiavelli – *Le Prince* était un des livres de chevet de Villeneuve – lui revint : « … le prince qui veut se faire craindre doit s'y prendre de telle manière que, s'il ne gagne point l'affection, il ne s'attire pas non plus la haine ».

En lisant les notes laissées par son chef, le commissaire avait réalisé qu'il ne savait pas grand-chose de ses compagnons. Chacun d'eux avait une histoire complexe, des faiblesses et des forces qui n'avaient échappé ni à la sagacité de monsieur de Villeneuve ni à celle de ses informateurs. Il se méfiait du fidèle Galeazzo, adorait l'humour et la loyauté du chroniqueur Pierre de L'Estoile, avait prédit un grand avenir au procureur Carrel et croyait aux prophéties de madame de Castellane.

— Machiavelli toujours et encore, mon cher du Moncel. Pour diriger les hommes, il n'est rien de plus sûr que de lire et relire *Le Prince*, avait dit Loys, citant ce maître à penser dont, au fil des années, il admirait de plus en plus l'enseignement : « Les hommes doivent être caressés ou détruits ; car ils se vengent des offenses légères, mais des graves, ils ne le peuvent pas. »

— Ne vous méprenez pas sur mon attitude, monsieur du Moncel, c'est un honneur de vous servir, protesta le procureur.

— Ce n'est pas moi que vous servirez, répliqua Jean, mais le Bureau des affaires extraordinaires, dont je ne suis, moi-même, qu'un serviteur.

Il y avait pourtant dans la voix du gentilhomme normand une autorité naturelle qui n'échappa pas à Carrel. Cette même autorité qui l'avait fait respecter au Châtelet alors qu'il en était le plus jeune commissaire-enquêteur. Jean était devenu le chef, et Charles-Timoléon Carrel s'inclina devant tant de calme assurance.

— Je ne peux qu'approuver vos paroles, monsieur.

Le silence retomba. Le procureur restait muet, mais Jean sentit que quelque chose avait changé. Comme s'il avait baissé sa garde.

— Et, faites-moi la grâce de m'appeler Jean quand nous sommes seuls, vous et moi.

Il se leva, sortit de sa sacoche de cuir la longue robe noire à parements de sa charge et l'enfila.

— Il est temps que je rejoigne l'assemblée de police. À vous revoir, mon cher procureur.

S'il ne s'était pas fait un ami, au moins Jean s'était assuré que le magistrat ne serait pas de ses ennemis.

LE CHIEN NOIR

5

— Jacques, fais taire cette maudite bête ! s'écria la femme, une grosse matrone qui aidait son mari à déblayer la neige devant leur maison.

De l'autre côté de la rue des Prêcheurs, un peu plus bas que chez eux, un grand chien noir hurlait à la mort.

L'animal, le corps secoué de tremblements, le poil sali par la neige, semblait tout entier concentré dans l'effort que lui demandait cet appel venu du fond des âges. Rien ne pouvait le distraire, ni les rares passants qui avaient essayé de le chasser, ni le vent, ni la neige. Il restait là, comme un loup, le corps arqué, la tête levée, la gueule grande ouverte.

L'homme – c'était un ancien boulanger des Halles – retint à grand-peine un frisson tant la plainte était lugubre.

— Chasse-le, mon Jacques ! Sinon, cette nuit, on pourra pas fermer l'œil ! insista la femme avant de rentrer se mettre à l'abri.

Jacques Neuvy s'approcha à pas lents, levant sans conviction sa pelle. Le chien s'éloigna de quelques pas, avant de revenir au même endroit et de recommencer son manège.

— Qu'est-ce que t'as à hurler comme ça ? Je t'ai vu hier, caché sous le porche. T'es pas d'ici. Et t'as pas l'air d'un chien errant.

L'animal fixait une maison abandonnée que l'ancien boulanger connaissait pour avoir été celle de sa nourrice. Le hululement reprit de plus belle. Jacques allait lever de nouveau sa pelle.

— Y a rien là-dedans. À moins que…

Il fronça les sourcils en détaillant la bâtisse où avait vécu la vieille Toinon. Toinon qui, après avoir élevé tant d'enfants qui n'étaient pas les siens, était morte seule, un matin d'hiver comme celui-là.

Cette maison – il passait devant tous les jours – lui était aussi familière que la sienne. Il en connaissait si bien la façade qu'il n'y prêtait plus attention. Pourtant, cette fois, il se força à l'observer. Quelque chose avait changé. Un madrier barricadait la porte, des planches étaient clouées sur les fenêtres. Il s'approcha, presque décidé à y aller voir mais, sans savoir pourquoi, il s'en abstint. Une peur instinctive et ce soudain silence qui l'angoissa presque autant que le hurlement du chien.

Ce dernier avait fini par se taire. Il attendait, les yeux fixés sur lui.

— Tu veux qu'on aille là-dedans tous les deux, c'est ça ? grommela Jacques. J'ai pas envie, la bête. J'vais aller chercher de l'aide. Je connais quelqu'un…

Il s'arrêta soudain :

— Peste de moi ! grommela-t-il. Voilà que je te parle comme si tu pouvais me comprendre.

Le chien inclina la tête sur le côté. De longs frissons le secouaient.

— Allez, suis-moi, dit Jacques en faisant demi-tour. Avec ce froid, tu vas crever, si tu restes là.

Le chien n'avait pas bougé.

— Viens ! ordonna-t-il sèchement.

La queue basse, le chien lui emboîta le pas.

— Eh bien ? demanda sa femme alors qu'il entrait dans la maison, frottant ses chaussures couvertes de neige sur un mauvais tapis. Mais qu'est-ce qu'elle fait là, cette bête ?

Le chien noir s'était assis sur le seuil, le poil crotté, les pattes sales.

— Je vais voir le commissaire Touraine, fit l'homme qui posa sa pelle et décrocha une cape de laine qu'il enfila par-dessus son manteau.

Perrin Touraine était le commissaire-enquêteur responsable du quartier des Halles.

— Qu'est-ce que tu lui veux à monsieur Touraine ?

— Y a quelqu'un qu'est rentré chez la Toinon, j'en suis sûr. Et tout a été barricadé. Et ce chien, y veut qu'on y aille. Donne-lui quelque chose à manger pendant que je change de galoches. J'veux pas qu'y crève.

La matrone baissa les yeux sur l'animal qui tremblait maintenant de tous ses membres.

— Allez viens, la bête, entre, dit-elle.

L'animal la suivit jusqu'à la cheminée où, dans un chaudron, mitonnait une soupe au lard. Après qu'il se fut jeté sur le morceau de pain trempé dans la soupe, Jacques lui glissa une corde autour du cou.

— Tu vas pas l'emmener au Châtelet ? s'inquiéta sa femme.

— Pour sûr que oui, je vais l'emmener, grommela Jacques en tirant le chien qui lui emboîta docilement le pas.

6

Pendant ce temps, au Châtelet, se tenait l'assemblée de police.

La vague de miséreux venus des campagnes, fuyant la famine, était sans précédent et les hospices débordaient. Sur ordre du roi fut donc décidé, devant le lieutenant criminel de robe longue, le prévôt de Paris, Antoine Duprat III, et les commissaires-enquêteurs, que les bourgeois qui donnaient quelques sols par semaine pour les pauvres, paieraient pour trois ans.

— À charge pour les commissaires-enquêteurs de faire respecter la consigne dans leurs quartiers, ajouta Antoine Duprat, avant de conclure en frappant le sol de sa canne à pommeau d'ivoire :

— Messieurs, je déclare la séance levée.

Et le puissant personnage se retira, entouré de ses hallebardiers en livrée striée de bandes rouges, vertes et blanches.

— C'est encore pour nous autres ! gronda le lieutenant criminel qui se leva. Pourquoi ne donne-t-il pas de l'ouvrage à tous ces fainéants d'exempts et à son lieutenant de robe courte ? Ventrebleu, a-t-on jamais vu un homme plus gras que celui-là !

Le lieutenant parut prendre conscience de la présence de Jean.

— N'ai-je pas raison, monsieur du Moncel ?

— Ma foi, monsieur, je ne saurais vous donner tort en ce qui concerne cette dernière assertion, répondit Jean, réprimant avec peine un sourire en coin.

Au fil des ans, le Normand avait appris à composer avec le caractère irascible et les colères de son chef.

— Je dois voir le chevalier du guet, reprit le lieutenant criminel, mais je n'en ai pas pour longtemps, une histoire de chevaux. Retrouvons-nous à mon bureau, voulez-vous ?

Et avant que Jean ait pu répondre, il tourna les talons et s'éloigna de sa démarche décidée, faisant claquer les fers de ses bottes cavalières.

Jean chercha de nouveau du regard son ami Perrin Touraine. Tout à leurs affaires, les commissaires-enquêteurs se hâtaient de rejoindre leur bureau. Pas de Perrin. Pensif, du Moncel suivit le mouvement, il traversa la cour menant aux salles d'audience. Des greffiers, des avocats, des plaignants s'y croisaient, la mine affairée, les bras chargés de dossiers. Un clerc le salua. Dans un angle, près de la fontaine, il aperçut son collègue Raphaël Bléry, en train de deviser avec un magistrat dans sa longue robe noire. Leur conversation était si animée qu'ils ne se rendirent compte de sa présence qu'au moment où il les salua.

— Monsieur le procureur Carrel ! fit Jean en reconnaissant le magistrat. Décidément nos chemins se croisent souvent.

— Ma foi oui, monsieur. Je suis occupé à la rédaction de « l'information » de l'affaire Le Ber. C'est monsieur Bléry qui a repris le dossier.

— Oui, approuva Bléry.

Il était blême et des taches rouges étaient apparues sur son visage. Jean, qui le connaissait de longue date, ne s'en inquiéta pas. Il n'avait jamais connu Raphaël Bléry en bonne santé. Quand il n'avait pas le teint terreux, il était blafard ou grisâtre.

Le commissaire Bléry se reprit :

— Le prévenu vient d'être conduit à la Conciergerie et sera bientôt jugé. Mais quand donc êtes-vous rentré d'Angleterre ?

— Pas plus tard qu'hier. Et je me serais bien passé d'essuyer une tempête en Manche, crois-moi. Il n'y a rien que je déteste davantage que d'être sur la mer. Cette affaire Le Ber, je ne m'en souviens pas.

— Et pour cause, monsieur, répondit Carrel, cela remonte à une quinzaine d'années. L'Angevin pourrissait dans nos cachots pour un meurtre par guet-apens. La Cour va requérir la pendaison. Mais il me faut vous laisser. Monsieur Bléry, n'oubliez pas les recommandations que je vous ai faites.

Raphaël Bléry hocha la tête.

— Désolé, c'est moi qui vous ai interrompus, s'excusa Jean.

L'élégant procureur haussa les épaules.

— Nous avions fini, monsieur Bléry et moi-même. Et si nous soupions un soir de cette semaine ? ajouta Charles-Timoléon Carrel. Vous savez à quel point je serais ravi de vous recevoir chez moi. Avec vous peut-être, monsieur Bléry ?

— C'est très aimable à vous, monsieur, dit Jean.

— Mais vous êtes trop pris, poursuivit Carrel, à sa place. N'importe, je vis seul et votre jour sera le mien. Souvenez-vous-en, mon cher du Moncel.

— Merci, mon cher procureur. À vous revoir.

Il le regarda s'éloigner puis ramena son attention vers Bléry.

— Laissez-moi vous féliciter, monsieur, fit celui-ci, qui avait repris un peu de couleurs.

— Et de quoi ?

— Nous savons tous que le roi vous a remarqué et, d'ailleurs, j'en parlais avec les autres, ce n'est que justice. Vous êtes le meilleur !

Jean secoua la tête.

— Laissons cela, Raphaël. Dites-moi plutôt comment va madame.

Le visage de Raphaël Bléry s'éclaira aussitôt. Il était fou de sa femme, la jolie et blonde Pernelle. Une femme dont le goût immodéré pour les bijoux l'avait fait surnommer dans son quartier la « demoiselle dorée ».

— Madame Bléry va bien, merci.

Et il soupira, rêveur.

Jean se rappela ce que Perrin, le plus proche ami du couple, lui avait conté : « La dame Pernelle est fort jalouse de son mari et j'ai cru comprendre qu'afin qu'il ne la trompe pas elle a trouvé un moyen fort simple : elle l'épuise au lit. Elle exige, en plus des soirs et des nuits, le devoir conjugal chaque matin aux aurores. Et notre Bléry y laisse sa santé… L'heureux homme. »

— Ah, au fait, Raphaël, je n'ai toujours pas vu Perrin.

— C'est qu'il n'était point là. Bon, faut que j'y aille, je dois poser des scellés chez un aubergiste qui a tué son frère d'un « malencontreux coup de couteau ».

7

Une fois dans la salle des commissaires-enquêteurs, le Normand grimpa quatre à quatre l'escalier qui menait au domaine de son ancien chef, le lieutenant criminel de robe longue. Jean n'y pouvait jamais venir sans penser à la folle activité d'une ruche. Et c'était une idée qui le faisait sourire que d'imaginer le lieutenant en reine des abeilles.

— Monsieur le lieutenant est rentré ? demanda-t-il au greffier.

— Il vous attend, monsieur, fit le vieux greffier, Cosme, en allant frapper à la porte. Monsieur du Moncel est arrivé.

— Qu'il entre ! cria le lieutenant.

La pièce était petite et si encombrée de registres qu'on ne savait comment y circuler. Et comme elle était dans les combles, il fallait faire attention de ne s'y point cogner aux poutres.

— Prenez place, monsieur, ordonna l'officier en désignant l'un des caquetoirs – ces inconfortables chaises à dossier droit – qui faisaient face à sa table. Cosme ! Tudieu, où est-il passé celui-là ? ajouta-t-il en assénant un coup de poing sur la table. Cosme !

Le greffier apparut de nouveau, les bras chargés de dossiers.

— Je suis là, monsieur. Vous m'aviez demandé d'aller vous quérir le registre d'écrou et les appointements en droit de l'affaire Richemont, les voilà.

Jean aimait bien le vieux commis qu'on disait être né entre ces murs des amours d'un gardien et d'une prisonnière.

— Pose ça et veille à ce qu'on ne nous dérange pas.

— Bien, monsieur, acquiesça le commis que les accès de colère de son maître ne semblaient guère troubler.

Le vantail se referma.

Le lieutenant criminel, tout en caressant son énorme moustache d'un geste familier, fixait Jean, habitué à cet examen auquel son chef soumettait souvent ses hommes, mettant leurs nerfs à rude épreuve.

— Je n'imaginais pas hier au soir – je dînais avec le procureur Carrel – que, ce matin, j'apprendrais la mort de monsieur Loys de Villeneuve, déclara enfin le lieutenant. Je tenais à vous féliciter en personne pour votre nomination à la tête du Bureau des affaires extraordinaires, même si je perds en même temps le meilleur de mes éléments.

— Vous savez mon peu de goût pour les compliments, mon lieutenant.

— Diantre, monsieur du Moncel, grommela l'autre en se levant, j'en suis si avare que vous ne pourrez me reprocher de vous y avoir habitué, mais foin de tout cela !

Il ponctua cette phrase d'un mouvement brusque qui manqua faire tomber la pile instable de dossiers que Cosme avait posée sur sa table.

— J'ai choisi Louis Mévoisins pour vous remplacer dans le quartier Maubert, il a suffisamment fait ses preuves et, même s'il n'a pas votre expérience, il travaille dur.

Même si le choix de ce Mévoisins était sans doute le bon, Jean ne put s'empêcher de ressentir un pincement au cœur à entendre qu'il avait été si vite remplacé.

— De ce jour, monsieur, reprit le lieutenant, vous n'êtes plus sous mes ordres. Même si, tout à fait entre nous, je vous aiderai autant qu'il m'est possible. Par contre, vous pouvez garder votre bureau ici. Cela pourra vous être utile pour les affaires courantes.

— Merci, monsieur.

— Pour vos collègues, vous resterez commissaire-enquêteur, mais vous serez surtout « chargé de mission au Châtelet » par Sa Majesté le roi.

Tout avait été si rapide, la décision de Villeneuve, son décès et maintenant ces « affaires extraordinaires » qui allaient devenir son ordinaire. Magie, sorcellerie, meurtres, trafics de toutes sortes auxquels les princes, le roi et leurs serviteurs se trouvaient mêlés. Affaires secrètes qu'il fallait garder secrètes. Lui que Loys de Villeneuve avait choisi pour son « humeur enquêteuse », lui si éloigné de l'art de la dissimulation allait devoir quitter ses chères enquêtes policières pour le milieu ambigu des grands du royaume.

Le lieutenant saisit sa moustache qu'il roula entre ses doigts d'un geste familier. Comme s'il avait suivi les pensées du jeune Normand, il déclara :

— Monsieur de Villeneuve a fait le bon choix, mais le cadeau est empoisonné.

— À quoi songez-vous, monsieur ?

— Au sort de la reine Marie Stuart, aux Guise… Hier, je n'ai pas voulu en parler devant Carrel mais, au fait, comment s'est passé votre voyage ?

— Houleux, monsieur, et pas seulement pendant la traversée de la Manche. Je crains que la diplomatie et tous les arguments de monsieur de Bellièvre ne soient inutiles.

— Avez-vous rencontré Sa Majesté Élisabeth Ire ?

— Trop brièvement à mon goût, je l'avoue, répondit Jean en songeant à cette reine solitaire dont le regard aigu et l'intelligence l'avaient impressionné.

— Vous aurait-elle séduit, monsieur du Moncel ?

— Ce serait mensonge que de prétendre que je suis resté insensible à une femme qui a l'ardeur et le courage d'un roi !

— Et votre mission ?

— Je lui ai remis en main propre la missive de Sa Majesté. Mais je ne trahirai pas un secret d'État en disant que le rapatriement de Marie Stuart à la Tour de Londres est un signe de mauvais augure. De plus, notre ancienne reine a paraphé nombre de documents compromettants. On l'accuse de rien de moins que d'avoir voulu faire assassiner sa cousine, la reine d'Angleterre.

— La reine Élisabeth n'osera pas condamner une souveraine, assura le lieutenant criminel.

— Elle hésitera sans doute, mais pas ses conseillers, affirma Jean. La reine Marie représente un terrible danger pour la couronne d'Angleterre. Malgré toutes les démarches diplomatiques que nous pourrons tenter, je crains que son sort ne soit scellé.

Le lieutenant criminel soupira. Comme nombre de ceux qui l'avaient connue, il avait un faible pour cette enfant arrivée à la cour de France à l'âge de cinq ans, devenue reine de France à seize ans et veuve à dix-huit.

— Vous avez sans doute raison, monsieur du Moncel, fit le lieutenant en fouillant dans ses papiers. Ah, au fait…

Il tendit une feuille à Jean.

— Ceci libère le sergent Nicolas Sénéchal de mon service et le met au vôtre. L'homme vous est dévoué, il vous sera utile.

— Votre geste devance ma requête, monsieur. Grand merci.

— Quant à votre commis, Pierre Dalot, il restera attaché au service de Perrin Touraine mais pourra travailler avec vous quand vous le jugerez nécessaire.

— Au fait, monsieur, je n'ai pas vu Perrin à l'assemblée de police, ce matin.

Une ombre passa sur le visage du lieutenant.

— Ces derniers temps, Perrin est aussi présent qu'un courant d'air. Il vous aime bien, il vous parlera. Voyez sur quel dossier il travaille. Et tenez-moi informé. Merci, monsieur du Moncel.

CAVALIER SEUL

8

Après avoir descendu l'escalier à vis, du Moncel s'était retrouvé, non sans nostalgie, dans le brouhaha de la salle des commissaires.

Au milieu des dossiers, des registres, des clercs qui allaient et venaient, la silhouette attentive de Louis Mévoisins, son remplaçant, était à son bureau. En face de lui, assise près de Pierre Dalot, son commis, qui prenait des notes, une belle jeune femme brune semblait se confesser, la tête basse, les mains jointes, vivante image du désespoir.

Cela sentait l'encre, le cuir… et l'humidité, comme partout dans cet ancien château fort.

Jean tourna les talons. Il traversait l'enfilade des pièces menant vers la sortie quand il aperçut Perrin qui s'en allait. Il le rattrapa.

— Ah çà ! monsieur, vous alliez partir sans me saluer ! s'exclama-t-il.

Le doyen des commissaires se retourna comme un homme traqué. De petite taille, un peu replet, il était pourvu d'un visage long et d'un nez pointu. Pourtant, cette fois-ci, il avait le teint terreux et une expression affolée qui s'effaça devant le sourire de celui qui l'apostrophait.

Il étreignit la main tendue et dit, en manière d'excuses :

— Je ne vous savais pas rentré d'Angleterre, monsieur, pardonnez-moi. Sinon je serais venu à vous.

— J'espère bien, mon ami. Je ne te cacherai pas que le lieutenant m'a demandé de passer te voir. Il n'aime pas que tu fasses cavalier seul.

Perrin hésita.

— Il est vrai que je suis sur une affaire…

Il faillit parler mais se ravisa.

— Que se passe-t-il, Perrin ?

— Si vous saviez ! souffla l'autre en l'entraînant vers la réserve à papiers dont il referma la porte.

— De quoi ou de qui te méfies-tu ? s'étonna Jean.

— De tout et de tous, monsieur ! Les ennemis sont partout.

— Tu veux dire même ici, au Châtelet ?

Perrin hocha la tête.

— Explique-toi.

— On veut ma mort, monsieur. Je crains de ne pas arriver jusqu'au bout de cette enquête.

— Alors ne reste pas seul. Tu enfreins nos règles.

— Vous l'avez fait vous-même bien des fois, remarqua Perrin. Il est encore trop tôt pour que je parle à quiconque. Je n'ai pas tous les éléments.

Il était fébrile. Il saisit une main de papier sur les étagères, puis une bouteille d'encre et finit par les reposer. Ses mains tremblaient.

— Je vous dirai tout, mais plus tard, monsieur du Moncel.

— Pourquoi ne pas me parler maintenant ?

Touraine réfléchit mais secoua la tête :

— Demain matin, venez chez moi, rue Saint-Martin. Une apothicairerie, après l'angle avec la rue Saint-Jacques-de-la-Boucherie. Il y a un mortier et un pilon sur la façade, vous ne pouvez pas vous tromper. Venez avant le lever du jour.

Il baissa la voix et ajouta :

— Il n'y a qu'en vous que j'ai confiance.

Sur ces mots, il sortait, suivi par Jean, quand un clerc les aborda.

— Ah ! je vous cherchais, monsieur le commissaire Touraine, un monsieur Neuvy demande à vous voir, il est du quartier des Halles.

— Jacques, Jacques Neuvy, que fait-il ici ? Non, dites-lui que je n'ai pas le temps.

— Je voulais pas vous déranger, monsieur, mais il dit qu'il y a peut-être histoire de malemort, insista le clerc. Il est venu avec un chien noir.

— Mais qu'est-ce qu'il peut bien me vouloir à la fin ? marmonna Perrin.

Il regarda autour de lui puis avisa la porte la plus proche.

— Conduis-le à la salle des interrogatoires. Vous venez avec moi, monsieur ? demanda-t-il à Jean qui hocha la tête.

— Et le chien ? fit le greffier. Qu'est-ce que je fais du chien ?

— Le chien aussi, morbleu !

Penaud, le clerc s'esquiva. Perrin poussa la porte. Intrigué, Jean le suivit.

L'endroit était nu, les murs couverts de salpêtre.

Le seul mobilier était une inconfortable chaise de bois, la sellette, où l'on asseyait les accusés.

Il planait là une ambiance étrange. L'air y semblait plus épais qu'ailleurs. Comme si les aveux de ceux qui avaient fini sous la torture ou à l'échafaud leur survivaient, planant telles des entités malsaines dans l'atmosphère de cette salle lugubre.

— Qui est ce Jacques Neuvy ? demanda-t-il.

— Un voisin. Un ancien boulanger des Halles. Son fils a repris le commerce et lui passe son temps à l'auberge quand il ne va pas à la pêche en Seine ou dans les Fossés jaunes. Un bon bougre.

Le clerc était déjà de retour, suivi d'un homme, son bonnet à la main, tirant par une corde un chien noir au pelage sale.

— Entre donc, Jacques ! Tu sembles moins à l'aise ici qu'à l'auberge ou à taquiner le goujon, se moqua gentiment Perrin.

Touraine retrouvait soudain sa bonhomie, oubliant pour un moment l'affaire qui le taraudait.

— Çà ! pour ça oui, monsieur Touraine, reconnut Jacques sans arriver à détacher les yeux de la sellette.

— Laisse-nous, ordonna Perrin au clerc avant de se tourner de nouveau vers l'ancien boulanger : Je ne te ferai pas asseoir là-dessus. Tiens, je te présente un ami, le commissaire Jean du Moncel, qui s'occupe du quartier Maubert.

Le boulanger s'inclina, impressionné.

— Nous t'écoutons. Pourquoi es-tu là ?

— Ma foi, monsieur Touraine, je suis venu à cause de lui, là !

Il désigna l'animal qui s'était couché à ses pieds, le museau entre ses pattes.

— Continue.

— Il hurlait à la mort devant la maison de la Toinon, rue des Prêcheurs. Rien à faire pour le calmer.

Perrin s'était approché de la bête qu'il examina, les sourcils froncés.

— J'ai l'impression de l'avoir déjà vu, cet animal, remarqua-t-il. Mais tous les chiens se ressemblent. Continue.

— Je suis sûr qu'on a remis des planches aux fenêtres et y a un madrier en travers de la porte. Pourquoi on aurait fait ça, si on avait rien à cacher, monsieur Touraine ? Et puis lui qui hurlait à la mort…

Perrin n'hésita pas longtemps. Il tapa sur l'épaule du boulanger.

— Je vais t'accompagner. Vous venez avec nous, monsieur du Moncel ? Nous prendrons le sergent Sénéchal. Il sera trop content d'échapper à son tour de garde à la barrière des Sergents.

En disant cela, le commissaire s'était tourné vers Jean qui n'hésita guère. Le quartier des Halles était proche et il avait, après les événements de la nuit, une folle envie d'être ailleurs plutôt que prisonnier entre les murs du Châtelet. Et il résistait mal à cette « humeur enquêteuse » qui était la sienne depuis toujours.

9

Le sergent Nicolas Sénéchal, un Normand du Cotentin, bâti en colosse, le visage barré d'une énorme moustache, repoussa le soldat qui s'acharnait en vain contre la porte.

— Palsambleu ! C'est du jus de navet que t'as dans les veines, mon gars ! grommela-t-il en saisissant à deux mains le madrier qui barrait l'entrée de la masure, le faisant tomber dans la neige avec autant de facilité que s'il eût été de papier.

La porte s'ouvrit en grinçant.

— Sage ! s'exclama Jacques auquel le chien tentait d'échapper.

— Vous deux, restez dehors ! Et que personne ne s'approche, ordonna Perrin. Allons-y ! Toi aussi, sergent.

Les commissaires entrèrent, suivis par Nicolas. Inquiet, le boulanger s'immobilisa sur le seuil. Le chien gémissait, s'étranglant à force de tirer sur la corde.

Après la blancheur de la neige, l'obscurité de la maison paraissait plus noire encore.

— Dégage les fenêtres, Nicolas, on n'y voit goutte ! ordonna Perrin. Silence, le chien !

Le sergent arracha les planches qui barricadaient les ouvertures. La lumière du dehors éclaira le sol couvert de sable. La paillasse où avait dormi la nourrice avait été éventrée par les souris. Sur la table étaient posées une écuelle et une cuillère de bois. Le tour du propriétaire était vite fait, il n'y avait qu'une pièce et un galetas sous le toit auquel on accédait par une échelle.

Jean remarqua aussitôt le sol piétiné et, en plein centre, une large tache sombre sur laquelle se rua le chien qui avait échappé à Jacques.

Jean repoussa la bête qui partit le nez au sol à l'autre bout de la pièce. Il se pencha pour observer le sable bruni et d'étranges paillettes gelées qui fondirent à la chaleur de ses doigts.

— C'est du sang, Perrin, assura-t-il en se redressant. On dirait qu'on a égorgé un cochon.

Au même moment, le chien noir qui n'avait cessé de gémir se mit à gratter le sol, faisant voler le sable autour de lui.

Les hommes s'approchèrent. Les contours d'une trappe apparaissaient et l'animal se déchaînait, arrachant des éclats de bois avec ses griffes.

— Viens tenir ta bête, Jacques ! ordonna Perrin. Sergent, ouvre-moi ça !

Le boulanger saisit l'animal par le col et recula jusqu'à la porte. De la trappe monta un souffle glacé. Nicolas se laissa glisser dans l'ouverture et se reçut avec une souplesse que l'on n'attendait pas de la part d'un tel gaillard.

— Y a rien là-dedans, commissaire, dit-il. De la neige entre par le soupirail, c'est…

Il se tut et le silence retomba. On n'entendait plus que le murmure des gens qui s'agglutinaient dehors et que les gardes repoussaient de la pointe de leurs hallebardes.

Le chien se mit à hurler à la mort.

— Nicolas ? appela Jean. Tout va bien ?

— Pour moi, oui, monsieur, fit la voix tranquille de Sénéchal, mais pas pour celui qu'est couché là, nu comme la paume de ma main. Aidez-moi, je vais vous le passer.

Ils sortirent bientôt le cadavre raidi d'un homme. La chair était bleuie par le gel, la tête presque détachée du tronc. Le chien échappa au boulanger et se précipita pour lécher le visage glacé. Son attachement était si visible que, sur le moment, nul ne songea à l'écarter, puis le boulanger tout pâle le tira en arrière.

— Tu peux rentrer chez toi, Jacques, on va s'occuper de ce malheureux. Et prends ce chien avec toi, fit Perrin, je te le confie.

Le boulanger obéit, visiblement soulagé. Perrin, qui s'était penché sur le cadavre, se redressa, étouffant un juron.

— Tu le connais ? questionna Jean.

Au lieu de répondre, Perrin se détourna pour questionner le sergent :

— Rien d'autre à la cave ? Ses vêtements ?

— Rien, monsieur Touraine, confirma Nicolas Sénéchal qui avait appelé l'un des gardes, lui demandant d'aller chercher la charrette des morts. Je vais aller voir dans le galetas.

Il redescendit bientôt l'échelle et fit un signe négatif.

— Tu ne m'as pas répondu, insista Jean.

— Pas plus que ça, éluda son ami, je sais juste que c'est un marchand de mon quartier. Il habitait rue Saint-Denis. C'est pour ça que le chien me disait quelque chose. Je ne l'ai jamais vu sortir sans lui.

Jean remit sa toque de velours.

— Je retourne au Châtelet. Quand tu en auras fini avec Nicolas, renvoie-le-moi. Je serai chez toi demain comme prévu.

Il était déjà dehors quand Perrin le rattrapa.

— Pardonnez-moi, monsieur. Loin de moi l'idée de vous cacher quelque chose. Son nom est Étienne Lambert.

Jean secoua la tête.

— Ce n'est pas tout, Perrin, car tu les connaissais d'avant, n'est-ce pas ? Lui et ce chien noir.

— Pourquoi avez-vous l'esprit si vif, monsieur ? (Il hésita.) Je répondrai à toutes vos questions demain. Je vous en fais serment.

10

Jean passa par le bureau des commissaires prendre quelques affaires et saluer des collègues, puis il remonta vers les combles du Châtelet et le Bureau des affaires extraordinaires.

Quelque chose avait changé. Les épais rideaux avaient été tirés, laissant entrer la lumière.

Les tables encombrées de registres avaient été rangées, mais surtout, dans la pièce où monsieur de Villeneuve recevait, avaient été disposés, à la place de sa cathèdre, une table de travail et deux fauteuils aux assises de velours rouge. Il remarqua aussi, accrochés sur le mur du fond, une panoplie d'épées et un tableau représentant un gentilhomme en habit avec, à ses pieds, un dogue couché.

Du Moncel s'approcha et, non sans émotion, reconnut monsieur de Villeneuve : un Loys jeune, au visage pâle et au regard ardent. On frappa deux coups discrets à la porte.

Jean alla ouvrir et se trouva face à Nicolas Sénéchal, accompagné du vieux Cosme qui lui tendit un trousseau.

— Sur ordre du lieutenant, j'ai préparé ce jeu de clefs pour le sergent Sénéchal.

— C'est vous qui avez arrangé cela ?

— Oui, avec monsieur Galeazzo. C'était un souhait de monsieur que vous héritiez de son portrait, mais aussi de ses armes et de quelques meubles, répondit Cosme.

— C'est une attention qui me touche beaucoup, répondit le commissaire d'une voix émue.

— Monsieur n'a plus besoin de moi ?

— Non, merci, Cosme.

Le vieil homme se retira.

— Viens, Nicolas, j'ai à te parler.

Son couvre-chef à la main, le Normand le suivit. Ne marquant aucune surprise devant ce lieu étrange où se côtoyaient registres, livres, clepsydres et… crâne humain. Une fois Nicolas assis en face de lui, Jean prit la parole.

— Dorénavant, sache-le, Nicolas, nos missions resteront secrètes, même pour le lieutenant criminel de robe longue. Tu fais partie, tout comme moi, du Bureau des affaires extraordinaires dont tu rencontreras les autres membres quand le besoin s'en fera sentir. Nous ne rendons de comptes qu'à Sa Majesté.

— Bien, monsieur le commissaire, à vos ordres, fit le Normand avec sa placidité habituelle.

— Depuis combien de temps nous connaissons-nous, Nicolas ?

— Ma foi, monsieur le commissaire, répondit-il, bientôt dix ans. Les meilleures années de ma vie, vous pouvez m'en croire.

Jean ne put retenir un sourire. Ils avaient côtoyé tant de truands et de criminels, risqué leur vie, affronté des êtres qui n'avaient d'humain que le nom… Et tout cela dans cette ville aux ruelles trop étroites qui sentaient le suint et l'urine. Et pourtant, tous deux ressentaient toujours la même exaltation. Nicolas avait raison, cela avait été de belles années !

— Le cadavre de la rue des Prêcheurs a-t-il été conduit à la morgue ?

— Oui, Pierre Leroux, le médecin qui a remplacé monsieur Foes, va l'examiner. Je l'ai fait prévenir.

— Même si le commissaire Touraine suit ce dossier, je veux que tu enquêtes sur cet Étienne Lambert. Il est commerçant dans le quartier des Halles. Vois s'il a une femme, des enfants, questionne ses domestiques. Je veux tout savoir sur lui. Perrin s'y intéressait, je veux savoir pourquoi.

ENVOÛTEMENT

11

Une fois Nicolas sorti, Jean se replongea dans ses dossiers puis écrivit un courrier à l'intention de son protecteur, le secrétaire d'État et ministre des Affaires étrangères Nicolas de Neufville de Villeroy. Le capitaine du navire qui l'avait ramené d'Angleterre lui avait confié qu'une rumeur annonçait que tous les ports anglais allaient être fermés dans les prochains jours. Jean transmettait l'information. Si c'était le cas, cela voulait dire que le sort de Marie Stuart était scellé.

On frappait.

— Entrez !

Le gentilhomme en habit qui venait d'ouvrir s'inclina avec l'obséquiosité propre aux courtisans et aux valets. C'était Pierre du Halde, premier valet de chambre de Sa Majesté le roi Henri III.

— Monsieur du Halde, l'accueillit Jean qui s'était levé. Asseyez-vous, je vous en prie.

Pierre du Halde, baron d'Avrilly, chevalier, capitaine et gouverneur pour le roi en la ville et château d'Étaples, châtelain de Longvilliers, avait suivi le roi partout, même lors de son bref règne polonais et de sa fuite. Il était là à son réveil, là à son coucher et avait le privilège rare de « coucher ordinairement en la chambre royale ». Il quittait si peu le service de Sa Majesté que, jusqu'alors, Jean du Moncel n'avait guère eu l'occasion de rester en tête à tête avec lui, sauf entre deux portes, au Louvre.

— Monsieur du Moncel, fit le valet d'une voix douce, croisant ses jambes gainées de bas de soie jaune. Avant toute chose, laissez-moi vous dire ma joie que monsieur de Villeneuve vous ait élu. Il a pris parmi nous le seul qui n'aime ni feindre ni contrefaire. Ce sera un honneur de travailler sous vos ordres.

Le premier valet paraissait sincère, même s'il portait le « masque » cher aux hommes de la Cour et que pas un trait de son visage n'eût bougé, que pas une lueur n'eût brillé dans ses yeux pendant cette déclaration.

— Merci, monsieur, c'est un honneur pour moi d'être entouré de gentilshommes tels que vous. Mais ne perdons pas de temps, je sais que vous n'en avez guère. Vous mariez bientôt votre fille Diane à monsieur Robert de Halluin ?

— Il est vrai, monsieur, et Sa Majesté la veut doter, ce qui est fort généreux de sa part.

— Sa Majesté sait reconnaître les fidèles. Le sire Galeazzo m'a dit que vous désiriez m'entretenir ?

— Oui, monsieur du Moncel. Vous le savez, je ne peux guère quitter Sa Majesté, pourtant, il fallait que je vous donne ceci.

Il sortit de la poche de son habit une statuette de cire verte dans laquelle étaient enfoncées de longues épingles.

— J'ai réussi à la faire disparaître avant que le roi ne s'avise de sa présence. Elle était dissimulée sous sa couche.

Jean tourna l'objet entre ses doigts. Le sculpteur avait été habile et on reconnaissait sans difficulté les traits d'Henri III creusés dans la cire.

— Il y avait aussi une bougie d'envoûtement sur sa table de chevet, continua du Halde en lui remettant une chandelle piquée de cinq clous en forme de croix et gravée de signes gnostiques.

— Aucun soupçon sur celui qui aurait pu les disposer dans la chambre royale ?

— Non, monsieur du Moncel. D'où mon inquiétude. Mais vous le savez, le lever est traditionnellement le moment où les courtisans viennent retrouver Sa Majesté. La pièce est envahie de princes, de seigneurs, de capitaines, de gentilshommes de la Chambre, de maîtres d'hôtel, de gens d'armes, de secrétaires… Et le coucher du roi est tout aussi tumultueux.

— Nous trouverons, monsieur, nous trouverons. Ce genre d'objets, assura-t-il en les alignant sur son bureau, sont avant tout une tentative d'intimidation, mais il ne faudrait pas qu'ils soient annonciateurs d'événements plus violents. Nous savons, vous et moi, à quel point le roi croit dur comme fer au mauvais œil et aux envoûtements.

Le regard pensif de Jean alla de la bougie à la figurine transpercée de longues épingles de métal.

— Surveillez le confesseur de Sa Majesté, monsieur, dit-il enfin. Je n'aime guère, et ne suis pas le seul, la façon dont il pousse le roi à une piété disons… « excessive ». Cela pourrait être une manœuvre de sa part.

— Le jésuite, Edmond Auger ? Ma foi, monsieur, je n'y aurais pas songé, mais vous avez raison, cela serait bien dans les manières de la Compagnie de Jésus. Ces Espagnols se croient chez eux depuis que la reine mère leur a accordé la création du collège de Clermont.

— Notre roi est ainsi fait qu'il aime plus que tout ce qui est religieux, ajouta Jean qui songeait aux dévotions répétées de Sa Majesté. Gardons l'homme sous surveillance et n'oublions pas le lien qui unit Jésuites, royaume d'Espagne et Ligue de monsieur de Guise. Domenico Galeazzo suivra cette affaire et me rendra compte. Si nécessaire, le petit Gilles sera notre messager. Cela vous convient-il ?

Gilles était un jeune valet d'une quinzaine d'années que Villeneuve avait recruté.

— Oui, monsieur du Moncel. Et soyez assuré de mon soutien dans tout ce que vous entreprendrez.

Pierre du Halde s'excusa enfin. Il devait retourner en hâte au palais du Louvre.

12

Le soir même, le jeune commissaire, au lieu de rentrer chez lui, rue Serpente, se hâta vers la rue Perdue et frappa bientôt à l'huis d'une maison longue et basse. Celle de Sybille, fille du médecin et alchimiste Théophraste Le Noir[1]. Il aurait préféré, après ces quinze longs jours d'absence, se retrouver en tête à tête avec elle. Il soupira et frappa de nouveau. Il songeait à Julien. Il l'imagina grandi, changé.

Ce fut Lajoye qui ouvrit et prit le manteau qu'il lui tendait.

1. Voir *La Femme sans tête*, 10/18, n° 4727 et *L'Homme au masque de verre*, 10/18, n° 5085.

Jean secoua la neige de ses bottes. Dans la pièce voisine retentissaient des voix joyeuses ; l'une d'elles le ramena à son enfance, celle d'Antoinette, sa cadette.

— On vous attend, mon maître, fit Lajoye.

— Merci, mon ami. Où est Julien ?

— À l'étage, monsieur, il s'est assoupi. Jeanne ira le chercher après le premier service.

Le commissaire rejoignit la salle commune où les convives se levèrent à son entrée.

Il y avait là Antoinette du Moncel et son époux, Thierry de Saint-Germain, leurs valets derrière eux, et Sybille, très belle dans sa robe de taffetas vert, ses cheveux roux relevés en un chignon piqué de perles d'eau douce. Leurs regards se croisèrent, se nouèrent et, comme chaque fois, un flot d'émotions contradictoires l'envahit.

— Madame, monsieur de Saint-Germain et madame ma sœur, pardonnez-moi mon retard, voulez-vous ? J'aurais voulu être là pour vous accueillir. Le Châtelet ne connaît, hélas ! point de repos. Asseyez-vous, je vous en prie.

Tous obéirent. Jean prit place à côté de Sybille dont il baisa la main.

La lueur des chandelles allumait des reflets dorés dans l'aiguière de cristal et les verres posés sur la desserte. Des bûches se consumaient dans la cheminée, repoussant le froid du dehors. Du Moncel allongea ses jambes sous la table.

Sur la longue nappe de lin blanc aux galons brodés était posé le premier service. Un plat de fruits confits : poires, pommes, figues, prunes et melon dorés au miel.

Le commissaire répondit distraitement à une question de son beau-frère, saisit avec trois doigts une figue qu'il posa sur son assiette mais qu'il oublia de manger tant son entretien avec Pierre du Halde le souciait. Ce n'était pas tant cette histoire d'envoûtement que l'implication possible des Jésuites. Henri III, en voulant à tout prix éviter une guerre de religion, s'était mis l'ordre à dos. Et celui-ci était riche et puissant. Les religieux criaient partout que le roi de France, en n'affrontant pas les protestants et en traitant avec Henri de Navarre, cédait à l'hérésie. Une hérésie que la Compagnie de Jésus combattait en soutenant la Ligue de monsieur de Guise.

Ce n'était pas la première fois qu'ils essayaient d'effrayer le roi par toutes sortes de sortilèges, d'autant qu'Henri III, si brave au combat, était très impressionnable dès qu'il s'agissait de magie et de sorcellerie. Le sang des Médicis coulait dans ses veines et la reine mère elle-même accordait plus de crédit aux prédictions de ses mages qu'aux rapports des ministres.

Sybille se pencha, lui murmurant à l'oreille :

— Monsieur, c'est si bon de vous revoir. Vous nous avez manqué.

— Pardonnez-moi, madame. Vous aussi, vous m'avez manqué, désespérément. Mais j'oublie tous mes devoirs.

Il se tourna vers sa sœur :

— Ma chère Antoinette, c'est plaisir de vous savoir maintenant non loin de Paris. Et vous, monsieur de Saint-Germain, de pouvoir vous recevoir céans, parmi les miens.

Thierry de Saint-Germain s'inclina avec la grâce et l'élégance que lui conférait son éducation. Sa famille était proche de celle de madame d'Estouteville et du roi lui-même. La noblesse de sa naissance surpassait celle de ses hôtes, pourtant jamais il n'avait traité son beau-frère autrement qu'en égal.

Vêtu avec recherche, il portait ce soir-là des chausses de velours rouge doublées de satin noir et un pourpoint de taffetas rouge piqué d'une broche d'or et d'améthyste. Son regard clair passa de Jean à Sybille puis à Julien qui venait d'entrer avec la nourrice, Jeanne.

Le garçonnet – il avait tout juste un an et demi – était vêtu comme un petit marquis d'un joli costume de velours et d'une chemise blanche, une fraise de dentelle entourant son visage au regard attentif.

Il s'assit après avoir embrassé ses parents et les invités puis s'essaya à manipuler la petite fourchette que Jeanne lui avait glissée dans la main. Ses cheveux étaient aussi roux que ceux de Sybille, il avait la mine sérieuse de son père.

— Grand merci, monsieur mon beau-frère, répondit Saint-Germain. Ma femme et moi nous réjouissons de cette soirée en votre compagnie à tous trois, répondit-il. J'ai déjà le plaisir d'avoir été admis au sein de votre famille, je suis honoré de compter madame Sybille et monsieur Julien du Moncel dans la mienne.

Jean inclina la tête, Sybille rougit.

— Grand merci, monsieur de Saint-Germain, fit-elle, tout en caressant la tête de son fils qui avait enfin réussi à piquer un morceau de melon avec sa fourchette et le brandissait fièrement, au risque de le faire tomber de nouveau.

Jeanne débarrassa, aidée de Lajoye, puis tous deux revinrent, portant un bassin d'argent empli d'une eau parfumée à la rose. Chacun se lava les mains puis s'essuya avec les serviettes qu'on leur tendait.

— Puis-je servir la suite, madame ? demanda Jeanne en se penchant sur sa maîtresse. La Robine m'a dit que cela ne pouvait plus attendre. Vous savez comme elle est.

— Faites, ma bonne Jeanne, faites, répondit Sybille.

Antoinette du Moncel restait étrangement silencieuse. Elle, d'ordinaire si bavarde, se contentait de sourire et d'observer ses hôtes.

Jean songea que sa cadette était trop maligne pour ne pas se poser de questions sur son prétendu mariage. Trop intelligente aussi pour avoir oublié une conversation[1] qu'ils avaient eue, voilà bien longtemps, au sujet de la fille de l'alchimiste qu'il aimait déjà d'un amour sans espoir. Ses pensées revinrent à leur dernière entrevue.

Un mois plus tôt, une voiture s'était arrêtée chez le commissaire, rue Serpente. Une femme dont la cape dissimulait mal la robe de damas brochée d'argent et d'or, une fraise godronnée entourant son joli visage, les cheveux relevés en raquette à la mode de la reine Louise, avait frappé à la porte.

Jean était au Châtelet, mais il y avait le petit Julien en train de jouer avec son valet et Jeanne. Antoinette, toujours aussi mince et jolie malgré ses grossesses, avait embrassé Lajoye qu'elle connaissait depuis l'enfance, couvert Julien, qu'elle ne connaissait pas, de baisers et s'était enquise de son frère.

Le lendemain, elle le venait visiter au Châtelet et il avait dû lui mentir, expliquant qu'il s'était marié en secret et qu'il avait eu un fils.

— Mais pourquoi tant de mystères, monsieur mon frère ? avait rétorqué Antoinette avec sa vivacité coutu-

1. Voir *L'Homme au masque de verre*, *op. cit.*

mière. Pourquoi cacher votre union à votre propre famille ? Notre mère sera si heureuse d'apprendre une telle nouvelle et votre Julien, il vous ressemble tant ! Imaginez le bonheur de madame notre mère ! Il faut l'emmener à Tourlaville.

À ces mots, Jean avait soutenu que c'était lié à ses responsabilités au Châtelet. C'était mensonge, bien sûr, et cela lui coûtait. Mais comment expliquer à Antoinette que Sybille, la femme qu'il aimait, refusait toujours de l'épouser ? Comment lui expliquer qu'ils vivaient dans des logis séparés, lui rue Serpente, elle rue Perdue ?

Mais Antoinette l'avait embrassé sur la joue, avec cette spontanéité qu'elle avait gardée d'une enfance libre et insouciante.

— Ah ! monsieur mon frère, ne faites pas si triste mine ! s'était-elle écriée. Je ne voulais pas vous embarrasser. Ce que vous faites est bien fait, comme toujours… (Et elle avait ajouté d'une voix douce :) Mais j'aimerais tellement rencontrer madame ma belle-sœur.

De là était née l'idée de ce repas dans la maison de Sybille… Une comédie qui déplaisait fort à Jean, où ils joueraient tous deux au mari et à la femme.

Jeanne était entrée avec le deuxième service et Thierry de Saint-Germain ordonna à ses valets de l'aider. La Normande portait, dressée sur un plat d'argent, une poule au pot à la cannelle et aux amandes dont le parfum embaumait. Une fois la viande et les légumes servis, Antoinette se pencha vers sa belle-sœur :

— Quand donc aurons-nous le plaisir de vous recevoir en notre hôtel de Saint-Germain, madame ?

Mes filles, Charlotte et Isabelle, vont adorer leur cousin.

Voyant Sybille hésiter, ce fut Jean qui répondit :

— Malheureusement, comme vous le devinez, ma chère sœur, cela ne dépend pas de ma femme mais de mon ouvrage au Châtelet.

— Je comprends, je comprends. Néanmoins, monsieur mon frère, nous pourrions faire connaissance toutes les deux, sans que vous soyez présent. Nous autres, femmes, avons des choses à nous dire qui, souvent, vous ennuient vous autres, gentilshommes. Qu'en dites-vous, madame ?

Sybille, qui s'était empourprée, n'eut pas le temps de répondre.

Le deuxième service s'achevait, Jeanne et Lajoye retiraient la nappe de lin blanc, le bassin d'argent au parfum de rose circulait de nouveau.

Quant à Julien, il s'était levé et, avec l'accord de son père, se précipita maladroitement vers la chambre. L'enfant marchait depuis peu mais s'obstinait, s'appuyant tantôt sur les meubles tantôt sur les murs, son petit corps penché vers l'avant, avançant trop vite, toujours à la limite du déséquilibre, ce qui ne le faisait pas renoncer pour autant.

Il avait hérité de la gourmandise de son père et ce qu'il préférait, c'était le troisième service et ses douceurs.

— Si nous passions à côté, madame ma sœur, monsieur mon beau-frère ? proposa Jean en se levant.

Les invités rejoignirent le bureau de Sybille, aménagé pour l'occasion. La table de travail avait été débarrassée des livres et registres qui l'encombraient. Jeanne y avait disposé des vins de muscat, des sirops de fruits, des macarons, des massepains, des gâteaux

aux pignons, des biscuits au vin de malvoisie. Dans une coupe s'empilaient noix, noisettes et amandes. Sur un plat étaient alignées des tranches de cotignac, cette pâte de coings qu'affectionnait Jean.

Julien tendit la main et Sybille lui donna un petit morceau de macaron qu'il engloutit, la mine ravie.

Antoinette s'était assise sur le banc tourné garni d'épais coussins de velours où Sybille la rejoignit pendant que les hommes restaient debout à deviser.

— Jeanne, allez coucher monsieur Julien, voulez-vous ?

L'enfant ne protesta pas quand la robuste Normande le souleva. Il posa la tête sur son épaule et s'endormit d'un coup avec un abandon qui attendrit les adultes. Une fois la nourrice sortie, Antoinette se tourna de nouveau vers sa voisine :

— Quelle jolie pièce avec ce plafond rehaussé de rouge et jaune. Mais pourquoi ces plantes et ces flacons ?

Elle désignait les bouquets séchés et les lanières d'écorce qui pendaient à des crochets, ainsi que les fioles alignées sur une tablette, le long du mur.

— Tout cela était à mon père, madame.

Si la sœur de Jean remarqua la fraîcheur des plantes et des écorces, elle n'en laissa rien paraître et demanda :

— Il est parti pour Prague, m'a dit monsieur mon frère ?

— Il y a de cela plus de trois ans, madame. Il a mis ses talents d'alchimiste au service de l'archiduc et empereur Rodolphe II de Habsbourg.

— On dit tant de choses sur Prague ! s'exclama Antoinette, l'air ravi. Que c'est une ville hantée de fantômes, de mages et de sorciers.

— Je ne crois pas à tout cela. Néanmoins, l'archiduc a, il est vrai, un goût certain pour les choses occultes. Dans une de ses missives, mentit Sybille, mon père m'a dit qu'un étrange personnage les aurait rejoints, un astrologue et alchimiste de la reine d'Angleterre, du nom de John Dee.

Antoinette continuait à regarder avec émerveillement autour d'elle.

— Et tous ces livres ?

— Ils sont également à monsieur mon père.

— Vivre au milieu de tout cela a dû être passionnant ! s'exclama-t-elle. J'aimerais tant en savoir plus sur l'alchimie.

Sybille mentit une fois de plus :

— Ma foi, madame, je n'y connais pas grand-chose.

Le silence retomba entre elles, Antoinette détailla le tableau fixé au mur. Une jeune femme en robe de velours bleu, sa taille mince prise dans un corset, ses cheveux blond-roux remontés en un élégant chignon piqué de perles.

— Ma mère, Catherine de Neyrestan, précisa Sybille qui avait suivi son regard. Elle est morte peu de temps après ma naissance. C'est un portrait que mon grand-père, monsieur de Neyrestan, a fait réaliser par François Clouet, le peintre de la reine mère.

— Elle était très belle et vous n'avez rien à lui envier, madame.

Antoinette posa sa main sur celle de Sybille et murmura :

— Je ne veux pas être importune, mais vous ne m'avez pas répondu. Devenons amies, madame, je vous en prie. Je ne l'avouerais jamais à mon frère ni à mon époux mais, parfois, je me sens bien seule en notre maison de Saint-Germain, même avec mes filles, et notre manoir de Normandie me manque. J'aimerais vous le faire visiter, vous présenter notre mère, chevaucher avec vous dans les collines. C'est si beau là-bas. J'y vivais pieds nus comme une servante, à courir dans les bois, à dormir sous les chênes. Mais je vous choque, madame ?

Sybille, émue, se contenta de secouer la tête. La vivacité et la spontanéité d'Antoinette lui plaisaient. Elle sentait qu'elles auraient pu devenir amies. Mais comment expliquer à la sœur de Jean qu'elle n'était pas une femme comme les autres ? Qu'elle n'avait cessé de lui mentir même par rapport à ce bureau qui était le sien, à ces livres et ces plantes qu'elle utilisait chaque jour ?

Des bribes de la conversation des deux hommes leur parvinrent :

— Un de mes amis s'est fait assassiner en son logis, à Marly, et ce n'était pas par des ruffians venus du dehors, mais par ses propres laquais, disait Saint-Germain.

— Monsieur des Marais, oui, j'en ai entendu parler, répondit le commissaire.

— Je l'imagine, monsieur, avec votre métier.

— Un bien triste métier, monsieur mon beau-frère. Nous vivons des temps troublés. La pauvreté se rapproche de plus en plus. Quand on se déchire à l'intérieur même d'un pays comme nous le faisons depuis tant d'années… Mais laissons tout cela. Voulez-vous encore un peu de ce vin de muscat ?

Thierry s'inclina. Le commissaire fit couler le vin blanc liquoreux dans leurs verres.

— Vous avez raison, monsieur, d'autant que les dames pourraient nous entendre.

Quelque temps plus tard, monsieur et madame de Saint-Germain repartaient non sans avoir fait promettre aux du Moncel de venir les voir bientôt. Leur voiture aux rideaux de cuir baissés s'éloigna, le bruit des fers retentit un moment, puis le silence retomba.

13

Le vantail à peine refermé, Jean entraîna Sybille vers le bureau de Théophraste. Lajoye aidait Jeanne et Robine à ranger.

— J'ai à vous parler, madame.

Il y avait quelque chose dans sa voix, une gravité soudaine, qui inquiéta la jeune femme. Elle alla s'asseoir à sa place favorite dans le grand fauteuil sous le portrait de sa mère, arrangcant les plis de sa robe de taffetas autour d'elle. Elle était aussi belle que Catherine de Neyrestan sur le tableau de Clouet.

« Plus belle encore », songea du Moncel.

Mais était-ce ce qui s'était passé ces derniers jours ? Le manque qu'il avait eu d'elle ou bien cette comédie devant sa sœur qui l'avait insupporté ? Il déclara :

— Nous ne pouvons continuer ainsi, madame.

Le visage de Sybille se ferma. Il vit ses mains se crisper et, pendant un bref instant, il faillit renoncer.

— Allez, monsieur, fit-elle, je vous écoute.

Sa décision était prise et son ton resta d'une inhabituelle fermeté quand il poursuivit :

— Je ne peux continuer à mentir à ma propre famille. Leur laisser croire que vous portez mon nom alors qu'il n'en est rien.

Sa voix se radoucit jusqu'à n'être plus qu'un murmure.

— Madame, il faut nous marier.

Au lieu de se réjouir d'une telle demande, Sybille baissa la tête, regardant ses mains. Elle qui avait attendu leurs retrouvailles après ces quinze jours d'absence. Il lui avait tant manqué. Et là, soudain, au lieu de se serrer contre Jean, il lui fallait prendre une décision comme si sa vie allait se jouer dans les minutes à venir. Comme si sa vie entière dépendait d'un « oui » ou d'un « non ». Son seul désaccord avec Jean avait toujours été là. Elle avait refusé de l'épouser, même à la naissance de Julien. Et ce n'était pas par manque d'amour : elle n'aimait que lui, passionnément.

Elle releva les yeux.

Ces derniers temps, Jean avait l'air épuisé et soucieux. Et puis il y avait eu ce mystérieux voyage en Angleterre. Il lui disait peu de choses des cas qu'il traitait au Châtelet, sauf quand il avait besoin d'un avis médical, mais elle voyait bien qu'il n'avait guère de répit et qu'on lui confiait de plus en plus d'affaires.

Des cernes bleutés soulignaient ce regard attentif qu'elle aimait tant. Ce regard dont leur fils avait hérité et qui, en ce moment, cherchait le sien.

Sybille Le Noir savait que son refus, même s'il essayait de la comprendre, le rendrait malheureux. Elle savait qu'en s'opposant à sa volonté elle risquait de le perdre. Et puis il y avait Julien, dont l'état civil restait incomplet, fils sans mère de monsieur du Moncel.

Jean avait repris, la mine grave :

— Il n'y a pas un jour où je ne m'inquiète pour vous, madame. Quand je vous sais à secourir les pauvres jusque dans les taudis de la Cour des Miracles. Et avec cela, la peste qui revient.

Avait-il deviné que, profitant de son absence, elle avait passé ses journées au fief d'Alby, dans ces masures où survivaient de rapines et de crimes près de cinq cents familles que nul ne voulait soigner ?

Du Moncel se leva, marcha jusqu'au portrait de Catherine de Neyrestan qu'il contempla longtemps avant de se tourner de nouveau vers elle.

— Jusqu'ici, reconnaissez-le, j'ai accepté toutes vos conditions, même à la naissance de notre fils. Et pourtant, il m'en a coûté et il m'en coûte toujours.

La jeune femme croisa et décroisa nerveusement les doigts, jouant avec la bague d'aigue-marine de sa mère.

— Vous me manquez plus que je ne saurais le dire, madame. Cette vie à courir d'une maison à l'autre, loin de Julien et de vous… Pourquoi ne pas accepter le nom et la protection que je vous offre ?

En cet instant, elle aurait voulu se jeter à ses pieds, au lieu de cela, elle répondit d'une voix qui tremblait un peu :

— Je sais, monsieur, à quel point vous avez été bon et patient avec moi. Je sais tout ce que je vous dois, même la vie de mon père[1]. Et croyez bien que toute cette mascarade me déplaît à moi aussi. Nous en avons parlé tant de fois, vous et moi.

Elle se tut. Jean reprit de cette voix trop calme qu'il avait parfois et qui ne présageait rien de bon :

— Oui, madame. Et vous savez que je suis prêt à vous épouser malgré toutes les objections que vous avez pu me faire.

Il se tourna vers la fenêtre, évitant de la regarder alors qu'il poursuivait :

1. Voir *La Femme sans tête*, *op. cit.*

— Pourtant, cette fois, madame, je veux une réponse. Je vous laisse quelques jours pour réfléchir. Il faudra ensuite, avec ou sans vous, que notre fils soit présenté à madame ma mère.

Son regard croisa le sien, puis il s'inclina très bas.

— Madame, je vous salue.

Et il sortit.

Sybille resta sans voix. N'arrivant pas à croire à son brusque départ, à cette nouvelle séparation, alors qu'ils venaient à peine de se retrouver, que leurs regards se cherchaient, que leurs corps avaient tant besoin l'un de l'autre…

Quand elle se décida à se lever, il n'était plus là. Après le bruit des conversations, les éclats de rire, la gaieté de Julien parmi les invités, la maison lui parut terriblement vide.

Sa nourrice, qui avait fini de ranger la vaisselle, s'approcha d'elle, les sourcils froncés.

— Je sais ce que tu vas me dire.

La solide Normande resta silencieuse.

— Mon Dieu, ma Jeannon, ajouta Sybille en se tordant les mains, pourquoi ne suis-je pas comme les autres ?

Les larmes affleuraient à ses paupières. Jeanne lâcha son torchon et la prit dans ses bras.

SYBILLE LE NOIR

14

Le sommeil n'avait pas voulu de Sybille. Elle avait ordonné à Jeanne d'aller se coucher et, à peine de retour dans le bureau de son père, avait préparé un pli pour le chirurgien du roi, Ambroise Paré. Enfin, une fois cet ouvrage achevé – il était trois heures du matin à l'horloge de son cabinet –, elle alla chercher un livre dans la bibliothèque.

Elle refusait de penser à Jean et à la réponse qu'elle devait lui fournir. Elle revint vers son fauteuil, un roman de chevalerie à la main. Un cadeau de son cousin libraire, Philippe Le Noir. *L'Amadis de Gaule*, traduit d'espagnol en français en 1540 par le seigneur des Essarts, Nicolas de Herberay, avec privilège du roi.

Elle passa ses doigts sur la reliure de cuir fauve, l'ouvrit, tombant sur l'une des gravures représentant le preux et valeureux Amadis affrontant l'infâme Dardan. Elle commença sa lecture. Combien de temps resta-t-elle ainsi sans arriver à achever une seule ligne ? Imaginant Jean du Moncel à la place d'Amadis. Elle était en colère contre Jean et, tout en même temps, le manque de lui la tourmentait. Elle aurait voulu qu'ils se retrouvent au mitan du lit. Qu'ils fassent l'amour et qu'ensuite, épuisés et heureux, ils s'endorment, serrés l'un contre l'autre.

Elle reposa l'ouvrage d'un geste sec et se leva, marchant de long en large avant d'ouvrir les volets. Il faisait encore nuit, la rue était déserte et la neige tombait toujours. Elle frissonna, referma et alla dans la grande salle préparer le feu, entassant brindilles et mousse sèche. Elle avait à peine commencé à s'activer qu'elle entendit remuer à l'étage. Sa nourrice avait le sommeil si léger que jamais elle n'avait réussi à se lever sans la réveiller.

— Que faites-vous là ? demanda Jeanne du haut de l'escalier. Vous ne vous êtes pas couchée ?

Elle descendit les marches, s'enveloppant plus étroitement dans son châle de laine.

— Je n'avais point sommeil, ma Jeanne.

— Laissez donc ça ! s'écria la nourrice en regardant les flammèches qui léchaient le petit bois. Je vais m'en occuper.

Elle se pencha pour prendre une bûche.

— Si au moins vous cessiez de vous battre contre tous, y compris contre ceux qui vous aiment, grommela la nourrice qui posait une bûche dans l'âtre.

— Ne comprends-tu pas que je ne veux pas renoncer ? s'énerva Sybille. J'ai fait tant de sacrifices pour devenir médecin. Tout ça pour abandonner alors que je commence à peine à exercer. Et puis vois tous ces malheureux dans les rues et la peste qui revient, cette maudite !

Jeanne ne répliqua pas. En duelliste chevronnée, elle savait quand il valait mieux éviter de croiser le fer avec sa jeune maîtresse.

— Comment va la Robine ce matin ? ajouta Sybille pour parler d'autre chose.

Avant d'entrer à son service, la Robine avait été la servante de son grand-père. C'était une merveilleuse cuisinière, même si elle était maintenant quasi aveugle et fort sourde.

— Elle dort encore, la préparation du repas d'hier l'a éreintée. Quant à Julien, il n'a pas bougé de la position où je l'ai mis hier au soir, le pauvre mignon.

Sybille résista à l'envie d'aller voir son fils.

— Que dirais-tu d'un lait chaud avec du miel ? proposa-t-elle. Je crois que je vais profiter de ce réveil *viron soleil levant* pour passer à la faculté avant d'aller à l'Hôtel-Dieu…

Jeanne se redressa, les sourcils froncés.

— Et le petit ?

Sybille sourit. Dès qu'il s'agissait de Julien, Jeanne sortait ses griffes comme elle l'avait fait pour elle jadis.

— Je serai là pour le déjeuner. Je te le promets.

Sybille alla dans la cour, attrapa le lait dans le garde-manger puis revint avec un pot de miel pris à la cuisine.

— Prépare-moi un peu de pain et de fromage, veux-tu ?

— Où allez-vous ?

— À ma toilette, ma Jeanne.

— Toujours vos habitudes de sauvage, à rien manger comme les autres, grommela la nourrice. Je mets de l'eau à chauffer et j'arrive.

Après que Jeanne l'eut aidée à se déshabiller et eut posé une bassine de zinc sur le sol, Sybille se nettoya le corps avec le linge humide qu'elle lui tendait. Enfin, sa nourrice la rinça avec le broc d'eau tiède et lui tendit une serviette de toile.

— Merci, ma Jeanne, laisse-moi maintenant, cela ira.

Une fois la Normande sortie, elle s'entortilla dans le linge puis alla se regarder dans son miroir tout en brossant ses cheveux roux.

Ses pensées revenaient sans cesse à Jean. Trois ans qu'il était son amant. Un amant qu'elle adorait et qui l'aimait avec passion. Elle l'imagina, rue Serpente, dormant paisiblement. Même si elle savait qu'il n'en était rien et que leur amour le tourmentait tout comme la vie qu'elle lui imposait. Une vie dont elle voulait rester la maîtresse, qu'elle avait bâtie si différente de celles des femmes de son âge.

Elle se demandait parfois qui elle était vraiment.

Était-ce l'habitude qu'elle avait prise dès l'enfance de se vêtir en garçon parce que, dehors, c'était l'horreur de la Saint-Barthélemy[1] ? Elle se sentait plus à l'aise à l'abri des vêtements masculins que vêtue des basquines de soie, des vertugadins de taffetas, des robes de toile d'or à frisure d'argent que portaient ses consœurs. Plus à l'aise aussi en bottes cavalières qu'en escarpins de velours.

Elle noua ses cheveux et s'assit sur son lit pour enrouler une fine et longue bandelette de toile autour de sa poitrine. Elle la serra jusqu'à ce que son torse paraisse aussi plat que celui d'un homme.

Quelques minutes plus tard, elle revêtit chemise, pourpoint et chausses avant de passer par-dessus tout cela la longue robe noire des médecins.

Une fois ses bottes mises, son autre moi-même, son double masculin, « monsieur Charles Ferrières », qu'elle salua dans le miroir, était prêt à sortir. Elle n'avait plus qu'à prendre sa trousse et ses instruments.

1. Voir *La Femme sans tête*, *op. cit.*

Pour les voisins, monsieur Ferrières louait une chambre chez monsieur Théophraste Le Noir. Entre médecins, il était normal de s'entraider.

15

Pourquoi, ce matin-là, plutôt que d'aller à la faculté de médecine, Sybille était-elle partie au hasard des rues ? Elle passa devant le Châtelet, cherchant, sans vouloir se l'avouer, parmi les gens qui y pénétraient, la silhouette de l'homme qu'elle aimait.

Puis elle se retrouva devant Saint-Leufroy et là, prenant conscience que, à force de traîner, elle risquait d'être en retard, elle hâta le pas et traversa le Pont-aux-Changeurs.

Enfant déjà, elle était fascinée par ce pont recouvert de maisons de bois et de brique. Il y avait toujours eu là des changeurs, mais aussi des orfèvres et des joailliers dont les riches marchandises scintillaient dans la pénombre des boutiques. Elle marchait d'un pas vif quand un homme sortit devant elle d'une boutique. Si le carillon n'avait pas résonné, sans doute n'aurait-elle même pas levé la tête. Elle en resta saisie.

Jacob, l'apprenti de son père, Jacob auquel elle avait appris à lire et à écrire.

Il avait posé son bonnet de velours sur ses cheveux drus et était parti à grandes enjambées sans se soucier de la neige ni des plaques de glace sur lesquelles glissaient les badauds.

Elle était sûre que c'était lui, même si elle l'avait perdu de vue depuis plus de trois ans et que quelque chose dans sa silhouette et dans sa démarche eût changé.

Des milliers de souvenirs remontaient à sa mémoire. Eux dans le jardin. Eux dans la Maison Chymique devant les fours ou en train de rire avec Jeanne. Il avait été pour elle, qui avait eu une enfance si singulière[1], un presque frère.

Orphelin sans nom, maltraité par une bande de marauds, racheté par son père qui l'avait nommé Jacob, l'enfant malingre et craintif était devenu, au fil des ans, un solide jeune homme et le plus dévoué des assistants. Jusqu'à ce qu'il disparaisse sans laisser de trace peu de temps avant le départ de Théophraste Le Noir pour Prague.

Sybille l'avait fait chercher partout, recourant même à l'aide de Jean du Moncel et de Nicolas Sénéchal. Mais Jacob avait bel et bien disparu. Et jusqu'à ce jour, elle ne l'avait pas revu.

L'homme marchait vite et, oubliant toute prudence, elle se lança à sa poursuite. Elle faillit même le héler puis se rappela à temps la robe et le nom qu'elle portait. Que dirait Jacob si elle l'abordait ainsi vêtue en médecin ? Son envie était la plus forte. Tout en marchant d'un bon pas, elle détailla sa silhouette, ses vêtements de bonne coupe, ses bottes de cuir épais. Il passa sur la rive gauche et tourna dans une ruelle, où elle s'engouffra à sa suite… Et se retrouva plaquée contre le mur, un couteau sur la gorge.

— Qu'est-ce que tu veux, l'ami ? gronda Jacob. Pourquoi me suis-tu ? Parle !

Elle étouffait, incapable d'articuler un seul mot. Il relâcha juste assez son étreinte et elle souffla :

— Ja… Jacob, c'est… C'est moi.

1. Voir *La Femme sans tête*, *op. cit.*

Il la détailla de la tête aux pieds, puis ses yeux s'écarquillèrent. Le bonnet de velours de Sybille était tombé dans la neige avec sa sacoche. Il fixait ses cheveux roux.

— C'est vous, maîtresse ! C'est vous…

Il était blême.

— Oui, c'est moi, Sybille Le Noir, mon Jacob.

Il la lâcha si brusquement qu'elle faillit tomber.

Ce simple mot de « maîtresse » qu'il avait prononcé lui rappelait tant de choses qu'elle en aurait pleuré. Elle aurait voulu le serrer dans ses bras. Autour d'eux, des volets s'ouvraient, des gens sortaient sur le pas de leur porte. Il avait fait disparaître sa dague et la fixait, sidéré.

— Jacob, dis-moi quelque chose.

Pas de réponse. Elle chercha en vain ce regard vif qu'elle aimait tant. La flamme qui brillait autrefois dans les yeux du jeune homme avait disparu. Son regard était froid et distant. Elle prit conscience qu'il était devenu un étranger mais ne voulait pas le laisser partir comme cela. Elle avait soudain soif des maigres liens qui l'unissaient encore au passé. Passé dont Jeanne restait l'unique témoin. Tous avaient disparu, sa mère, son grand-père, son oncle, et même son père parti pour cette lointaine Prague sans la prévenir. Une sourde tristesse l'envahit.

— Tu ne peux pas avoir oublié notre amitié, murmura Sybille.

Un instant, le visage de Jacob s'adoucit. Mais ce fut si fugitif que Sybille douta d'elle-même.

— Vous n'avez jamais voulu admettre, maîtresse, que ce n'était pas de l'amitié que j'avais pour vous, jeta-t-il d'une voix douloureuse.

Et il tourna les talons, avant qu'elle ait pu esquisser le moindre geste pour le retenir.

LA VÉRITÉ SUR CHARLES FERRIÈRES

16

Revoir Jacob avait bouleversé Sybille plus qu'elle ne l'aurait voulu. Pêle-mêle surgissaient nombre de moments joyeux en sa compagnie. Elle revivait un passé qu'elle avait réussi à repousser jusque-là et se rendait compte que l'attachement qu'elle lui portait était intact. Cette amitié, qui chez Jacob s'était transformée en passion, était toujours vivante. Une passion à laquelle elle n'avait pu répondre, car elle ne l'aimait pas comme un homme, mais comme un frère.

Elle allait tourner vers l'École de médecine quand retentit une voix familière :

— Charles ! Charles Ferrières !

Elle s'arrêta au milieu du flot des bacheliers qui s'engouffrait sous le porche, attendant que Mathieu Piètre la rejoigne. Toujours aussi élégant dans sa robe de médecin doublée de fourrure, son bonnet de velours crânement incliné sur ses cheveux bruns, il lui sourit.

Ils s'étaient connus sur les bancs de la faculté et étaient devenus amis. Fils d'une lignée de médecins du roi, l'illustre famille Piètre, Mathieu ne dédaignait pas de l'aider à soigner les pauvres, passant sans états d'âme de sa clientèle du Louvre aux miséreux de la Cour des Miracles.

— Décidément tu te fais rare, mon ami. Cela fait un moment que tu n'es pas venu à l'Hôtel-Dieu, remarqua-t-il.

Il la regarda plus attentivement :

— On dirait que tu as vu un fantôme.

— C'est un peu ça, confessa Sybille. Pardon, Mathieu, j'aurais dû te prévenir. J'ai travaillé au fief d'Alby. Il y a tant de malheureux, là-bas.

Elle ne pouvait pas se confier à Mathieu plus qu'elle ne l'avait fait pendant ces dernières années. À lui comme aux autres, elle mentait sur sa véritable identité. Et elle n'allait pas lui dire qu'elle avait profité de l'absence de Jean du Moncel pour travailler davantage à la Cour des Miracles.

— Le fief d'Alby ! Toujours le fief d'Alby ! À croire que tu te plais dans cet antre de brigands ! Et tu étais seul, j'imagine ? Tu vas finir une dague entre les deux épaules, mon ami !

— Non, à force de soigner les uns et les autres, tout le monde me connaît là-bas. Ils ont besoin de moi. Mais, dis-moi, où en sont les cas de peste que nous avions observé à l'Hôtel-Dieu ?

Mathieu n'était pas dupe, il savait que c'était une façon de parler d'autre chose, il répondit pourtant :

— L'homme est mort et sa femme agonise.

— D'autres cas depuis ?

Tous deux craignaient une nouvelle épidémie, comme en 1580.

— Un jeunet. Le froid doit ralentir la maladie, mais…

Il se pencha vers elle, murmurant sur le ton de la confidence :

— Je voulais te parler d'autre chose. Viens, suis-moi, allons un peu à l'écart.

À quelques pas de là, le jardin des simples, un lieu où ils aimaient se réfugier du temps de leurs études, était couvert d'une neige épaisse et les branches du vieux pommier étaient blanches de givre. Un givre scintillant comme une parure de cristal. Ils marchèrent dans l'allée, faisant crisser la neige sous leurs semelles, puis Mathieu déclara :

— Je ne sais si cela va te réjouir car tu ne parles jamais d'eux, mais quelqu'un de ta famille te cherche.

Sybille pensa d'abord à son père puis revint bien vite à la réalité. Mathieu ne connaissait que Charles Ferrières, cet étudiant dont pendant un temps s'étaient moqués ses camarades, trouvant ses traits fins et sa voix plus proches de ceux des mignons d'Henri III que d'un futur médecin.

— Que veux-tu dire ? souffla-t-elle, espérant que son visage ne trahissait pas son angoisse.

— Il y a trois jours, ton cadet, Gilles, a rencontré le doyen de la faculté. Et celui-ci m'a demandé de te prévenir car il sait que nous sommes amis. Monsieur Ferrières veut te voir. Ton père est mort et, comme tu es l'aîné, tu dois rentrer au pays ou renoncer à ton héritage.

Sybille entendait les paroles de Mathieu et, pourtant, elle n'avait pas l'impression d'en saisir le sens.

— Charles, tu as compris ? Monsieur Ferrières est arrivé de Toulouse.

— Oui, oui, excuse-moi, veux-tu ? La nuit a été si courte, je…

Elle se tut, peinant à trouver ses mots. Cela faisait si longtemps qu'elle craignait ce moment, si longtemps qu'elle s'y préparait et là, elle était comme une enfant affolée, désorientée.

Elle avait volé l'identité d'un mort pour exercer le métier de médecin, et nul ici, à la faculté, ne la connaissait sous un autre nom que celui-là. Nul ne savait, non plus, qu'elle était femme. Toutes choses qui pouvaient l'envoyer dans les geôles du Châtelet, voire à l'échafaud si on la soupçonnait d'avoir tué le vrai Charles Ferrières.

Cela lui avait pris tant de temps de devenir cet étranger, d'adopter les usages, le parler et les manières des hommes. Cela avait été si difficile.

Mathieu, l'air embarrassé, reprit :

— Je suis désolé de t'avoir annoncé cela, mais tu ne m'as jamais vraiment parlé des tiens. Je pensais que…

Il s'arrêta.

— Tu n'as pas l'air bien. Si nous allions boire un peu d'*eau bénite* à l'auberge *Saint-Martin* ?

Sybille fit un signe négatif, elle songeait à un passé pas si lointain.

Charles Ferrières avait été amené à son père sur un brancard, un matin de printemps.

« Une blessure à l'aine », avait dit l'un des jeunes gens qui l'accompagnaient.

Son pourpoint et ses chausses étaient souillés de sang. Son cœur battait faiblement. Il avait l'âge de Sybille, le sang bouillant de leur époque tendre et violente et le goût des duels. Elle revit comme en songe son visage pâle et glacé.

Son père avait arrêté l'hémorragie, la laissant au chevet du duelliste. Au bout d'une heure, effrayée par les râles du blessé, elle avait couru chercher son père. Il s'était penché sur le malheureux, mais il était déjà trop tard. Charles Ferrières était passé dans l'outre-monde sans avoir repris connaissance.

Cette mort avait été le signe que Sybille Le Noir attendait. En fouillant les vêtements du cadavre, elle avait trouvé son titre de *maître ès arts* et l'acte de baptême nécessaires à son entrée à la faculté de médecine. Sa parentèle vivait dans le Sud-Ouest. Suffisamment loin pour ne pas risquer de croiser un de ses membres. Le plus dur avait été de faire accepter son choix à Théophraste.

La voix de Mathieu la ramena au présent. Six heures sonnèrent à la cloche de la faculté. Les élèves étaient entrés dans le bâtiment. Après le brouhaha de leur arrivée, le silence paraissait plus profond. Ils étaient seuls et la neige tombait maintenant à gros flocons, s'accrochant à leurs cheveux, se déposant sur leurs toques de velours. Son compagnon la regardait d'une drôle de façon.

— Monsieur ton frère m'a dit qu'il était descendu à l'auberge de *La Tête-Noire*, près du Châtelet. Tu devrais aller le voir.

Comme Sybille ne réagissait pas, il ajouta sur le ton de la plaisanterie :

— Et vite, avant qu'il n'aille déposer une requête au Parquet et qu'on ne lance des commissaires-enquêteurs à tes trousses !

Sa dernière phrase arracha un pauvre sourire à Sybille.

En fait, elle était terrifiée. Elle s'imaginait déjà traînée en prison par les gens d'armes. Elle devait prévenir Jean et mettre Julien à l'abri rue Serpente, ou mieux, chez Antoinette, à Saint-Germain-en-Laye.

17

Jacob s'était arrêté au bord de la Seine, non loin de la place de Grève. La neige ne tombait plus, mais tout était blanc et gris et le fleuve, où glissaient quelques barques, charriait des plaques de glace.

Il regardait tout cela sans le voir. Il pensait à sa vie d'avant, qui lui apparaissait maintenant comme un paradis perdu. Il repensait à ce prénom de Jacob que lui avait donné l'alchimiste. Un nom qui lui allait si bien à lui qui avait tant combattu.

Tout n'avait pas été facile avec Théophraste Le Noir. Jacob soupira. Il était parti de si loin. Il ne savait ni lire ni écrire. Il avait peur de tout, et surtout des coups. Petit à petit, l'alchimiste et sa fille l'avaient apprivoisé, comme l'animal craintif qu'il était.

Les années avaient passé, il avait appris, voulant plaire à celle qui lui enseignait avec une infinie patience les rudiments du français puis ceux du latin et du grec. Il avait soif d'apprendre, une soif dévorante.

Le monde de l'alchimiste était si vaste, si passionnant, si fertile.

Ils avaient approché ensemble les mystères de la création, cherché l'élixir de vie, l'or potable.

Avec l'âge d'homme, tout avait basculé. Il s'était pris d'amour pour Sybille. Une passion exclusive et jalouse. Une douleur insupportable encore aujourd'hui.

Et puis Théophraste, son maître, s'était mis à douter des recherches qu'il menait. Un autre alchimiste avait essayé de l'utiliser à des fins obscures[1]. Il avait perdu espoir, il avait perdu l'envie. Il n'était

1. Voir *L'Homme au masque de verre*, *op. cit.*

plus le même. Et seul l'enthousiasme de son apprenti le tenait encore.

Mais Jacob était parti.

Il n'en pouvait plus de chercher le Phénix, cette dimension spirituelle et divine qui leur échappait toujours. Il ne supportait plus de croiser Sybille, et surtout de la deviner amoureuse de ce monsieur Jean du Moncel.

Il avait tout brisé dans le laboratoire et s'était enfui pour voir s'il existait un ailleurs où il pourrait vivre sans la femme qu'il aimait et sans l'alchimie.

Il avait erré, traversant la France avant de revenir, bien des mois plus tard, sans que quiconque s'en aperçoive. Il avait trouvé la Maison Chymique abandonnée, les feux éteints. Dans le laboratoire, tout était resté en l'état. Les cornues et les matras brisés à même le sol. Son maître avait laissé une lettre où il lui parlait comme à un fils adoptif. Il était parti à Prague, laissant tout derrière lui. Sans espoir de retour.

Jacob avait sangloté, ce qui ne lui était plus arrivé depuis l'enfance. Ensuite il avait même songé à se mettre en route pour Prague, lui aussi. Mais le sort avait tourné. On lui avait proposé de travailler les métaux, de devenir alchimiste lui-même. Enfin, c'est ce qu'il avait cru.

La corne d'un bateau le fit sursauter. La neige se remettait à tomber. La glace était partout en plaques luisantes sur les pavés, en paillettes sur les voiles raidies des navires. Il frissonna soudain, ne sachant si c'était de froid ou parce que ses souvenirs le torturaient plus qu'ils ne le réconfortaient.

18

L'enfant, maigre et en haillons, était sortie ramasser du bois. Elle resta figée devant le corps qui gisait dans la neige, lâcha la botte de branchages qu'elle portait et courut de toute la force de ses petites jambes chercher son père.

Le charbonnier, un homme rude, un homme des bois avec lequel elle vivait, hiver comme été dans une hutte dans la forêt de Séquigny, non loin de Sainte-Geneviève-des-Bois, se nommait Martin. Il la suivit et hocha la tête devant ce qu'il prit au premier abord pour un cadavre.

De nombreuses plaies transperçaient le pourpoint du malheureux, son sang souillait la neige autour de lui. C'était un homme âgé, qu'il n'avait jamais vu au village, vêtu comme un bourgeois.

Martin posa sa main sur le cou où palpitait faiblement la vie. Il alla chercher le brancard de fortune dont il se servait pour transporter le bois au printemps. Enfin, il revint jusqu'à leur hutte en tirant son chargement, suivi par la fillette qui sautillait. Une fois à l'intérieur, il installa l'inconnu sur sa paillasse, fit signe à sa fille de le surveiller et ressortit.

À son retour, il déshabilla le blessé, nettoya ses plaies avec l'eau de la rivière, le frotta pour chasser le froid de ses membres puis le rhabilla.

S'il devait vivre, il vivrait.

Il remit une bûche sur la pierre qui servait de foyer. La fumée s'échappait par un petit trou dans le toit. Aucun mot n'avait été prononcé entre le père et la fille. L'enfant s'assit à côté de Martin, les yeux fixés sur le blessé et attendit. Elle serrait contre elle sa poupée de chiffon.

Le charbonnier ressortit, refermant derrière lui.

Il revint avec un lapin mort qu'il avait attrapé au collet.

Plus tard, Martin se coucha à côté du blessé qui gémissait dans son sommeil.

— L'or... disait-il. Ne me tuez pas... À l'aide...

Le charbonnier tira un peu la couverture. Il avait travaillé toute la nuit, il fallait qu'il dorme. La petite s'installa dans sa couche, une sorte de berceau en hauteur. Au loin retentit l'appel d'un chien. Le charbonnier se releva pour vérifier la porte et la cala avec une planche. La fumée lui piquait les yeux, mais il faisait tiède comme dans le ventre d'une femme. Il sourit en regardant sa fille. Elle s'était endormie tel un petit animal, roulée en boule, sa poupée contre elle.

Il se cala de nouveau contre le blessé, lui donnant sa chaleur, songeant au printemps qui allait revenir.

Bientôt, le travail recommencerait. Les oncles et les cousins arriveraient. Ils retaperaient les huttes de branchages. Ils allumeraient les meules de bois dès l'aube. Ils mangeraient ensemble, travailleraient dur, raconteraient des histoires aux veillées et, ce, jusqu'à la fin de l'été. Puis ils iraient vendre le charbon de bois aux verreries et aux poudreries. Et un nouvel hiver viendrait.

Martin s'endormit.

LE PILON ET LE MORTIER

19

Le jour se levait à peine quand Jean du Moncel repoussa sa courtepointe. Cent fois il s'était levé pour rejoindre Sybille, cent fois il s'était rassis. Le sommeil l'avait fui et ce n'est qu'au matin qu'il s'était enfin assoupi, épuisé.

Assis au bord du lit, ses pieds nus sur le parquet, il soupira. Ses pensées s'entrechoquaient et un solide mal de crâne lui battait les tempes.

— Lajoye ! Où es-tu, fainéant ? grommela-t-il.

— Je suis là, mon maître, répondit le laquais en sortant tout habillé de la garde-robe, une pièce en soupente, dans laquelle il s'était aménagé une chambre au confort spartiate.

— Quelle heure est-il, mon ami ?

— Six heures, mon maître. Et vous n'avez guère dormi.

— Palsambleu, comment aurais-je pu ?

Jean jura.

— Six heures, as-tu dit ? Je devrais déjà être chez Perrin. Passe-moi mes vêtements, vite !

— Ils sont prêts, mon maître, fit le Normand qui, voyant sa mauvaise humeur, l'habilla en silence et glissa dans sa sacoche de cuir un petit sac de toile contenant un morceau de pain et de la viande séchée.

Quelques minutes plus tard, le commissaire claqua la porte, sortit et retint à grand-peine un nouveau juron, quand il glissa sur le sol gelé. La rue Serpente était blanche, les trottoirs luisaient, recouverts ici et là de plaques de glace. Le vent du nord soufflait toujours.

Le commissaire serra plus étroitement les pans de sa cape et partit vers la rue Saint-Martin où habitait son ami Touraine.

Même si ses pensées le ramenaient sans cesse à Sybille, l'obstination de Perrin Touraine à dissimuler son enquête le souciait. Qu'avait-il donc pu dénicher de si dangereux qu'il se méfie même des gens du Châtelet ? Et puis l'« humeur enquêteuse » de Jean le ramena au chien noir, cet animal dont la fidélité sans faille lui évoquait celle d'Argos, le chien d'Ulysse. Une bête sans laquelle on n'aurait jamais retrouvé le corps du marchand. Ce Lambert auquel son ami s'intéressait sans qu'il en comprenne encore la raison.

Du Moncel longea l'église Saint-Séverin, remarquant au passage des graffitis au charbon. L'un d'eux représentait le roi et ses mignons, sauf que les corps n'étaient plus ceux d'hommes, mais de singes.

Henri III, auquel le peuple et les curés préféraient monsieur de Guise et sa Ligue.

Le texte d'un libelle lui revint :

« *Henry, par la grâce de sa mère, inutile Roy de France et de Pologne imaginaire, Amy du diable, Basteleur des églises de Paris, Visiteur d'estuves…* » Il n'était pas de jour sans que le peuple, misérable et affamé, s'en prenne à ce roi qu'on disait licencieux et incapable. On lui reprochait des emprunts qui ruinaient le royaume. Un effort de guerre qui ne portait aucun fruit.

Il faudrait de nouveau ordonner aux sergents de ville d'effacer tout cela.

Quelques instants plus tard, après avoir pris le Petit Pont puis le pont Notre-Dame, le Normand s'arrêta au bord de la Seine, observant la cathédrale avant de diriger son regard vers le Port-à-la-Chaux. La berge couverte de cuveaux, d'empilements de planches finissait en pente douce dans le fleuve ; des dizaines de barges de transport étaient arrimées les unes aux autres, leurs cargaisons protégées par des bâches de toile huilée.

Des corbeaux s'étaient juchés sur l'une d'elles et leurs croassements étaient le seul bruit qui troublait le silence.

Jean se demanda ce qui pouvait les agiter ainsi, puis il repartit.

Le soleil faisait scintiller la glace qui ourlait le rivage. Partout, cette uniforme blancheur qui donnait un air de fête à Paris. Et le givre sur les branches des arbres. La puanteur qui venait des égouts à ciel ouvert, les amas d'ordures, tout cela avait disparu, chassé par le froid ou recouvert par la neige. Le commissaire respira l'air glacé à pleins poumons, heureux de se sentir si vivant.

Il remonta d'un pas vif la rue Saint-Martin et, après le croisement avec la rue Saint-Jacques-la-Boucherie, aperçut, comme l'avait annoncé son ami, un mortier et un pilon sculptés sur la façade d'une boutique d'apothicaire.

— Le bonjour, monsieur, le salua un jeune homme qui ouvrait les volets. Puis-je vous aider ?

Son visage long et maigre, couronné d'une masse de cheveux bruns en bataille, avait un air de famille avec celui de Perrin.

— Ma foi, oui, mon ami, je suis le commissaire Jean du Moncel, j'ai rendez-vous avec monsieur Touraine.

— Monsieur Jean du Moncel, répéta le jeune homme. Votre nom m'est familier. Monsieur mon oncle l'a déjà mentionné devant nous.

Il fronça les sourcils.

— Je ne l'ai pas vu au dîner, hier au soir, mais entrez, monsieur, je vous en prie.

Et il ouvrit toute grande la porte de la boutique.

Le commissaire monta les quelques marches et s'arrêta sur le seuil. L'apothicairerie était magnifique. Une des plus belles qu'il ait jamais vues.

Le sol était recouvert de mosaïques noires et blanches et, au mur, alignées, des centaines de silènes, ces boîtes de bois ornées de cartouches calligraphiés et de magnifiques dessins représentant des plantes ou des scènes mythologiques.

Le Sang-Dragon, la poudre de crâne humain et le bézoard côtoyaient la rose de Provins, la bourrache, le quinquina, la corne de cerf ou l'angélique… Il en émanait un effluve indéfinissable, mélange de miel, d'épices et de fleurs. Dans un brasero brûlaient de grosses bûches.

— Je vous en prie, insista le jeune homme, entrez. Mais je ne me suis pas présenté. Je suis Charles, le fils de monsieur Gaspard Touraine.

Il avait suivi le regard de son visiteur.

— Dans notre famille, nous sommes apothicaires depuis plusieurs générations. Seul monsieur mon oncle a pris une autre voie. Asseyez-vous, monsieur, je vais voir s'il est à sa chambre.

Le jeune homme avait désigné un fauteuil à l'assise de velours près d'un comptoir où s'alignaient des faïences d'un blanc laiteux, des mortiers de bronze, une balance… et une fontaine à thériaque, ce remède mythique, connu depuis l'Antiquité, dont Sybille se moquait, assurant que c'était surtout l'opium entrant dans sa composition qui soulageait les maux.

Jean n'eut pas longtemps à attendre. Charles redescendait. Il se leva, en proie à un sombre pressentiment.

— Monsieur, je suis désolé, monsieur mon père m'a dit que mon oncle n'était pas rentré. Je suis monté à sa chambre, son lit n'est pas défait.

— Est-ce dans ses habitudes ?

— Ma foi, non, monsieur, se récria le jeune homme. Mon oncle est plus régulier qu'une horloge.

— Puis-je voir sa chambre ?

— Suivez-moi, monsieur, je vous en prie.

Ils gravirent les marches d'un escalier si étroit que leurs épaules frottaient les murs. Une odeur de soufre, d'épices et de vinaigre flottait dans l'air. Charles désigna un vantail.

— C'est ici. Je vous laisse, monsieur, je dois ouvrir la boutique, et j'ai des préparations à faire.

Jean poussa la porte et se retrouva dans une petite pièce éclairée par une unique fenêtre.

Un lit, une table de travail, un broc pour la toilette. C'était d'une simplicité monacale et hormis un coffre, où il n'y avait que des vêtements, Jean s'en assura, aucun papier, aucun registre nulle part.

Le commissaire fouilla partout, regarda sous le lit. La seule chose qu'il trouva glissée sous le pied de la table pour le caler, était un franc d'argent à l'effigie d'Henri III.

Il le remit à sa place et sortit. Au rez-de-chaussée, un homme, dont la ressemblance avec Perrin était troublante, l'aborda.

— Le bonjour, monsieur. Je suis Gaspard, le frère de Perrin. Il ne lui est rien arrivé, au moins ?

Sa voix avait le même timbre que celle de Perrin. Et il fallait y regarder à deux fois pour s'apercevoir que l'homme était un peu plus dégarni et gras que son frère. On aurait dit des jumeaux.

— Non, monsieur. Votre frère vous parle-t-il parfois de ses affaires ?

— Jamais, monsieur le commissaire. Il est très discret et pour tout ce qui concerne le Châtelet, il fait plutôt appel à notre cousin Doisnard. Mais ces derniers temps, faut que je vous dise, mon frère n'était plus le même.

— Expliquez-vous.

— Lui si brave, il avait peur de tout. Le soir, il fallait toujours qu'il descende vérifier si j'avais bien mis la barre à la porte, si les volets étaient fermés. Il sursautait au moindre bruit. Et pourtant, il a vu tant de choses, mais là… Je n'en sais pas plus, monsieur le commissaire.

— Rien d'autre, vous êtes sûr ?

Le frère de Perrin réfléchit.

— Ah si, peut-être, l'autre jour, il m'a demandé si j'avais entendu parler d'une Ligue des Marchands. Comme je lui posais des questions, il s'est presque fâché et a fini par me dire de tout oublier. Ce n'est pas dans son caractère de s'emporter contre moi. Jamais un mot plus haut que l'autre, Perrin.

Jean opina du chef. Gaspard reprit :

— Croyez-vous, monsieur, qu'il lui soit arrivé malheur ?

— Ne vous inquiétez pas, fit Jean, feignant une assurance qu'il était loin d'éprouver. Il mène une enquête difficile, il a dû dormir au Châtelet et oublier notre rendez-vous.

Quand il prononça ces mots, Jean se dit que c'était impossible. Jamais Perrin n'avait oublié un rendez-vous, mais jamais non plus Perrin ne s'était montré inquiet.

Une vieille femme, les épaules couvertes d'un châle, gravissait les marches menant à l'apothicairerie. Jean s'écarta pour la laisser passer et repartit vers le Châtelet.

Il était à peine arrivé en vue du Port-au-Bois que son attention fut attirée par un attroupement. Des bateliers s'étaient rassemblés au bord de la Seine et des corbeaux les survolaient en croassant.

Le commissaire se mit à courir.

20

Le commissaire Raphaël Bléry s'était dressé sur sa couche. La cloche de Saint-Eustache venait de sonner. Il devait retourner au travail. Sa femme, Pernelle, dormait encore, ses cheveux blonds étalés sur l'oreiller, ses petites mains aux ongles roses jointes sous sa joue, comme une enfant.

Il repoussa sans bruit la courtepointe, s'assit au bord du lit, posa ses pieds par terre et frissonna au contact glacé du carrelage. Il avait mal dormi, se tournant et se retournant, sans trouver le sommeil. Il avait bien songé à parler à son épouse. Il aurait aimé lui expliquer combien il avait peur. Il aurait aimé qu'elle le serre contre lui comme un enfant qu'on console. Mais jamais Pernelle n'aurait fait ça.

Elle était frivole et égoïste. Mais qui était-il, lui, pour le lui reprocher ? Il secoua la tête. Au moins, il avait Pernelle. Avec sa santé fragile, son métier, sa laideur – car il était laid –, il aurait pu vivre seul ainsi que la plupart de ses collègues qui se contentaient de baiser des puterelles !

C'est vrai qu'il était toujours malade, à attraper les fièvres avant les autres. Il n'y avait que la peste à laquelle il avait toujours échappé. Il se signa à plusieurs reprises, priant que la mort noire ne le touche pas, puis enfila ses galoches et se leva.

Après être allé se soulager au retrait, il revint s'habiller.

Il repensait à sa journée de la veille, passant et repassant tous les événements, les paroles qu'il avait dites, celles qu'il aurait dû prononcer. Il était comme ça, Bléry, à toujours ressasser, surtout ce qui lui faisait du mal…

Il secoua la tête, dans l'espoir que ce simple mouvement chasserait ses idées noires.

Des idées noires, sa femme, la jolie Pernelle, n'en avait pas. Il l'enviait. Elle dormait toujours. Elle poussa juste un soupir d'aise et s'étala davantage dans le lit. Elle était si rose et fraîche, si blonde et douce.

Bléry arrangea la couverture, se pencha pour l'embrasser sur le front et referma la porte de la chambre.

Après avoir enfilé son manteau, glissé son pistolet et son épée à sa ceinture, Raphaël, comme tous les matins, se regarda dans le miroir d'étain.

Il avait tout juste quarante ans et c'était un vieillard à la peau blême, aux yeux cernés de noir, au crâne chauve qu'il voyait devant lui.

Il se détourna, plus voûté encore. Le goût amer de la bile lui monta à la gorge. Amer. Si amer.

Quelques minutes plus tard, alors que des vols de corbeaux croassaient au-dessus de la ville et que la neige se remettait à tomber, le commissaire Raphaël Bléry s'éloigna à petits pas prudents vers le Châtelet, évitant les plaques verglacées.

UN CADAVRE SOUS LA GLACE

21

Les gens s'écartèrent, à part un sergent qui lui barra le passage.

— Hors de mon chemin, bougre d'animal ! gronda Jean, furieux. Du Moncel, commissaire-enquêteur au Châtelet.

L'homme recula et bafouilla des excuses :

— Désolé, monsieur le commissaire-enquêteur, je viens juste d'envoyer chercher de l'aide, je pensais pas…

— Ça ira, empêche les gens d'approcher.

La gorge serrée, Jean descendit vers le rivage. Il apercevait maintenant ce qui excitait les corbeaux. Un soupir de soulagement lui échappa, vite réprimé. Ce n'était pas Perrin qui gisait là, mais une femme. Emprisonnée dans la glace, à quelque distance du rivage, le visage tourné vers le ciel, les yeux grands ouverts, aussi nue qu'au jour de sa naissance. L'eau gelée lui faisait un étrange cercueil, estompant ses traits, lui conférant une beauté inhumaine de déesse pâle et hiératique. Ses cheveux noirs et son corps enveloppés de bulles d'air accrochaient la lumière.

Une sourde tristesse envahit Jean qui s'arracha à sa contemplation pour se tourner vers le sergent.

— Trouve-moi une hache ou un pic pour la sortir de là !

L'un des bateliers, un jeune gaillard au torse protégé par un gilet en peau de mouton, fila vers l'une des barges et revint avec une tige de fer.

— Prends garde de ne point l'abîmer !

— Oui, monsieur le commissaire. Mais, sauf votre respect, elle sent plus rien, répondit le jeune gars en abaissant la pointe de métal qui heurta violemment la surface glacée.

Bientôt la glace céda. Le jeune gars attaqua un peu plus loin et ainsi de suite, tout autour du cadavre jusqu'à ce que l'eau se glisse par les fentes et recouvre les plaques de glace. Le corps frémit. Comme s'il était animé d'un reste de vie.

— Sortez-la et vite, avant que le courant ne l'emporte et qu'on ne soit obligé d'aller la chercher au milieu du fleuve ! s'écria Jean.

Derrière lui retentirent des bruits de pas. Des soldats descendaient sur la berge, précédés d'un jeune homme maigre en habit, le pistolet au côté. Le nouveau venu – il ne devait guère avoir plus de vingt ans – était blond, la moustache fine, les yeux d'un bleu très pâle.

— Le bonjour, monsieur Mévoisins, fit Jean en se portant à sa rencontre. Je n'avais pas eu l'occasion de vous saluer. Je suis Jean du Moncel.

— Ah çà ! monsieur du Moncel, répondit le nouveau venu en s'inclinant. Je ne m'attendais pas à vous trouver ici.

Le ton était sec.

— Ma foi, monsieur, moi non plus, avoua Jean sans se formaliser de l'accueil un peu frais de son jeune collègue. Mais je passais par là et j'ai vu l'attroupement.

Le regard du nouveau commissaire de quartier se tourna vers le cadavre que le sergent et le batelier tiraient sur la rive.

— Faites reculer ces gens ! ordonna-t-il aux hallebardiers. Et qu'on nous apporte un linceul.

La femme était jeune mais, en quittant son habit de glace, elle avait perdu sa magnificence et n'était plus maintenant qu'un corps misérable.

Les deux hommes s'approchèrent. Du Moncel laissa son jeune collègue faire son examen. Louis Mévoisins se pencha... puis se redressa brusquement. Il avait pâli.

— Que vous arrive-t-il ? demanda Jean.

— Ma foi, monsieur, je la connais. C'est Margaux, l'épouse du marchand Lambert. Je l'ai reçue hier matin. Elle était venue déclarer la disparition de son époux. Vous et monsieur Touraine partiez rue des Prêcheurs. Je n'ai pas pensé une seconde qu'elle courait un danger. J'aurais dû...

Il se tut, le visage crispé, avant d'ajouter :

— Je lui ai conseillé de rentrer chez elle.

— Qu'auriez-vous pu faire d'autre, monsieur ? déclara du Moncel, se rappelant la silhouette entrevue la veille.

Cette femme assise devant son collègue, désespérée, qui se tordait les mains.

Jean ferma les yeux de la malheureuse et fit signe au soldat qui apportait une bâche de se hâter. Il saisit le linceul improvisé et se pencha vers le corps.

Un peu de couleur revenait aux joues du jeune Mévoisins.

— Pas de blessure apparente, remarqua Jean, recouvrant avec douceur la malheureuse. Et pourtant, elle ne s'est pas baignée nue de son plein gré en cette saison.

Il regarda autour de lui.

— Aucun vêtement sur la berge. Elle a quelques traces sur les bras et les poignets, cela pourrait être le signe qu'elle s'est débattue, mais le légiste vous en dira davantage.

Il acheva de dissimuler la nudité de Margaux à la vue des badauds, bateliers, pêcheurs et curieux qui s'agglutinaient derrière les hallebardiers.

— Mieux vaut vérifier, monsieur, si quelqu'un parmi ceux-là a vu ou entendu quelque chose.

Comme Mévoisins ne réagissait pas, Jean reprit :

— Ne doutez point de vous, monsieur Mévoisins, vous avez fait ce que vous deviez pour cette malheureuse et je suis sûr que vous trouverez l'assassin.

— Je ne doutais point, monsieur, répliqua le jeune homme d'un ton sec.

— Si toutefois, vous avez encore besoin de mon aide, n'hésitez pas, fit Jean.

— Merci, monsieur, cela ira.

Un bruit de sabots retentit. C'était la carriole des morts tirée par une jument aux flancs maigres. Le cocher la mena jusqu'au rivage et attendit. Mévoisins, après avoir salué son collègue, s'approcha pour interroger les badauds pendant que les soldats hissaient le cadavre sur la carriole.

Jean chassa les corbeaux d'un geste rageur. Le mari égorgé, la femme noyée. Plus il avançait, plus cette affaire prenait une tournure déplaisante. Comme si l'assassin se riait d'eux, tuant impunément. Il repartit d'un bon pas. Domenico l'attendait au cimetière des Innocents.

22

Jean du Moncel tourna dans la rue au Fer sans prêter attention aux échoppes d'images pieuses qui se succédaient. À cause du froid, la plupart des auvents étaient fermés. Il entra au cimetière par la porte Saint-Eustache, salua le gardien qui pelletait la neige et qui se redressa en l'apercevant.

— Ah, m'sieur le commissaire, bien le bonjour, c'est plaisir de vous voir.

Quelques années auparavant, l'homme avait fait appel à lui et à Perrin pour une invraisemblable histoire de « morts vivants[1] ». Depuis cette affaire qui avait failli le conduire à la folie, il vouait une reconnaissance sans bornes aux deux officiers du Châtelet.

Il posa sa pelle sur le bout de sa galoche et s'épongea le front d'un revers de manche.

— J'peux vous aider, m'sieur du Moncel ?

— Ma foi, oui, mon brave. Je viens pour l'enterrement de monsieur de Villeneuve.

— Les autres sont déjà dans l'église, à la chapelle Saint-Michel. Mais avec ce temps, ça sera point possible de creuser, vous pouvez m'en croire. La terre est dure comme du fer.

Jean laissa courir son regard sur le cimetière. Les toits de l'église des Innocents, ceux des charniers, de la tour Notre-Dame-des-Bois, la tombe Morin, le prêchoir, tout était d'un blanc étincelant.

Seul le passage que le gardien avait dégagé était d'une couleur grisâtre qui tranchait avec le reste.

1. Voir *L'Homme au masque de verre*, *op. cit.*

Il respira profondément puis se dirigea vers la chapelle dont il poussa la porte.

Le cercueil, recouvert d'un linceul d'un blanc aussi immaculé que la neige, était posé sur des tréteaux devant l'autel.

Hormis le prêtre et son aide, un garçon qui frissonnait sous son aube trop légère, il n'y avait que Galeazzo, le procureur Carrel, le lieutenant criminel de robe longue et madame de Castellane, une lourde cape de fourrure posée sur les épaules.

Jean fit le signe de croix et se glissa à côté de son ancien chef. Le prêtre psalmodiait une prière. Le commissaire essaya en vain de chasser la mélancolie qui l'avait envahi. Il pensait à monsieur de Villeneuve mais aussi à son père, disparu trop jeune, à tous ces gens qu'il avait aimés et qui étaient morts.

Distrait, l'enfant de chœur regardait en l'air, son souffle se transformant en buée dans l'air glacé de la chapelle.

Jean pensa à sa première rencontre avec monsieur de Villeneuve, quelques années auparavant :

— Notre cour n'est que masques, lui avait dit Villeneuve. Tous ces grands qui ne font trafic que de dissimulation ! Qu'en pense le gentilhomme que vous êtes ?

— Qu'aucun gentilhomme n'aime porter un masque, monsieur. Et moi, moins qu'un autre.

— C'est pour cela que vous êtes ici aujourd'hui, monsieur du Moncel, et aussi pour cette humeur enquêteuse qui est la vôtre et qui nous sera fort utile.

— Qu'attendez-vous de moi, monsieur de Villeneuve ?

— Beaucoup, monsieur du Moncel. Davantage, peut-être, que vous ne pourrez jamais m'offrir.

Et c'était vrai. Monsieur de Villeneuve demandait beaucoup, mais il lui avait aussi beaucoup donné…

L'enfant de chœur fit tourner sa crécelle, ramenant Jean à ce qui l'entourait. L'office des morts s'achevait. Le garçon brandit sous son nez une bourse de tissu.

— Donnez, donnez, mon beau monsieur ! Pour les pauvres, les sans sépulture, les transis, les oubliés, les sans chair, récita-t-il d'une voix pointue.

— Tiens, petit, dit Jean en jetant deux pièces dans la bourse.

Le jeunet fila devant Carrel :

— Pour les pauvres, les sans sépulture, les transis, les oubliés, les sans chair…

L'enfant de chœur passait de l'un à l'autre, répétant sa terrible phrase, faisant tinter l'argent dans la bourse qu'il finit par tendre à regret au prêtre.

Le lieutenant criminel de robe longue était parti d'un pas pressé avec le procureur Carrel. Il avait rendez-vous au Louvre. Du Moncel rattrapa madame de Castellane près de la sortie. Après avoir répondu à son salut, la femme se pencha et lui murmura à l'oreille :

— Venez chez moi, rue Saint-Honoré, monsieur du Moncel. Je vous dirai l'avenir.

Sous sa fourrure qui s'était entrouverte ondoyait le taffetas d'une robe parme à la Médicis. Un carcan de perles enserrait son cou long et mince.

— Mon Dieu, madame, en ce domaine, je préfère préserver mon ignorance, mais je viendrai avec grand plaisir. Ce soir, à la tombée du jour, si cela vous convient.

L'étrange femme – elle avait des yeux pâles et des cheveux si blonds qu'on les eût dits presque blancs – acquiesça puis, après une révérence d'une grâce exquise, se détourna.

Du Moncel la regarda s'éloigner, silhouette mince, sans âge.

Elle ne se prétendait ni voyante ni astrologue, mais « pythonisse », un terme évoquant davantage les prêtresses d'Apollon qu'une femme de ce siècle. Dans le dossier que monsieur de Villeneuve avait transmis à Jean, il avait noté en marge de sa belle et longue écriture : « Celle qui possède l'esprit prophétique ». Madame était-elle donc vraiment une devineresse habilitée à questionner l'avenir ? Le commissaire en doutait, n'ayant aucun goût pour les divinations ni autres croyances. Mais les égards avec lesquels monsieur de Villeneuve accueillait toujours l'étrange femme l'engageaient à ne pas la prendre à la légère et l'avaient convaincu que refuser son invitation serait discourtois, et surtout mal avisé.

Domenico Galeazzo, qui s'était entretenu avec le prêtre, le rejoignit, l'arrachant à ses réflexions sur la singulière madame de Castellane.

— Le cercueil restera cette nuit dans l'église, monsieur, où une messe sera dite pour le repos de l'âme de monsieur de Villeneuve.

— Bien, fit Jean.

— Dès que le temps sera plus clément, poursuivit Domenico, il sera enterré, ainsi qu'il le souhaitait, près de la tombe de Nicolas Flamel.

— Et l'épitaphe ?

Le visage de Domenico laissa transparaître un désarroi que Jean ne comprit que plus tard.

— Elle est en place près du charnier de la Vierge, sous la Mort Saint Innocent. Monsieur de Villeneuve l'a fait graver, il y a trois ans de cela… Souvenez-vous… quand il s'est cru mourir.

Ils allaient se séparer.

— Je vous ai transmis le dossier concernant du Halde, ajouta Jean.

— Je l'ai parcouru.

— Occupez-vous de cette histoire d'envoûtement et, si cela vient du confesseur du roi, comme je le crains, faites en sorte que cela ne se reproduise pas. Sa Majesté ne doit pas être inquiétée.

— Cela sera fait, fit Galeazzo qui s'inclina.

Jean se retrouva seul. Le prêtre était retourné à la sacristie avec l'enfant de chœur. Des corneilles se posèrent sur la neige. Le commissaire partit sur la droite vers le charnier de la Vierge.

Sous la cinquième arcade, se dressait la Mort Saint Innocent, une statue représentant la Mort, le corps décharné, levant le bras. Ce fut non loin de l'étrange effigie d'albâtre que Jean trouva la plaque de pierre sur laquelle monsieur de Villeneuve avait fait graver ces mots, en français :

Ci-gît, paix à son âme, le corps de Monsieur Loys, Étienne, Jean, de Villeneuve, chevalier, baron de Passy et Argiers, lequel décéda le deuxième jour du mois de janvier 1587. Priez pour lui.

« Qui ne meurt longtemps sur la terre
Ne vivra jamais dans les cieux. »

Abasourdi, Jean passa sa paume sur la pierre. La gravure était ancienne, recouverte de mousse séchée, saupoudrée de neige, mais le plus étonnant, c'est que la date du décès l'était aussi.

Comme si, trois ans auparavant, monsieur de Villeneuve avait déjà su qu'il mourrait le deuxième jour de janvier 1587.

L'ANTICHAMBRE DES ENFERS

23

Le commissaire avait été si troublé par la découverte qu'il venait de faire au cimetière qu'il se retrouva devant le Châtelet sans même s'en être rendu compte. Il prit une profonde inspiration et ouvrit une porte basse d'où monta un souffle glacé.

Il n'y avait pas d'endroit qu'il détestait plus que la morgue. Les années passaient et, pourtant, il ne s'y habituait pas. Y descendre, c'était comme descendre aux enfers. On accédait à l'ancienne geôle par des marches luisantes d'humidité et si creusées par endroits qu'il était même difficile d'y poser le pied. Quant à l'odeur qui y régnait, elle vous soulevait le cœur.

Jean avait tout essayé : manger avant, rester à jeun… Rien n'y faisait, les effluves qui montaient des cadavres lui donnaient la nausée.

Il prit son mouchoir qu'il maintint sur ses narines.

La seule chose qu'il avait apprise avec le temps, c'est à tenir bon jusqu'à ce que son odorat saturé ne perçoive plus rien. Heureusement, le froid ralentissait la décomposition et les odeurs n'étaient point si fortes qu'en été.

Par un soupirail filtrait une lueur indécise que renforçait celle de torches fichées dans les parois couvertes de salpêtre.

Les meilleurs jours, il y avait là entre dix et vingt morts alignés sur des brancards ou sur des tables.

Le seul signe de vie dans cet antre de la mort était les allées et venues d'un jeune homme, le torse enveloppé d'un tablier de toile.

Jean soupira. Combien d'horreurs avait-il vues défiler dans cette antichambre de la fosse commune ?

Un peu de neige était tombée du soupirail, saupoudrant les formes couvertes de linceuls. Jean s'approcha du médecin qui n'était autre que Pierre Leroux, un collègue de Sybille, ou plutôt de Charles Ferrières.

— Ah ! monsieur le commissaire, c'est vous ! fit Pierre. Je croyais que c'était monsieur Mévoisins qui s'occupait du couple Lambert ?

Le ton était joyeux. Comme celui d'un écolier qui vient de terminer avec succès une version latine et non comme celui d'un homme qui vient de trancher dans les chairs d'un autre.

— Disons que, pour l'instant, j'apporte mon soutien à monsieur Mévoisins. Où en êtes-vous ?

Le cadavre d'Étienne Lambert était sur une table au côté de celui de sa femme. Il avait été vaguement recousu après avoir été ouvert, ce qui n'était pas le cas de Margaux Lambert.

Jean avala sa salive avec difficulté.

— Je viens de finir mon rapport concernant celui-là, et je viens d'achever madame.

« Achever est le terme exact », songea le commissaire. La malheureuse épouse du marchand gisait, le torse fendu en deux, ses organes en tas dans une bassine aux pieds du médecin.

Jean essaya de maîtriser la nausée qui s'annonçait, puis il courut vomir à l'autre bout de la pièce. Quand il revint près de Pierre, essuyant ses lèvres, celui-ci le regarda avec étonnement.

— Un déjeuner qui est mal passé, mentit Jean. Je vous écoute, monsieur Leroux. Que pouvez-vous me dire ?

— Ma foi, pour l'homme, rien que vous ne sachiez déjà. Il a été égorgé, vraisemblablement quelques heures avant que vous ne le trouviez.

— Un travail d'amateur ?

— Çà non ! monsieur, aussi propre que si je l'avais fait moi-même ! L'arme était aiguisée, sans doute une dague, s'enthousiasma le médecin. Rien d'autre à part cela, l'homme était en bonne santé. De beaux organes, sains, il aurait pu vivre longtemps.

— *Amen*, marmonna Jean, en guise d'épitaphe.

— Pour sa femme, c'est autre chose, poursuivit Pierre Leroux. Approchez, je vais vous montrer, dit-il en soulevant les épais cheveux bruns.

— Donnez-moi vos conclusions, monsieur, cela ira, le pria Jean sans bouger d'un pouce, le cœur soulevé par la nausée.

— La malheureuse a dû se débattre. Ses ongles sont cassés et j'ai trouvé plusieurs ecchymoses sur les bras et les poignets. L'assassin a fini par l'assommer. Il n'avait plus ensuite qu'à lui maintenir la tête sous l'eau.

Jean allait remercier le médecin quand un juron sonore les fit se retourner. Nicolas Sénéchal avait glissé sur les marches humides et s'était rattrapé de justesse. Il les rejoignit bientôt, ôtant son chapeau pour saluer son chef et le médecin.

— Mille pardons, messieurs. Je vous cherchais, monsieur le commissaire. Le bonjour, monsieur Leroux.

— Bonjour, sergent, fit le médecin. Si vous n'avez plus besoin de moi, monsieur du Moncel, je vais la recoudre. On m'attend à l'Hôtel-Dieu pour une trépanation.

— Cela sera tout pour moi, indiqua Jean, qui ne tenait pas à voir l'aiguille s'enfoncer dans les chairs pâles de la malheureuse Margaux. Vous donnerez vos rapports au sergent quand vous aurez fini de les rédiger. Il les remettra au commissaire Mévoisins. Merci, monsieur Leroux.

24

Une fois dans la cour, Jean respira à pleins poumons puis se tourna vers le sergent Sénéchal qui attendait sans mot dire à son côté.

— Je t'écoute.

— Tout d'abord, Perrin Touraine a quitté le Châtelet hier au soir, à l'heure habituelle. J'ai vérifié à la barrière des Sergents. Rien d'anormal. Il a même échangé avec l'un des soldats et a laissé entendre qu'il rentrait chez lui.

— Son neveu le dit très attaché à ses habitudes. Notre ami Perrin a donc bel et bien disparu sans laisser de traces entre ici et son logis.

Pour la centième fois peut-être, Jean se reprocha de n'avoir pas obligé son ami à lui parler la veille, alors qu'ils étaient dans la réserve ou même plus tard, devant la maison de la Toinon.

— Allons à son bureau. Je veux récupérer ses dossiers.

Le sergent, qui allait ajouter quelque chose, se tut. Ils rejoignirent la salle des commissaires-enquêteurs et Jean se dirigea droit vers le bureau de son ami. Une sorte d'alcôve, plus spacieuse que les autres. Au milieu du territoire de Perrin trônait un bureau à l'abattant baissé. Jean vit tout de suite qu'il n'y avait plus un dossier, ni un papier ni même un crayon.

— Va me chercher Vauquier, ordonna Jean.

Il passa en revue les registres et dossiers alignés sur une tablette à côté du meuble, sachant déjà que c'était inutile. Les noms des plaignants ou des condamnés s'y trouvaient écrits sur la couverture d'une belle écriture soignée, celle de Perrin. « Dubois, Le Braz, Zacaire, Théodore Le Brun, Roumagnac… » Rien que des affaires anciennes. De colère, le Normand faillit précipiter tout cela par terre. On se moquait d'eux, quelqu'un les narguait. Quelqu'un était venu jusqu'ici prendre ce qui l'intéressait et s'en était allé sans être inquiété.

Une toux légère le fit se retourner. Bernard Vauquier, le commissaire dont le bureau jouxtait celui de Perrin, se tenait dans l'embrasure de la porte.

— Vous vouliez me voir, monsieur du Moncel ?

Jean essaya de recouvrer son calme.

— Salut à toi, Vauquier. Sais-tu si le lieutenant criminel ou l'un d'entre nous a fait prendre les affaires de notre ami Touraine ?

— Non, monsieur du Moncel, pourquoi ça ?

— Regarde pourquoi !

Et Jean s'écarta de façon que l'officier voie le bureau. Les yeux de ce dernier s'arrondirent.

— Morbleu ! Hier au soir, j'vous jure, le bureau, on aurait pas pu y trouver la place d'y apposer un cachet. Monsieur Touraine, y rangeait pas. Ça l'ennuyait, qu'y disait, c'était du temps perdu.

— Quelqu'un a rangé pour lui. Tu te souviens d'avoir vu un inconnu traîner par ici ?

— Non pas, commissaire, et puis, savez comment c'est. Du monde dans tous les sens et nous, on est pas toujours là. Hier, après la réunion, j'ai filé chez un boulanger dont la farine contenait de la sciure de bois. Vous imaginez, y vendait du pain à la sciure, le maraud !

— Jette un œil sur ces dossiers, veux-tu ? Fais l'inventaire de ce qu'il y a sur les étagères et fais ton rapport au lieutenant criminel.

— Déjà qu'il est d'une humeur… Bien, monsieur, dit Bernard Vauquier en entrant dans le bureau de son collègue.

Jean se tourna vers Nicolas, resté en retrait.

— Où est Pierre Dalot ?

— Je viens de le croiser, il descendait au Parquet.

— Va le chercher et retrouvez-moi à mon bureau.

Nicolas allait faire demi-tour, il se ravisa.

— Quoi donc ? s'énerva Jean.

— Pardonnez-moi, monsieur, mais faut aussi que je vous parle de madame Lambert.

— Je t'écoute.

— J'ai fait mon enquête comme vous me l'avez dit. Après avoir déposé devant le commissaire Mévoisins, la dame est bien repartie chez elle. Seulement, elle n'y est jamais arrivée. Comme monsieur Touraine.

— Oui, il fait pas bon sortir d'ici, en ce moment. Qui t'a raconté ça ?

— Leur servante, que j'ai trouvée fort effrayée en son logis. Leur laquais, Anselme, m'a confirmé la chose.

— Un laquais ! Pourquoi n'a-t-il pas accompagné sa maîtresse ce jour-là ?

— D'après lui, et aussi d'après elle, la dame aurait refusé.

— Je veux les interroger. Comment s'appelle la servante ?

— Gillette Germain, monsieur.

Nicolas hésita puis ajouta :

— Elle vient de par chez nous. Savez, de la ville de Bayeux. La pauvre petite était affolée à l'idée de se retrouver au Châtelet. Peut-être qu'on pourrait aller l'interroger au logis des Lambert ?

Jean leva les yeux vers son sergent.

— Cette demoiselle « de par chez nous », comme tu dis, aurait-elle su émouvoir ton cœur de Normand ?

Le sergent baissa la tête, contemplant avec un soudain intérêt le bout de ses lourdes chaussures. Apparemment, Jean avait touché juste.

— Tu as raison, Nicolas, nous irons chez les Lambert. Je veux voir leur logis. Mais d'abord, trouve-moi Dalot.

Jean alla s'asseoir derrière son ancien bureau sous l'escalier. Il avait besoin de réfléchir. Enfin, il s'aperçut que Lajoye était passé. Un sac de toile était posé sur la table, ainsi qu'un pichet de vin.

Un sourire se dessina sur ses lèvres, en même temps qu'il réalisa que son ventre criait famine, émettant des bruits dignes du Gargantua de monsieur Rabelais. Il sortit de la poche un pain blanc, un fromage de chèvre, un morceau de jambon et les dévora, tout en bénissant son laquais. Il but un peu de vin coupé d'eau et se sentit enfin mieux. Il avait à peine fini cette collation improvisée que Nicolas revint, suivi par le commis Pierre Dalot, qui, son calot de laine à la main, s'inclina devant lui.

— Ah, Pierre, te voilà ! (Il chassa quelques miettes de sa table.) Assieds-toi. Nicolas, file chez les Lambert, je t'y rejoindrai dès que j'aurai fini.

Le sergent salua et fit demi-tour. Dalot se posa plus qu'il ne s'assit sur la chaise que son chef lui avait indiquée, les fesses au bord comme s'il allait se dresser aussitôt. Sa sacoche de cuir bien à plat sur ses genoux, il attendait d'être questionné.

— Nicolas t'a dit qu'on avait vidé le bureau de Perrin à notre nez et à notre barbe ?

— Oui, monsieur le commissaire.

— Personne ne saura donc quelle était l'affaire qui préoccupait monsieur Touraine. Sauf toi, peut-être ?

Une lueur s'alluma dans les yeux du commis. Il baissa le ton de façon à n'être entendu de personne d'autre.

— Ma foi, j'ai bien ma petite idée, mais je voulais vous en parler d'abord.

— Je t'écoute.

— Monsieur Touraine m'a donné un certain nombre de dossiers. Je crois bien que tout cela ne servait qu'à dissimuler celui qui l'intéressait vraiment. C'est un peu la forêt qui cache l'arbre.

— Au fait, mon ami. Nous avons peu de temps, l'ennemi, quel qu'il soit, va vite et je veux retrouver notre Perrin vivant.

Pierre sortit de sa sacoche un papier où était notée une liste de noms qu'il consulta avant de reprendre la parole :

— Tout d'abord, je devais surveiller madame Isabelle du Quesnel, baronne de Coupigny.

— La sœur du baron de Meilhaud ? s'étonna Jean. En quoi cela concerne-t-il Perrin ?

— C'est vrai que la baronne n'habite point dans son quartier. Je n'ai découvert le lien qu'après, monsieur le commissaire. La dame est toujours en procès contre son frère Yves IV. L'affaire est devant le Grand Conseil depuis un moment, ce qui n'arrange pas les tensions familiales. Monsieur Touraine pense que la baronne, qui hait son frère, trame quelque chose contre lui. Je devais me renseigner sur les liens qu'elle entretient avec un Normand du nom de Chantepie. Et c'est là que se trouve le lien avec monsieur Touraine : ledit Chantepie habite non loin des Halles.

— Dans le quartier dont s'occupe Perrin, conclut Jean. Quoi d'autre ?

Dalot consulta ses notes.

— Je devais aussi prendre des renseignements sur un certain Argenton de Provins. Un marchand qui vient régulièrement à Paris et représente un orfèvre de Troyes. Il n'a jamais figuré dans nos registres de justice ni dans ceux de sa ville.

— Quel est le nom de l'orfèvre ?

— Yvon Cacharf. Bien connu là-bas, je l'ai vérifié. Argenton de Provins vend pour son compte des pièces d'argenterie, et des bijoux, à des boutiques du Pont-aux-Changeurs. Je vous ai fait copie du rapport que j'ai remis à monsieur Touraine. Je ne sais pas pourquoi monsieur Touraine s'y intéressait.

Dalot posa un fin dossier devant du Moncel qui en parcourut les feuillets avant de pointer du doigt un détail.

— Pourquoi as-tu mis un point d'interrogation sur l'adresse de cet homme ? Tu ne sais pas où il loge quand il est dans nos murs ?

— Sur sa fiche de police figure le nom de l'auberge des *Quatre-Vents*. Sauf que l'information est fausse. Il n'y a jamais séjourné.

— Continue à chercher. Quoi d'autre ?

— Il voulait que j'enquête sur Étienne Lambert.

— Et sa demande d'enquête est antérieure à la mort dudit Lambert et à la plainte déposée par sa femme, n'est-ce pas ?

— Oui, monsieur.

— J'en étais sûr. Que faisait cet homme ?

— Entre autres, c'est un de nos fournisseurs. Il vend du papier, de l'encre et que sais-je encore au Châtelet. Même du foin pour les gens du guet et du vin pour la cave du lieutenant criminel. Là aussi, je vous ai fait une copie, indiqua le commis en tendant une nouvelle liasse de feuilles à du Moncel.

— Merci, mon ami.

« Voici donc un premier lien avec le Châtelet », songea Jean qui s'absorba dans la lecture des notes. Il redressa enfin la tête.

— Dresse-moi la liste de tous les gens du Châtelet qui faisaient affaire avec ce Lambert. Et cherche si tu ne trouves pas trace d'une Ligue des Marchands, Perrin l'avait mentionnée à son frère.

— Bien, monsieur le commissaire.

— Officiellement, tu travailles toujours pour Perrin et moi. Officieusement, j'aimerais que tu m'informes de ce qui se passe ici, dans la salle des commissaires, quand je n'y suis pas.

— Vous pouvez compter sur moi, monsieur du Moncel.

— Je sais, Pierre. Tu peux disposer.

LE BROUILLARD
DE MARGAUX LAMBERT

25

Quand Sybille arriva au Châtelet, Jean en sortait. Elle courut vers lui puis s'arrêta, se souvenant du costume qu'elle portait. Jean l'avait vue. Il s'était arrêté, lui aussi. Elle le rejoignit.

— Ah ! monsieur, il faut que je vous parle, jeta-t-elle d'une voix émue.

Jean ne disait mot. Il avait peur soudain de ce qu'elle allait lui annoncer. Il faillit lui saisir les mains, lui dire qu'il regrettait pour la veille au soir et se rappela à temps le lieu où il se trouvait. Mais les paroles qu'elle murmura n'étaient pas celles qu'il attendait.

— Monsieur, il y a un danger…

Elle s'interrompit, car le jeune médecin, Pierre Leroux, qui sortait de la morgue, les avait rejoints en quelques enjambées.

— Danger ! Que voulez-vous dire ? souffla Jean.

Mais Sybille ne put répondre. Leroux, un de ses anciens camarades de faculté, l'apostrophait :

— Charles, qu'est-ce que tu fais là ? Tu as oublié qu'on devait rejoindre les autres à l'Hôtel-Dieu ?

Puis il regarda Sybille plus attentivement.

— Mais dis donc, t'es aussi blanc que le cadavre que je viens d'éviscérer !

— Épargne-moi tes plaisanteries de carabin, veux-tu ! le coupa Sybille.

Sans remarquer le trouble du commissaire, Leroux insista :

— Tu sais qu'il faut qu'on trépane le petit ?

— Je sais, mais je devais parler au commissaire.

— Maintenant faut qu'on y aille, Charles ! Sinon Ambroise Paré va nous tuer. Pardonnez nos mauvaises manières, commissaire. Mais Charles est le meilleur pour les trépanations. Et Paré n'a plus la main aussi ferme qu'avant. Si quelqu'un peut sauver l'enfant, c'est bien lui.

Il entraînait déjà Sybille qui salua Jean d'un signe de tête.

26

Le commissaire du Moncel avait marché d'un pas rapide jusqu'à la demeure des Lambert, ne cessant de se demander ce que cachaient les paroles de Sybille, maudissant Leroux.

Nicolas l'accueillit sur le seuil. Sans être d'un luxe trop ostentatoire, la maison Lambert, rue Saint-Denis, respirait l'aisance.

Spacieuse, bâtie en pierre et en brique, elle comptait cinq pièces, dont le bureau de monsieur qui donnait sur la rue tandis que les communs ouvraient à l'arrière sur une courette et un entrepôt.

Dans une remise voisine, expliqua le valet, le marchand possédait un charroi qui servait aux livraisons ; quant à son cheval, il était à l'écurie de l'auberge de *La Couronne*.

Anselme, le valet des Lambert, leur avait fait visiter les lieux. Long et maigre, le cheveu couleur de paille, la peau très blanche, il ne devait guère avoir plus de vingt ans.

Jean revint au bureau. Par les petits carreaux cernés de plomb comme des vitraux ne pénétrait qu'une trouble clarté. Comme dans le reste de la maison, cela sentait la cire. Les meubles luisaient, un grand fauteuil de velours rouge était placé derrière un bureau chargé de registres bien rangés.

— C'était ici que travaillait mon maître, dit le laquais. C'est ce que j'ai dit au commissaire Mévoisins qu'est venu nous interroger, la Gillette et moi.

— Il te faudra encore répondre à quelques questions. Nicolas, reste avec la demoiselle Germain, je l'interrogerai ensuite.

— Bien, monsieur, fit le sergent.

Jean referma, alla s'asseoir dans le fauteuil et observa le valet. Impressionné de se trouver en tête à tête avec un commissaire-enquêteur du Châtelet, celui-ci ne pipait mot, contemplant le bout de ses chaussures.

— Rappelle-moi ton nom ?

— Anselme Lebrun, monsieur le commissaire. Je suis de Dreux.

— Depuis combien de temps es-tu au service de monsieur Lambert ?

— Six mois, monsieur le commissaire. Avant, y avait un vieux qu'est mort.

— Sais-tu que ton maître a été assassiné ? questionna Jean, non sans rudesse.

— Je… non.

L'homme avait blêmi.

— Gillette m'a dit qu'il était sans doute… puisqu'y revenait pas. Je pensais à un accident.

— On lui a tranché la gorge.

L'autre devint livide.

— J'y suis pour rien, monsieur le commissaire.

— Je ne t'accuse pas encore. Parle-moi de lui.

Anselme avala sa salive.

— Qu'est-ce que vous voulez que je dise ? fit-il. En six mois, j'ai pas bien eu le temps de le connaître, mon maître. Vous savez qui a fait ça ?

— C'est moi qui pose les questions.

— Pardon, monsieur le commissaire, j'voulais pas…

— Ou étais-tu avant de travailler ici ?

— Chez monsieur Legrand. À Blois.

Une infime hésitation. Sa voix tremblait.

— En quoi consistait ton travail ici ?

— Je faisais mon métier de laquais, j'habillais monsieur et le suivais partout.

— Sauf le soir du premier de janvier. Pourquoi ?

La respiration de l'homme s'accéléra.

— Y voulait pas, monsieur le commissaire, pouvez demander à la Gillette ! D'autant que les rues de Paris, c'est péril. J'étais à l'entrepôt, je comptais des ballots.

— Tu t'occupes donc aussi des marchandises ?

— Quand les commis ont pas eu le temps de finir.

— Et madame Lambert ? Comment se fait-il que tu ne l'aies pas accompagnée au Châtelet ?

— Mais je… Elle avait point dit qu'elle allait là-bas ! Avec Gillette, on a cru qu'elle allait voir une amie qu'habite à côté.

— Madame Lambert travaillait avec son mari ?

— Je crois bien qu'elle faisait des comptes, mais j'suis point sûr. Gillette saura mieux que moi. Elles s'entendaient bien toutes les deux.

— Bien, va attendre dans la cuisine avec le sergent.
— Oui, monsieur le commissaire.
— Et dis-lui qu'il peut m'envoyer la servante.

27

Une fois la porte refermée, Jean sortit son carnet et nota de vérifier l'existence de ce monsieur Legrand, à Blois. L'homme lui mentait ou, en tout cas, ne lui disait pas toute la vérité. Ce qui était sûr, c'est qu'il avait peur. Mais de quoi ? Du Châtelet ou d'autre chose ?

Jean saisit un des registres et l'ouvrit. Des colonnes de chiffres, des commentaires en latin… S'il n'avait eu l'ouïe si fine, il n'aurait pas entendu Gillette arriver. La jeune fille resta sur le seuil sans oser avancer.

— Entrez, mademoiselle Gillette, et refermez, je ne tiens pas à ce que l'on nous dérange.

Il se leva pour approcher une chaise de son fauteuil.

— Asseyez-vous, mademoiselle, ordonna-t-il enfin.

Gillette obéit, se laissant presque tomber tant elle semblait émue. Elle n'était pas jolie, mais émouvante avec ses joues rondes comme celles d'une enfant. Avec ça, un petit nez retroussé, des taches de rousseur et d'épais cheveux blonds dont la natte lui descendait jusqu'à la taille. Pour l'instant, elle était toute pâle et ses mains tremblaient.

— Je suis le commissaire-enquêteur Jean du Moncel.

— J'ai rien fait, monsieur le commissaire, je l'ai déjà dit à monsieur Mévoisins, assura-t-elle.

— Tout d'abord, reprends ton calme, lui conseilla le commissaire avec douceur. Quel est ton nom et d'où viens-tu ?

— Je me nomme Gillette Germain, monsieur le commissaire, je suis native de Bayeux. Mon père était marchand et y travaillait avec monsieur Lambert. Il est mort brusquement, nous étions cinq filles et monsieur Lambert avait déjà employé mon aînée, qu'est rentrée se marier au pays. Je l'ai remplacée. Monsieur et madame étaient de bons maîtres. Je comprends pas ce qui se passe. J'vous jure, monsieur le commissaire.

Et elle se remit à trembler, à claquer des dents sans pouvoir s'arrêter.

— Cesse donc et réponds à mes questions, veux-tu ? ordonna Jean, posant une main apaisante sur celle de la petite qui se calma bientôt. Je ne te veux pas de mal et, si tu es innocente, tu n'as rien à craindre.

Gillette releva la tête et le regarda, l'air désespéré.

— Est-on jamais innocent, monsieur ?

Même si la maturité de cette réflexion le surprit de la part d'une si jeune fille, Jean n'en montra rien.

— Revenons à ton maître, Gillette. Peux-tu me parler de son travail ?

— Oui-da, monsieur, il achetait des marchandises qu'il revendait à des clients.

— Et madame ?

— Elle tenait les comptes.

Gillette hésita.

— Enfin, avant, elle tenait les comptes…

— Avant quoi ?

— Y a six mois, ils se sont disputés. C'était quand le vieux Jean est mort et qu'Anselme est arrivé. J'écoute pas aux portes, mais monsieur et madame se disputaient jamais. Alors comme madame parlait plus fort, j'ai entendu.

Elle se crispa de nouveau, se tordant les mains.

— J'vous jure, j'ai pas écouté.

— Je n'ai jamais dit que tu l'avais fait. Le vieux Jean était l'ancien laquais ?

— Oui, je l'aimais bien, Jean, toujours calme, jamais un mot plus haut que l'autre. On l'a retrouvé mort dans l'entrepôt, enfoui sous un tas de caisses.

Jean nota l'incident dans un recoin de sa mémoire. Tout semblait concorder, la disparition de l'ancien valet, l'arrivée du nouveau, le différend entre le mari et la femme.

— Reviens à la dispute de tes maîtres.

Gillette reprenait des couleurs, comme si se confier lui faisait du bien.

— Madame Lambert comprenait pas pourquoi monsieur voulait lui retirer les comptes. Madame était fille de marchand, comme moi, et le calcul n'avait pas de secret pour elle, même les comptes en partie double.

— Qu'est-ce donc que cela ? fit Jean, qui entendait ces mots pour la première fois.

Gillette sourit. Un pauvre sourire, mais un sourire quand même, qui la rendit presque jolie.

— Les Lambert travaillaient avec des marchands italiens. L'un d'eux avait accepté de lui enseigner la partie double en échange d'un arrangement financier. Il lui avait même offert le *Tractatus particularis de computis et scripturis* du mathématicien Luca Pacioli. Madame apprenait vite.

Elle s'arrêta et dit, d'une voix où perçait une légitime fierté :

— Moi aussi, j'apprends vite. Je parle et écris le latin et je tenais les comptes.

Décidément, cette petite était surprenante. Plus réfléchie que bien des adultes, et si enfantine par ailleurs. Il comprenait mieux le ton protecteur de son sergent.

— Madame disait que j'étais très douée, affirma-t-elle.

Jean sourit et confessa sa méconnaissance.

— Pour moi, je n'entends pas grand-chose aux chiffres. Revenons au jour où Étienne Lambert a disparu.

— C'était le premier de janvier, ça, je m'en souviens. Il avait un rendez-vous qui plaisait pas à madame.

— Pourquoi cela ?

— Madame Margaux avait fait un cauchemar. C'est ce qu'elle m'a expliqué, ce matin-là, alors que je lui brossais les cheveux. Et puis elle aimait pas les nouvelles gens avec qui son mari travaillait. Faut avouer, ces derniers temps, monsieur avait changé. Il s'inquiétait de tout.

— Reviens au jour où ton maître a disparu.

— L'office de vêpres avait sonné, il commençait à faire sombre, il est parti avec son chien. Ce chien, il l'emmenait partout. La bête, elle aimait que lui. Mais ils sont pas revenus et, le lendemain matin, madame, qu'avait pas dormi, est allée au Châtelet. J'l'ai regardée s'éloigner et je l'ai jamais revue.

Gillette fondit soudain en larmes, comme une enfant dont le chagrin déborde. Jean lui tendit son mouchoir.

— Sèche tes larmes, petite. Calme-toi.

Elle se moucha puis s'essuya les yeux. Il lui désigna les livres de comptes.

— Si tu m'expliquais ?

De nouveau, le visage de Gillette s'éclaira. Elle alla à une petite table près de la fenêtre. Jean l'y rejoignit. Dans le bois étaient gravés des colonnes et des chiffres romains.

— C'est là que je travaillais avec madame, il y a six mois.

Elle sortit des jetons de métal d'un tiroir et les posa sur la table où elle les fit glisser d'une colonne à l'autre.

— C'est un abaque. Avec ça, on va très vite. Madame était très forte à l'abaque et aussi au calcul mental.

Puis la servante retourna vers les livres en cherchant quelque chose que, visiblement, elle ne trouvait pas.

— Que cherches-tu ?

Elle saisit un livre qui avait été posé à l'écart des autres.

— Y a bien le brouillard de madame Margaux, mais je trouve pas son journal.

— Le brouillard ?

— C'est un livre dans lequel on note pêle-mêle toutes les opérations avant de les vérifier et de les reporter dans un grand livre. Attendez, j'ai une idée. Je peux aller à la chambre de madame ?

— Va, je te suis.

Une fois rendue dans la petite pièce tendue de riches draperies, la jeune servante alla au coffre à linge de sa maîtresse.

Elle en sortit des piles de draps et de serviettes qu'elle posa sur la courtepointe de fourrure qui recouvrait le lit, fouilla jusqu'au fond de la malle puis se redressa, l'air décontenancé, bredouille.

— Il est pas là.

Jean regarda autour de lui.

— Pourquoi l'aurait-elle caché ?

Gillette baissa la voix comme si son maître pouvait encore l'entendre :

— Malgré la défense de monsieur Étienne, je suis sûre qu'elle continuait à faire les comptes en cachette.

— À quoi ressemble-t-il, ce journal ?

— C'est un registre de cuir vert. Elle travaillait souvent ici.

Elle désigna une écritoire près de la fenêtre puis, d'un coup, éclata en sanglots. Ému, Jean la prit dans ses bras. Les hoquets de chagrin finirent enfin par s'apaiser. Elle s'écarta en rougissant.

— Pardon, monsieur le commissaire, vous allez penser que je suis bien peu courageuse, mais je la revoyais assise ici et…

— Je ne crois rien, assura le commissaire en ouvrant le petit meuble.

Il contenait un encrier, des plumes d'oie soigneusement taillées, un livre relié qu'il prit pour une bible et une main de papier neuve. Mais pas de registre relié en cuir vert.

— C'est le *Tractatus* de Pacioli, fit la petite qui désigna l'ouvrage.

Jean sortit le livre, le feuilleta un moment, regardant les schémas et annotations du mathématicien italien avant de le reposer puis de regarder sous le matelas et le lit. Enfin, il fouilla le coffre d'Étienne Lambert, frappa le sol de son talon, sonda les parois et repoussa le coffre de Margaux Lambert contre le mur.

— J'aurais dû commencer par là, remarqua-t-il. Je crois que nous avons trouvé, Gillette.

La servante s'approcha, mais ne vit rien d'autre que le plancher de bois.

— Y a rien, déplora-t-elle en haussant les épaules.

— Regarde mieux.

Gillette se pencha, suivant la direction que lui indiquait Jean.

Autour de l'une des lattes du plancher, contrairement aux autres, il n'y avait plus de joints ni même de cette cire rouge qui servait à l'entretien du parquet. Le commissaire glissa sa dague dans l'une des fentes et fit sauter la latte. Puis il s'agenouilla, enfonça sa main dans la cavité et remonta une bourse bien remplie et un livre vert.

— C'est celui-là ! s'écria Gillette.

Jean ouvrit la bourse. Elle contenait une chaîne d'or au bout de laquelle pendait une perle en forme de poire.

— Il y en a pour cher, dis-moi.

— Oui, c'est beau, hein ? fit naïvement la servante. Pourtant, ma maîtresse ne voulait jamais le porter.

— Et pourquoi ? fit Jean qui empocha la bourse.

— Je sais pas.

Un bijou trop somptueux, des comptes cachés. Derrière tout cela se dissimulait quelque trafic que Perrin avait dû découvrir.

— Je remettrai le bijou au lieutenant du Châtelet. Un greffier viendra inventorier les marchandises et les biens des Lambert. Avant que nous redescendions, que peux-tu me dire d'Anselme ?

— C'est pas un mauvais garçon, mais il a pas les manières. Je crois pas qu'il ait jamais été laquais.

Gillette se tut, le front plissé.

— Je sais pas si c'est important, mais…

— Dis-moi.

— Le jour de sa disparition, la porte du bureau de monsieur était entrebâillée, et je l'entendais qui allait et venait. Comme ça cessait pas, la curiosité m'a prise. J'aurais pas dû, mais j'ai glissé un œil, au bout d'un moment. J'ai vu monsieur jeter un papier dans le feu avant de finir par se rasseoir. Voilà.

Jean hocha la tête, réfléchit un moment puis montra le registre vert.

— Tu ne m'as pas expliqué ce qu'il y avait là-dedans.

— C'est là que, chaque jour, madame consignait toutes les opérations d'achats et de ventes de marchandises.

— Bien. Mon sergent va prendre les autres et nous allons apposer les scellés sur cette pièce.

C'est d'une toute petite voix que la servante demanda :

— Que vais-je devenir, monsieur ?

— Les Lambert ont encore de la famille ?

— Non.

— Alors, tôt ou tard, il faudra fermer cette maison. Mais pour l'instant, reste ici et fais ton ouvrage.

Une fois de retour dans la cuisine, Jean s'adressa à Anselme :

— Tu vas nous suivre au Châtelet, mon garçon, je veux que tu « morgues » les corps de tes maîtres.

Le valet devint aussi blanc que le col qu'il était en train d'amidonner.

— Mais je croyais que vous…

— La procédure, mon ami, la procédure. Allez, va mettre ton mantel ! Je ne voudrais pas que tu attrapes la mort !

La bouche du laquais se tordit dans une étrange grimace. Il reposa le col et s'essuya les mains sur son tablier.

— Nicolas, récupère-moi tous les registres qui sont dans le bureau des Lambert et mets les scellés.

SUR LA SELLETTE

28

Jean crut que le laquais allait s'évanouir dans l'escalier menant à la morgue. Nicolas dut le soutenir.

L'odeur atroce qui planait malgré le froid, la vue des tables sur lesquelles reposaient les formes recouvertes de linceuls et, enfin, quand le sergent souleva le drap, celle de la gorge tranchée et du torse recousu de son maître eurent raison d'Anselme qui se détourna pour vomir.

Quand il se redressa pour regarder encore le cadavre, il fut pris de nouvelles nausées. Jean lui fit pourtant signe d'aller à la table voisine.

— T'as pas encore vu ta maîtresse, mon gars, fit le sergent Nicolas en soulevant le linceul qui masquait le visage grisâtre de Margaux Lambert.

Jean se pencha vers Anselme :

— Je ne te crois pas coupable, mon garçon, mais complice, ça, oui !

— Non... Mais non, protesta faiblement le valet.

Le commissaire hocha la tête avant de poursuivre :

— Il n'y a plus que deux choix possibles. Le premier, nous remontons à mon bureau et tu me racontes ce que tu sais. Le second, moins aimable, je te confie à quelqu'un qui s'y entend mieux que moi pour poser la question ordinaire.

Jamais Jean, qui haïssait plus que tout la torture, n'avait confié quiconque au bourreau, mais il ne se privait pas d'agiter son ombre comme on brandit un épouvantail. Une fois de plus, la ruse fut efficace.

Le visage d'Anselme se décomposa, il se laissa tomber aux pieds du commissaire, levant les mains en signe de supplication.

— Non, non, monsieur, pitié. Pas la torture. J'vous dirai tout. J'ai rien fait de mal. J'vous jure, j'pouvais pas deviner. C'est pas ma faute, tout ça.

Et le valet se mit à geindre.

— Allez viens, mon gars, fit Nicolas en l'attrapant sans ménagement par le bras et en le forçant à se redresser. Tu vas nous raconter tout ça.

29

Une fois dans la pièce des interrogatoires, Nicolas fit asseoir le valet sur la sellette. Le regard affolé du malheureux courait du commissaire au sergent.

— Tu as menti sur ton ancien travail, n'est-ce pas ? Et sur ton nom aussi, j'imagine ? demanda Jean. Si tu me disais la vérité, maintenant ? Qui es-tu ? D'ou viens-tu ?

— Je m'appelle bien Anselme, monsieur, mais je suis né à la Cour des Miracles. Ma mère était une catin. J'ai jamais connu mon père.

— Quelle Cour des Miracles ? La cour Brissel, la Jussienne ?

— Non, monsieur, la grande : le fief d'Alby.

— Je comprends que tu ne t'en sois pas vanté auprès de tes nouveaux maîtres. Mais comment es-tu arrivé là ?

— Après des années au Port-au-Blé, à décharger les bateaux, j'ai commencé comme valet chez un vieil avare, maître Janin, un usurier de la rue de la Tixéranderie, qui m'a accusé de lui avoir volé deux cuillères en étain.

— Il avait tort ?

— Ben…

— Je sais que certains de mes collègues t'enverraient à l'échafaud pour moins que ça, pas moi. Réponds sans crainte.

Le garçon hésita puis finit par lâcher :

— C'est bien moi qu'avais volé les cuillères, y me nourrissait pas, le vieux, et y voulait pas me payer ce qu'y me devait. Je sais pas comment, mais le Maître l'a su. Il m'a proposé de tout arranger.

— Le maître ? Quel maître ? fit Jean qui ne comprenait plus.

Anselme regarda autour de lui, de peur d'être écouté, et parla plus bas :

— On l'appelle comme ça. J'lui connais pas d'autre nom. On s'est croisés qu'une fois dans l'arrière-salle d'une auberge. Il se tenait dans un recoin et j'ai pas réussi à voir son visage. Valait mieux pas, d'ailleurs.

Anselme se tordit les mains.

— Va falloir me protéger, monsieur le commissaire. Cet homme-là, y connaît pas la pitié.

— À quelle auberge avais-tu rendez-vous ?

— Aux *Quatre-Piliers*.

Jean tressaillit. C'était l'auberge où la petite Blanche[1] était morte… Cela remontait à quelques

1. Voir *La Femme sans tête*, *op. cit.*

années maintenant, mais il n'avait pas oublié celle qu'on surnommait l'Espagnole à cause de son fier maintien – une beauté de quinze ans qu'il avait promis de protéger et qui avait fini allongée sur l'une des tables de la morgue…

Il repoussa ces sombres souvenirs.

— En échange du service qu'il te rendait, le Maître t'a demandé d'aller travailler chez le marchand Lambert, c'est cela ? fit-il d'une voix rauque, songeant que, si l'on cherchait bien, on trouverait que le vieux Jean, l'ancien valet, n'était pas mort par accident.

— Comment vous savez ça ? fit l'autre. Moi, je voulais plus faire laquais, mais j'ai bien compris que j'avais pas le choix et que, si je lui obéissais pas, il me dénoncerait et je finirais au gibet.

— Continue.

— J'ai donc pris la suite du vieux. Au début, ça s'est bien passé, je surveillais monsieur et madame et, parfois, je déposais en secret des lettres cachetées sur la table de monsieur Lambert. Ça le mettait dans tous ses états. Mais le Maître voulait que je lui fasse peur.

— Je vois, continue.

— Ces derniers temps, quelqu'un tournait autour de la maison. Pas facile à coincer, le bonhomme. J'l'ai juste aperçu une fois, un petit homme un peu dégarni et replet, mais impossible d'apercevoir son visage.

Perrin, qui espionnait les Lambert. Perrin qui, lui aussi, avait peur. Il allait devoir trouver l'identité de ce « Maître » dont le chemin était déjà jonché de cadavres.

Il reprit :

— Le soir du premier de janvier, tu as déposé une lettre que monsieur Lambert a brûlée comme il avait brûlé les autres, c'est cela ?

Anselme ouvrit des yeux ronds.

— Oui. Mais comment…
— Sais-tu ce qu'il y avait dans ces lettres ?
— J'crois bien que c'étaient des rendez-vous, car après y partait et y voulait jamais que je l'accompagne.
— Qui te les remettait ?
— Personne, monsieur. Y avait une cruche dans la remise. Je trouvais les messages roulés dedans.
Comme souvent en matière d'aveux, Anselme semblait maintenant prêt à tout dire.
— Je vais prévenir mon collègue, Louis Mévoisins, il s'occupe de cette affaire. Tu continueras avec lui.
Anselme se leva d'un coup, paniqué.
— Monsieur, monsieur, je vous ai dit tout ce que je savais. Me laissez pas ici. J'veux sortir.
— Il ne t'arrivera rien, calme-toi.

30

Au même moment, monsieur Gilles Ferrières de Toulouse se présenta au Châtelet où un huissier lui indiqua où se trouvait le Parquet. Il se fraya un passage au milieu des gens de robe, croisant des prévenus accompagnés de gens d'armes et des plaignants qui, comme lui, hésitaient sur la direction à prendre.

Enfin, après avoir patienté un long moment dans une antichambre où il y avait une bonne vingtaine de personnes, le Toulousain déposa sa requête devant un clerc assermenté.

« L'an mil cinq cent quatre-vingt-sept, le troisième jour de janvier, moi, Jean-Octave Richemont, clerc, commis au greffe du Parquet, prends acte de la demande prononcée par monsieur Gilles Ferrières, natif de Toulouse.

Ledit Gilles Ferrières demande à ce que soit ouverte une enquête concernant son frère aîné, monsieur Charles, Henri, Emmanuel Ferrières. Ledit frère et héritier de feu monsieur Jean Ferrières, ne donnant plus signe de vie depuis… »

— Vous pensez que votre frère Charles est devenu médecin, n'est-ce pas ? fit le clerc qui leva les yeux de ses papiers.

— Oui.

Gilles s'énerva, c'était la troisième fois qu'il répétait son histoire à ce greffier au visage aussi gris que le tablier qu'il portait.

— Je vous l'ai déjà dit, monsieur, je suis passé à la faculté de médecine, on m'a expliqué qu'un médecin portait son nom.

— Alors pourquoi le faire rechercher si vous savez qu'il est à la faculté ?

— En arrivant à Paris, voici plus de trois jours maintenant, j'ai demandé qu'il me contacte. J'ai même vu l'un de ses anciens camarades, Mathieu Piètre. Et depuis, rien. Aucune nouvelle de mon frère ni de quiconque.

Le clerc nota le nom de Piètre.

— Où m'avez-vous dit loger, monsieur Ferrières ?

— À l'auberge de *La Tête-Noire*, monsieur. Je dois rentrer à Toulouse. Imaginez l'inquiétude de ma mère : jamais, en trois ans, Charles ne lui a donné de nouvelles. Et maintenant que je suis là, il ne se donne même pas la peine de m'écrire.

L'indignation faisait trembler la voix du cadet. Elle ne sembla cependant pas troubler le greffier qui demanda :

— Vous avez son acte de naissance ?

— J'ai fait établir un double.

Gilles lui tendit les papiers qu'il avait apportés. Le clerc les rangea dans un dossier de cuir, acheva la rédaction de la plainte, parapha et apposa un cachet.

— Un commissaire vous contactera sous peu, monsieur Ferrières, conclut-il d'une voix lasse avant de demander à son commis d'introduire le plaignant suivant.

31

Avant de rejoindre madame de Castellane, Jean se fit un devoir de prévenir Louis Mévoisins de la nouvelle tournure qu'avait prise l'enquête sur la mort des Lambert. Il lui conta tout, y compris l'interrogatoire du laquais Anselme.

— Je ne savais que vous vous intéressiez tant à cette affaire, monsieur, remarqua le jeune homme, vexé. Elle est de mon ressort, non du vôtre. Quant à cet Anselme, je l'avais déjà interrogé.

— Puis-je vous faire une confidence, monsieur ? répondit Jean sans se départir de son calme. Je ne m'y intéresse que dans la mesure où cela peut nous conduire à notre collègue, Perrin Touraine, dont la disparition semble étrangement mêlée à celle de ce couple.

Mévoisins hocha la tête. Il n'avait que fort peu connu Perrin, mais la disparition d'un commissaire était chose assez importante pour faire oublier toute querelle de préséance.

Jean poursuivit :

— Le lieutenant criminel m'a demandé, tout comme à vous autres, de retrouver monsieur Touraine. Nous devons unir nos forces, monsieur.

— Bien sûr, monsieur, je comprends, répondit Mévoisins en baissant la tête. Je vais interroger de nouveau ce valet.

— Oui, et gardez-le au chaud ensuite. Il pourra nous aider à retrouver ce « Maître » dont nul ici ne connaissait l'existence avant que Perrin ne s'y intéresse.

— Et les livres de comptes ?

— Je les ferai examiner par un comptable.

— Ah bien ! approuva l'autre d'un petit air pincé. Je vous salue, monsieur.

Jean le regarda s'éloigner, songeur. Décidément, l'homme était déplaisant… Il fallait espérer qu'il deviendrait un bon commissaire. Il haussa les épaules, c'était le problème du lieutenant criminel et non le sien.

Le commis Pierre Dalot l'avait rejoint.

— Ah ! Pierre. Connais-tu quelqu'un qui s'y entende en comptabilité ?

— Je me souviens d'une affaire. C'était à l'abbaye Saint-Victor. Grâce à l'homme dont je cherche le nom, l'abbé a pu mettre la main sur un moine qui a fini condamné à quelques années d'entretien des latrines.

— Voilà un châtiment qui en ferait réfléchir plus d'un ! Trouve-moi cet homme. Je veux savoir ce que trafiquait Lambert dans le dos de son épouse.

Il sortit le registre vert qu'il avait gardé par-devers lui.

— Ceci devrait nous y aider. C'est le journal que madame continuait à tenir malgré l'interdiction de son mari. Et mets ce bijou au coffre du lieutenant, veux-tu ?

Il donna à Pierre la bourse contenant la chaîne d'or et la perle.

Le soir tombait quand Jean prit le chemin du logis de madame de Castellane, rue Saint-Honoré. Il ne cessait de songer avec inquiétude à Sybille. La neige crissait sous ses semelles. Une voiture bâchée passa à vive allure, puis un groupe de cavaliers du guet. Un peu plus loin, des soldats faisaient sortir des clients d'une taverne, les contraignant à monter, malgré leurs protestations, dans une charrette. Il regardait tout cela sans vraiment le voir. De quel danger parlait donc son amante ?

Jean repartit, croisant des lavandières qui se hâtaient vers leur logis, emmitouflées de mauvais châles, les pieds nus dans leurs galoches, leurs paniers de linge à l'épaule. Une étrange angoisse lui nouait la gorge. Il accéléra le pas, pressé d'arriver chez la pythonisse et, surtout, d'en repartir.

32

— Je ne peux pas dire quand monsieur du Moncel va rentrer, madame, fit Lajoye. Vous savez, en ce moment, au Châtelet… Je suis désolé.

Sybille, toujours vêtue de sa robe de médecin allait et venait dans la salle basse. Des mèches rousses s'étaient échappées du lien de cuir qui maintenait son épaisse queue-de-cheval. Elle était essoufflée, et jamais le valet ne l'avait vue aussi nerveuse.

Au bout d'un moment, elle s'arrêta, le regarda sans paraître le voir, elle avait pris une décision.

— Écoute-moi bien, mon ami. Ce que je vais te dire est important.

Le Normand acquiesça.

Le ton de la jeune femme était si grave qu'il s'inquiéta, regrettant une fois de plus l'absence de son maître.

— Il te faudra le répéter à ton maître, mot pour mot.

— Bien, madame.

— Monsieur Gilles Ferrières est arrivé de Toulouse. Il cherche son frère aîné, Charles, car leur père est mort. Une probable histoire d'héritage. Il a sans doute déjà porté une requête auprès du Châtelet pour le retrouver.

Lajoye, qui connaissait toute l'histoire de Sybille et avait même, trois ans auparavant, aidé Jean à la retrouver, pâlit.

Il regarda pour la troisième fois l'horloge qui cliquetait, accrochée au mur. Et Jean du Moncel qui ne rentrait toujours pas. Il comprenait mieux l'agitation de Sybille et son angoisse.

— Dis-lui que j'ai envoyé Jeanne et Julien chez Antoinette de Saint-Germain. Et qu'il vaut peut-être mieux qu'ils partent au manoir de Haute Lande, que Julien soit auprès de madame sa grand-mère. Quant à Charles Ferrières, il doit disparaître de nouveau.

— Je comprends. Mais vous, qu'allez-vous faire, madame ? Il faut vous cacher. Quitter Paris. Monsieur va trouver une solution, j'en suis sûr.

Sybille soupira.

— Monsieur n'est pas là, Lajoye. Je n'ai pas le choix. Il n'y a qu'un endroit dans cette ville où nul n'ira me chercher et où on ne me demandera pas de comptes.

— Cachez-vous ici en attendant que monsieur revienne.

— Non, Lajoye, je ne veux pas salir la réputation de Jean, pas plus que je ne veux souiller celle d'Ambroise Paré ou de Mathieu Piètre qui m'aideraient volontiers. Dis à Jean que je suis partie demander asile au grand Coësre.

À l'énoncé de ce nom bien connu de tous les Parisiens, Lajoye changea de couleur.

— Vous ne pouvez faire cela, madame, protesta-t-il avec vigueur. C'est trop dangereux.

— Moins qu'ici, mon bon Lajoye ! À attendre que les gens d'armes viennent me saisir pour me jeter en geôle ! Et puis n'oublie pas que, comme le dit monsieur de Montaigne : les gueux « ont leurs dignités et ordres politiques ». Et je ne suis point leur ennemi.

— Je ne peux vous laisser partir à la Cour des Miracles. Restez, je vous en prie. Je vais courir au Châtelet trouver mon maître et je vous le ramènerai.

Dans un geste affectueux, Sybille effleura sa joue.

— Merci, Lajoye, tu es bien brave. Tu diras à ton maître que je n'ai point voulu attendre. Le temps presse. Je veux arriver au fief d'Alby avant que ne sonnent les coups de huit heures. Adieu !

Et avant que le valet ait pu esquisser un geste pour la retenir, Sybille s'en alla, claquant la porte derrière elle.

Le Normand sortit sur le seuil, l'appela, mais la mince silhouette tournait déjà le coin de la rue. Le valet n'hésita pas longtemps. Il courut chercher un papier dans la chambre de son maître, y griffonna quelques mots puis prit son manteau et partit en courant dans la direction empruntée par Sybille Le Noir.

PRÊTRESSE D'APOLLON

33

Madame de Castellane vivait dans une maison de brique, sise rue Saint-Honoré, non loin du palais du Louvre. La façade en était ornementée de fenêtres à meneaux et, au-dessus de l'entrée, un médaillon représentait une femme regardant un sablier posé dans sa paume ouverte.

Jean laissa retomber le heurtoir de bronze.

Il eut l'impression que l'écho résonnait longtemps sans que rien se passe et il allait frapper de nouveau, quand la porte s'entrebâilla, laissant apparaître le visage ridé d'une femme.

— Le bonjour, madame, dit-il en ôtant sa toque de velours. Je suis Jean du Moncel. Madame de Castellane m'a prié de la venir visiter.

La porte s'ouvrit juste assez pour le laisser passer puis se referma. L'antichambre était tendue de rideaux rouge sombre. Aucune décoration, pas de tableaux, ni de tapis, juste un dallage noir et blanc comme un vaste damier de jeu d'eschets.

— Suivez-moi, monsieur, l'invita la servante, soulevant l'une des tentures.

Jean se retrouva dans une petite pièce au centre de laquelle était placée, comme sur une scène de théâtre, une unique chaise.

— Je vais prévenir madame, monsieur du Moncel. Veuillez patienter.

La porte se referma.

Jean s'assit puis se releva aussitôt, la porte s'ouvrait de nouveau, cette fois sur son hôtesse elle-même. Vêtue d'une robe de taffetas rouge à la Médicis, elle portait autour du cou une fine chaîne d'or au bout de laquelle pendait une hyacinthe, cette pierre rouge adamantine, dont on disait qu'elle possédait des vertus magiques.

— Monsieur du Moncel, comme c'est aimable à vous de venir me voir, se réjouit la pythonisse. Je sais à quel point votre tâche est lourde et le temps si bref.

Comme chaque fois, sa voix le frappa. Elle était rauque, troublante, presque masculine. Les mots dans sa bouche avaient plus de profondeur, plus de sens cachés que dits par quiconque.

— C'est un honneur, madame de Castellane, fit-il en s'inclinant pour baiser la main qu'elle lui tendait.

Elle le dévisagea longuement de son regard pâle.

— Venez, mon cher du Moncel, nous avons à parler et nous serons mieux dans le calme de ma chambre.

« Il n'y a pourtant pas de lieu plus silencieux que celui-là », pensa Jean. Les bruits de la rue Saint-Honoré, les cris des passants, les grincements des roues des voitures, les hennissements des chevaux, tout s'était estompé, effiloché. Comme s'il avait franchi quelque frontière invisible.

Ils traversèrent une enfilade de pièces aux fenêtres obscurcies par de lourds rideaux et, enfin, madame de Castellane s'arrêta devant une porte basse. Elle l'ouvrit à l'aide de la petite clef qu'elle portait à sa ceinture.

— Ici est mon domaine, annonça-t-elle en saisissant un chandelier posé sur une tablette voisine.

Un souffle froid monta jusqu'à eux ainsi qu'un son cristallin d'une telle légèreté qu'il douta même de l'avoir entendu. Voix de femme ou vibration d'une corde de harpe, cela aurait pu être les deux.

— Ce n'est que le vent, assura la pythonisse comme si elle avait suivi ses pensées.

Ils descendirent des marches creusées à même la roche et débouchèrent sur une chambre souterraine. Dans des niches brillaient des lanternes. Un brasero dispensait une faible tiédeur. Cela sentait l'encens et le sous-bois.

— Mon antre, monsieur du Moncel.

Toujours cette voix rauque et troublante.

— L'endroit paraît plus proche de la retraite de la sybille de Cumes que de celles, dorées, des astrologues de notre reine mère Catherine.

— Oui, il est vrai que vous avez rendu visite à monsieur Cosme Ruggieri[1].

— Vous avez bonne mémoire, madame. Cela remonte à quelques années.

Il revoyait la pièce aux cent miroirs dans laquelle l'avait reçu le Florentin, son visage maigre où brûlait un regard d'une intensité dérangeante. Le faste qui l'entourait, si différent de l'austérité de la retraite de la pythonisse. Pourtant, tous deux semblaient avoir un trait en commun : une inhumaine et terrible lucidité.

— Quant à Catherine de Médicis, c'est un être à part, poursuivit madame de Castellane. À la fois crédule et visionnaire, faible et d'une puissance de

1. Voir *L'Homme au masque de verre*, *op. cit.*

caractère peu commune. Beaucoup la critiquent, mais peu sont à même de comprendre à quel point elle est un vrai politique.

À écouter cette femme aux avis si tranchés, qui parlait sans mâcher ses mots, Jean comprenait l'amitié, voire l'admiration que lui vouait monsieur de Villeneuve.

La pythonisse alla s'asseoir sur l'un des sièges de pierre et lui fit signe de prendre place face à elle. Entre eux, sur une sorte de pierre d'autel, était posée une statuette de femme. Taillé dans un marbre lactescent, son costume – un voile d'une telle finesse qu'on l'eût pu penser de tissu – ne dissimulait rien des formes exquises du modèle.

Jamais Jean n'avait vu travail si délicat que celui-là. Néanmoins, quelque chose heurta son regard. Les cheveux artistement sculptés entouraient un ovale parfait que le sculpteur avait délaissé, se contentant de le polir. La beauté était sans visage.

— Un cadeau de monsieur de Villeneuve, trouvé dans un champ non loin de Naples. Je sais que vous ne faites pas partie des naïfs qui croient aux prédictions des envoûteurs et des magiciens, monsieur. Et, je vous comprends, je n'y crois pas non plus.

— En quoi croyez-vous donc, madame ?

La voix se fit plus rauque encore.

— Je crois en un savoir ancien qui s'impose à vous et qu'on ne peut refuser. Un don qui est un poison qui vous tue à petit feu et vous laisse exsangue, en dehors du monde des hommes et de la vie.

Une expression douloureuse était apparue sur les traits de la pythonisse. Cette femme, à laquelle on ne connaissait ni mari, ni amant, ni enfant, avait quelque chose de tragique. Portait-elle vraiment, comme semblait le laisser entendre le maigre dossier constitué par monsieur de Villeneuve, la malédiction d'un don de prophétie ?

— Vous parliez de la sybille, monsieur du Moncel, vous souvenez-vous quel était son vœu le plus cher ?

Il y avait tant de désespoir dans cette question que Jean répondit d'une voix sourde :

— Oui, madame. La sybille avait conclu un pacte étrange avec Apollon, lui promettant de se donner à lui. Hors, quand vint le moment, elle se refusa au dieu qui lui avait offert l'éternité. Celui-ci ne lui avait pas promis la jeunesse éternelle. La vieille femme qu'elle devint suppliait sans cesse que lui soit accordée la mort.

— Ce qu'Apollon refusa, compléta madame de Castellane. Les dieux sont cruels.

Le silence retomba. La femme saisit la statuette de ses doigts longs et minces et, levant ses yeux pâles vers lui, demanda :

— Vous songez à la dalle mortuaire de monsieur de Villeneuve et vous n'osez pas me poser la question, n'est-ce pas ?

— Vous lisez en moi, madame.

— Je n'aurais pas eu cette cruauté, mais Loys de Villeneuve était un homme qui n'avait pas peur de regarder son destin en face. À la fin de sa vie, il en avait même besoin. Je lui ai juste permis de l'apercevoir. Mais revenons à vous, monsieur. Vous êtes en danger.

— C'est, madame, une condition à laquelle je suis habitué.

La pythonisse ne paraissait pas l'avoir entendu.

Son corps s'était tendu. Sa voix était devenue plus lointaine quand elle affirma :

— Il y a danger et danger. On voudra votre mort, car celui que vous cherchez ne recule devant rien.

Il vient de frapper là où vous ne l'attendiez pas. Comme Janus, il a deux visages et vous ne connaissez que l'un d'eux.

Elle respira plus fort, ses doigts se crispèrent sur la statue.

— Le danger est aussi sur celui que vous aimez d'amour, monsieur.

Celui ? Sybille alias Charles Ferrières ? Comment savait-elle ? Nul, même monsieur de Villeneuve, n'était au courant. Il voulut protester, mais les mots ne sortirent pas de sa bouche. Son cœur battait trop vite, ses lèvres étaient sèches, il n'arrivait pas à détacher ses yeux de cette hôtesse si singulière.

Il entendit de nouveau ce son étrange, cette vibration, et l'une des chandelles s'éteignit.

— Protégez le sang de votre sang, monsieur.

La pythonisse poussa un profond soupir. Sa chair paraissait plus grise, comme si l'effort produit l'épuisait. Lui ôtait toute force vitale.

— L'argent, monsieur, tout est dans l'argent.

Elle se tut.

Jean se sentit envahi par la peur. Il savait, car le ressentant dans sa chair, que la pythonisse avait dit vrai, que les siens étaient en danger, que peut-être, même, il était déjà trop tard.

La tête de madame de Castellane était retombée sur sa poitrine, comme si elle s'était endormie d'un profond sommeil qui ne dura que quelques instants, au bout desquels elle leva vers lui son regard pâle.

— Partez, monsieur ! Il n'est que temps.

34

Le Maître réfléchissait, l'air soucieux, et Adenet, qui se tenait debout en face de lui, resta immobile et silencieux, n'osant interrompre ses réflexions. Ils avaient brûlé les dossiers de Touraine dans la haute cheminée de pierre. Lambert et sa femme étaient éliminés et pourtant…

Alors que la Ligue des Marchands était florissante, qu'il avait engrangé suffisamment d'argent pour mener à bien ses projets, on lui mettait des bâtons dans les roues.

Une colère froide habitait le Maître contre ce minable petit commissaire, presque un vieillard, mais si obstiné.

Il releva les yeux vers Adenet.

— Qu'as-tu fait du corps de Touraine ?

— Nul ne le trouvera, monsieur, sauf les loups et les rapaces. Je l'ai laissé dans les bois de Séquigny. À saigner comme un porc.

N'empêche qu'à cause de lui, songea le Maître, ils avaient dû prendre des risques. Et puis, contrairement à ce qui était prévu, on avait découvert le corps de Lambert avant la fonte des neiges.

Il serra la mâchoire.

— Et Anselme ?

— Tout va bien de ce côté, monsieur, fit Adenet, mais je n'ai pas réussi à avoir la petite servante des Lambert.

— Tue-la. Je ne veux plus aucun témoin.

— Bien, monsieur.

— Attends un peu que cela se soit calmé au Châtelet. Là-bas, c'est pire qu'une fourmilière où l'on a donné un coup de pied.

Adenet opina du chef.

— Maintenant, écoute bien. Je sais qu'un autre commissaire est sur notre piste. Son nom est Jean du Moncel. Il habite rue Serpente avec son serviteur, Lajoye. Je ne veux pas qu'il se mette en travers de ma route ! Tue-le !

Et il lança une bourse qu'Adenet fit disparaître dans ses larges poches.

LE GRAND COËSRE

35

Alors que Jean quittait en courant la demeure de madame de Castellane, Sybille s'arrêtait à l'entrée du fief d'Alby. Une venelle sombre comme un étroit couloir entre deux hautes maisons dont les murs menaçaient ruine.

Elle entendit résonner le bourdon de Notre-Dame. Jamais elle n'était venue ici aussi tard et, soudain, l'appréhension la taraudait. Il n'y avait pas de pire coupe-gorge que celui où elle allait pénétrer.

Bien des soldats du Châtelet y avaient laissé leur vie. Nul, sans être fou, ne s'y serait risqué, encore moins le soir. Elle avança pourtant, posant sa main sur son visage pour ne pas sentir les odeurs de suint et d'urine.

Les murs étaient couverts de salpêtre. Telle la lèpre, les plaques blanches, farineuses, s'étendaient partout. La jeune femme marchait lentement et le passage, qu'elle connaissait pour l'avoir emprunté tant de fois, lui parut interminable.

Quand enfin elle en vint à bout, il n'y avait plus guère de lumière du jour. Elle devinait la cour entourée de masures de torchis, de baraques de planches.

Ce qui l'inquiéta, c'est qu'il n'y avait personne. Ce lieu qu'elle connaissait grouillant de monde était désert.

Elle devait pourtant continuer.

Elle ne trouverait pas le grand Coësre dans ces parages, il fallait s'enfoncer plus avant dans le fief d'Alby, plus profond, passer de cour en cour, de venelle en placette jusqu'à la dernière. Celle où le roi des gueux tenait sa cour.

Un appel qui ressemblait à s'y méprendre à celui d'une chouette hulotte retentit à plusieurs reprises et la fit frissonner.

Elle n'était pas naïve au point de croire qu'il n'y avait pas de guetteur. De nouveau l'appel retentit, tout proche. Elle continua pourtant, serrant contre elle sa sacoche de médecin, maigre rempart contre une éventuelle agression.

Une odeur de pourriture, d'égouts à ciel ouvert, lui leva le cœur.

Elle avança encore, se fiant à son instinct et aux souvenirs qu'elle avait de ses visites.

La lumière baissait. Enfin deux silhouettes trapues surgirent devant elle, lui barrant le chemin.

— Nul ne passe s'il n'a le mot, fit la première.

— Nul ne vient ici sans le mot, reprit l'autre.

Sybille inspira, essayant de conserver son calme et d'avoir une voix aussi ferme que quand elle prescrivait des remèdes.

— Je suis médecin. Mon nom est Charles Ferrières. Je veux voir votre roi, le grand Coësre.

L'un des deux hommes partit d'un rire sinistre.

L'autre ne dit rien. Il s'approcha avec une souplesse de fauve et Sybille vit la lame qui luisait dans sa main.

Allait-elle finir un couteau dans le ventre ?

Elle pensa à Jean, puis à son petit Julien, à sa nourrice. L'homme approcha son visage du sien. Tout près.

Elle se força à le regarder droit dans les yeux.

Il avait les traits épais, de grosses lèvres et un air de brutalité qui n'augurait rien de bon. Il approcha son nez et la renifla comme un animal en sent un autre.

Sybille ne broncha pas, serra les dents, espérant que le truand ne percevrait pas la peur qui la gagnait. Qu'il n'entendrait pas non plus les battements désordonnés de son cœur. Il lui arracha sa sacoche. La lame se posa sur sa gorge…

36

Jean arriva comme un fou rue Perdue. Il tambourina sur la porte qui ne s'ouvrit pas. Il sortit sa clef et comprit tout de suite que quelque chose n'allait pas. Jeanne n'était pas là pour l'accueillir et son fils ne venait pas se jeter dans ses bras.

Pourtant, s'ils étaient partis, cela ne remontait pas à très longtemps. Dans la cheminée, une bûche achevait de se consumer.

L'estomac noué, le commissaire se précipita vers le bureau de Sybille, puis dans sa chambre. Personne. Il s'apprêtait à monter à l'étage quand il y eut un bruit dans la cuisine.

Le silence retomba.

Jean avait sorti sa lame et s'était plaqué contre le mur. Il attendit un moment qui lui parut interminable.

Enfin il y eut un frôlement sur le dallage et une silhouette voûtée pénétra dans la salle basse.

C'était la Robine, la vieille cuisinière de Sybille.

Jean poussa un soupir et sortit de sa cachette. Il se rappela qu'elle était à moitié sourde et aveugle, et cria pour qu'elle l'entende.

— Le bonjour, la Robine !

La vieille sursauta.

— Qui est là ?

— N'ayez pas peur, cria de nouveau Jean, c'est monsieur du Moncel.

Le commissaire s'approcha et lui laissa explorer son visage de ses doigts d'aveugle. Quand elle eut fini son examen, un sourire éclaira sa face ridée.

— Ah ! c'est monsieur du Moncel ! Monsieur va bien ? demanda-t-elle en allant s'asseoir à sa place favorite, sur une petite chaise tout près du feu.

— Où est monsieur Julien, la Robine ? Et Jeanne ? Et mademoiselle Sybille ?

Tout en prononçant ces noms, Jean avait l'impression que de la réponse de la vieille dépendait sa vie.

Alors qu'il risquait de les perdre, il saisissait plus que jamais à quel point Sybille et Julien lui étaient précieux. Il s'en voulait de la dispute qui l'avait éloigné d'eux.

— Sont partis, monsieur. J'ai pas tout bien compris, mais j'vas vous dire. Savez, j'entends de moins en moins bien et puis, j'me rends bien compte, des fois, je dors, même quand on me parle.

Jean maîtrisa l'impatience qui le gagnait.

— Mademoiselle Sybille l'est rue Serpente, fit la Robine. Et je crois bien que le petit et la Jeanne sont partis chez votre sœur, madame Antoinette.

— Sybille les a envoyés à Saint-Germain ? s'exclama Jean avec un évident soulagement. Et toi, la Robine, que fais-tu là ?

La cuisinière devint soudain loquace. C'était plus facile de parler de soi que des autres.

— Moi, je voulais point m'en aller. Ici, j'ai mes usages, monsieur, ma chaise au coin du feu, ma cuillère. Je connais chaque meuble, j'ai presque l'impression de les voir.

Jean embrassa la vieille sur le front.

— Je reviendrai, la Robine, prends soin de toi ! cria-t-il avant de partir en claquant la porte.

Quand il arriva chez lui, un quart d'heure plus tard, du Moncel comprit très vite que les retrouvailles avec Sybille, qu'il avait imaginées tout le long du chemin, resteraient à l'état de rêve. Même son fidèle Lajoye n'était pas là pour l'accueillir et le feu dans l'âtre était couvert de cendres.

Sur la table, un mot de son valet, disant qu'il essayait de rattraper mademoiselle Sybille qui avait décidé de demander asile au grand Coësre.

Jean se laissa tomber sur l'une des chaises.

Le grand Coësre… S'il y avait bien un endroit au monde où Jean ne pouvait rien pour celle qu'il aimait, c'était la Cour des Miracles. À moins que…

Il se prit la tête dans les mains et se força à réfléchir. Lajoye ne disait pas pourquoi Sybille demandait asile. Il n'en avait sans doute pas eu le temps, à moins que celle-ci ne lui en ait pas donné la raison ? Il se redressa. Il n'y avait qu'un endroit où l'on finissait par tout savoir : le Châtelet.

Il referma sa porte et prit le chemin de l'ancien château fort.

37

Quelqu'un ôta le bandeau de Sybille et elle resta, vacillante, devant l'estrade où siégeait sur un trône le roi des gueux.

L'homme était imposant mais pas du tout comme elle se l'était représenté. Elle le croyait gros et gras. Il était jeune, avait le visage dur, les yeux froids, une balafre en travers de la joue. Vêtu d'un uniforme de mercenaire, il portait au côté une épée et un pistolet. Ses cheveux noirs étaient ceints d'une couronne de métal doré, insigne de son rang.

Derrière lui ses conseillers et tout autour ses officiers, puis la foule des gueux, hommes, femmes et enfants, que le spectacle intéressait.

Sur un signe du grand Coësre, un homme s'avança, un bohémien aux cheveux d'un noir de jais, vêtu d'un pantalon bouffant.

— Le roi des gueux t'écoute, le médecin. Parle, et vite. Il n'a pas de temps à perdre. Le bourdon a sonné et la fête va commencer. La nuit appartient aux gueux.

Quelque part, comme en écho, on frappa sur un tambourin, puis le silence retomba.

Sybille s'éclaircit la voix. Elle n'avait que le choix de l'éloquence et de la conviction, persuadée que, sinon, on lui trancherait la gorge sans état d'âme.

— Tout d'abord, je vous salue, ô roi de la Cour des Miracles. Mon nom est Charles Ferrières. Je viens souvent ici pour guérir vos enfants ou accoucher vos femmes. Mais aujourd'hui, moi qui ne demande jamais rien, ni argent ni aide, j'ai besoin de votre protection. Je demande asile.

Il y eut un grand murmure parmi la foule, des rires et des plaisanteries salaces.

Le roi leva la main et le silence se fit aussitôt.

LA RISÉE DES TRUANDS

38

Jean du Moncel, qui croyait trouver le bureau des commissaires désert, y aperçut des lanternes allumées, des collègues en train de discuter avec des hommes d'armes. Une activité inhabituelle à ce moment avancé de la soirée. Même la porte du bureau du lieutenant criminel était grande ouverte et la silhouette de Pierre Dalot apparut en haut de l'escalier.

— Ah ! monsieur du Moncel, vous voilà ! fit-il en descendant rapidement les marches. Vous avez reçu mon message ? C'est horrible.

— Non, Pierre. Que se passe-t-il ?

— Le malheureux… Venez !

Et le commis l'entraîna vers la salle des interrogatoires devant la porte de laquelle se tenaient les commissaires Bléry, Mévoisins et le lieutenant criminel. On entendait les éclats de voix de ce dernier de l'autre bout du couloir.

Jean sentit son estomac se nouer. Il avait compris.

Il rejoignit les autres. Le lieutenant, qui était en train d'apostropher ses hommes, se tourna vers lui :

— Ah ! vous voilà, monsieur ! Il faut que je vous parle. Mais d'abord, allez voir comment cette truandaille, ces ribauds, ces ruffians osent nous narguer, même ici, au Châtelet ! Ils nous volent nos dossiers, et maintenant ça !

Mévoisins, qui était fort pâle, s'approcha de Jean.

— Quand je suis parti interroger le valet, il n'y avait plus de garde devant la porte…

Il s'interrompit. Jean s'avança.

Le corps du soldat gisait sur le dallage, une mare de sang autour de lui. Quant au malheureux Anselme, l'assassin l'avait installé sur la sellette. Son torse était lardé de coups de couteau, tout comme son visage. L'assassin s'était acharné sur lui avec une rare violence.

— Un coup de poignard en plein cœur pour le garde ; par contre, ce malheureux s'est pris au moins douze coups de couteau.

Jean ne pouvait détacher le regard du visage mutilé d'Anselme. Il s'approcha pour lui fermer les yeux et revint vers le jeune commissaire.

— Où est Sénéchal ? demanda-t-il d'une voix blanche.

— Il est parti chercher la servante, il m'a rappelé qu'elle était notre dernier témoin dans cette affaire.

Le lieutenant s'adressa à Bléry et à Mévoisins.

— Trouvez un légiste, faites descendre les corps à la morgue et sortez-moi de chez eux tous les commissaires pour une réunion exceptionnelle. Tous, vous m'entendez ! Et maintenant, j'ai à parler à monsieur du Moncel, messieurs.

Les commissaires s'inclinèrent. Bléry et Mévoisins partis, le lieutenant entraîna Jean à l'écart.

— J'ai rendez-vous au Louvre avec monsieur François IV du Plessis de Richelieu.

Le grand prévôt de France était l'ordonnateur de la Cour et était responsable de la sécurité du roi.

— Nous vous attendrons donc ?

— Non pas, mon cher commissaire. C'est vous qui, en mon absence, dirigerez cette réunion.

— Moi, monsieur ? s'étonna Jean.

— Mais avant que je ne m'en aille, j'aimerais avoir votre avis sur tout cela.

Du Moncel secoua la tête.

— Tout est lié à la disparition de Perrin Touraine, monsieur. Il avait levé un gros gibier, trop gros pour lui.

— Pour l'instant, le gibier, c'est nous ! répliqua le lieutenant. Il faut retrouver Perrin, monsieur. Et aussi celui qui croit qu'on peut voler et assassiner impunément ici comme à la Cour des Miracles !

Jean tressaillit.

— À notre nez et à notre barbe ! continuait le lieutenant qui s'échauffait de nouveau. Je veux la tête de celui qui a fait cela, je veux sa tête, vous m'entendez !

Et il s'éloigna, martelant le dallage de ses semelles ferrées.

Des gens d'armes déposaient les corps sur des civières. Jean les regardait faire. Bléry l'avait rejoint.

— Les gars attendent. Ils sont tous là, fit ce dernier en avalant sa salive.

Il regarda autour de lui, étonné.

— Où est passé le lieutenant ?

— Au palais du Louvre. Je superviserai cette réunion, annonça Jean.

Si la réponse de Jean l'étonna, Bléry n'en montra rien.

De toute façon, il avait sa tête des mauvais jours, et cet air maladif qui faisait que, souvent, son ami

Perrin, qui s'entendait en médications, lui prescrivait des remèdes.

— Dalot a trouvé le comptable ?

— Oui, Francesco Dalva. Il est déjà à l'ouvrage. On l'a installé dans la petite pièce, près de la réserve.

— Dis-lui que je lui parlerai après la réunion. Qu'il ait l'obligeance de m'attendre.

Alors qu'ils revenaient vers la grande salle, Jean poursuivit, interrogeant Bléry :

— Que penses-tu de la disparition de notre ami Perrin ?

— J'aimerais mieux pas en parler, répondit Bléry. Je comprends rien.

— Pourtant, pendant que j'étais en Angleterre, il s'est passé quelque chose, remarqua du Moncel. Mais quoi ? Perrin avait peur. Tu ne peux pas ne pas t'en être aperçu.

Bléry pâlit.

— Je l'ai pas beaucoup vu ces derniers temps et j'imaginais pas…

Il se pencha et ajouta si bas que Jean faillit ne pas l'entendre :

— Tout ça me fait peur, à moi aussi. On vient tuer jusqu'ici. J'en ai l'estomac retourné, la nausée.

Ils arrivaient dans la salle où les rangs des commissaires s'écartèrent silencieusement devant eux. Jean se plaça au centre du cercle que les officiers de police avaient formé.

— Asseyez-vous, messieurs.

Il y eut un grand remue-ménage de chaises et de bancs, puis le silence retomba.

— Je vais parler au nom de notre chef, qui a dû se rendre auprès du grand prévôt de France. Je sais que vous êtes tous accaparés par des dossiers difficiles et que le travail ne vous manque pas. Et pourtant, je vais vous en demander davantage !

Jean se tut, passant en revue les rudes visages. Nul ne disait mot, tous attendaient.

— Un des nôtres a disparu, vous le savez. Le plus ancien d'entre nous, notre doyen. Quelqu'un nous nargue, qui vient voler puis tuer jusqu'ici. Voulez-vous qu'on soit la risée de tout Paris ? La risée de la truandaille, surtout ?

À ces mots, les commissaires se dressèrent, tonitruants, furieux.

— Non ! Non !

— Je suis content que vous soyez là, vous tous ! s'écria Jean. Je suis content que vous soyez avec Touraine et moi contre cet adversaire inconnu ! Nous allons le traquer, messieurs, et le conduire à l'échafaud !

Il y eut des acclamations.

— Mais le temps presse, reprit Jean d'une voix forte.

Tout le monde se rassit.

Jean regarda l'horloge murale.

— Nous sommes le 4 janvier. Perrin a disparu le 2, nous savons, vous et moi, qu'il faut agir vite, très vite, si nous voulons le retrouver vivant.

— Comment faire ? s'écria le jeune Mévoisins. On a déjà cherché dans les auberges, interrogé des ruffians. On dirait qu'il s'est évanoui en fumée, votre doyen.

— On va continuer, Mévoisins, mais plus fort et plus vite ! rétorqua Jean. Le chevalier du guet et ses hommes vont doubler les rondes, le grand prévôt mettra des soldats à vos ordres. Je veux que vous ratissiez chaque quartier, chaque maison, que vous vidiez les bourdeaux, que les aubergistes vous maudissent.

Je veux que les truands tremblent. Il faut trouver Perrin et aussi un homme qui se fait appeler le « Maître ». C'est lui, notre adversaire. Certains d'entre vous en ont-ils entendu parler ?

Comme personne ne répondait. Jean reprit :

— Questionnez vos espions, messieurs, promettez des récompenses, faites parler les truands, les aubergistes, il me faut cet homme. Et cherchez Perrin Touraine. Allez, ne perdons point de temps. Le sergent Sénéchal et Pierre Dalot seront mes relais. Je veux être informé de la moindre piste. Allez !

Les commissaires se levèrent tel un seul homme.

— Monsieur Mévoisins, monsieur Bléry, restez, je vous prie.

Une fois tout le monde sorti, le silence retomba. Jean se tourna vers ses collègues :

— Messieurs, vous ferez équipe.

— Bien, monsieur, acquiesça Mévoisins en lui tendant deux feuilles. Tenez, j'ai dressé la liste des commanditaires du Châtelet qui travaillaient avec monsieur Lambert et aussi la liste des marchandises.

Jean passa en revue les noms et qualités de ceux qui étaient inscrits là. La plupart lui étaient connus. Il y avait, bien sûr, des greffiers, des huissiers, le chevalier du guet, des procureurs et même le lieutenant criminel. Les uns se procuraient du vin, d'autres du papier, de l'encre, d'autres, comme le chevalier du guet, du foin pour les écuries.

— Ces contrats sont récents, on dirait ? Qui était fournisseur avant monsieur Lambert ?

— Il y en avait deux, messieurs Ledaim et Marcault qui, soudain, ont déclaré qu'ils ne pouvaient plus honorer les commandes.

— Interrogez-les. Je veux savoir pourquoi. Et cherchez vous aussi la Ligue des Marchands.

— Je vais m'en occuper, si monsieur Mévoisins n'y voit pas d'inconvénient, proposa Bléry.

— Au fait, monsieur du Moncel, ajouta Mévoisins, je ne connaissais pas bien Touraine, mais avez-vous pensé qu'il aurait pu s'enfuir parce qu'il avait peur ?

— Jamais Perrin n'aurait fui, affirma Jean.

— Bon, ce que j'en disais…

— Je vais maintenant aller voir le comptable, annonça Jean, se tournant vers Bléry qui étouffait un bâillement. Prends quelques heures de repos chez toi, Raphaël. Je ne veux pas d'un officier qui dort debout !

Bléry ne protesta pas. Il salua et sortit, s'écartant pour laisser passer Nicolas Sénéchal, suivi de Gillette Germain.

Le sergent portait sous le bras un balluchon appartenant à la jeune fille qui, l'air effrayé, se collait à lui.

— Asseyez-vous là, mademoiselle, la pria le grand Normand d'un ton protecteur en désignant une chaise.

Il traversa la salle et s'inclina devant son chef.

— Monsieur ! Je vous ai ramené mademoiselle Gillette.

— Repos, sergent. Tu as bien fait.

Il baissa la voix, de façon que nul, hormis Nicolas, ne l'entende :

— Conduis-la maintenant, sans que personne le sache, chez la mère Leborgne. Et quand je dis personne, c'est personne.

— Bien compris, monsieur.

La « mère Leborgne » était la cantine de Jean et de Nicolas. Une auberge tenue par une vieille Normande qui, en plus, avait quelques chambres à la louée.

— Nicolas, installe-la dans l'une des chambrettes et donne ça à la mère, précisa Jean en glissant quelques pièces dans la main de son sergent. Fais attention de n'être point suivi. L'assassin ne va pas s'arrêter là. Fais vite et trouve-moi la Belette.

— Bien, monsieur. J'ai ma petite idée sur le terrier où je peux dénicher l'animal.

Lorion, dit la Belette, était l'un des espions du Châtelet. Son physique mince et sa vivacité lui avaient valu ce surnom, tout comme sa facilité à trouver les pistes et les gens recherchés par la justice.

Fils de paysan venu pour survivre à Paris au moment du sacre d'Henri III, Lorion n'en était jamais reparti. Jean l'aimait bien, autant pour son intelligence que pour son dégoût affiché du sang et de ceux qui le répandaient.

Le sergent salua et ressortit, suivi comme son ombre par la jeune servante qui n'avait dit mot.

« L'ARGENT, MONSIEUR, TOUT EST DANS L'ARGENT. »

39

L'aube pointait. Un peu de lumière passait à travers le chaume du toit. Le blessé avait ouvert les yeux. La petite descendit de sa couche pour le regarder. La nuit, il délirait, prononçant des noms inconnus, parlant d'or et de pompons. La fillette le veillait quand Martin n'était pas là.

Martin était parti travailler pour le seigneur de Lier, non loin du village de Sainte-Geneviève-des-Bois. Il était habile de ses mains, il était fort, les gens l'employaient à de menues tâches qu'ils lui payaient avec du pain, du lait, un morceau de fromage, et même une fois, il avait rapporté un pot de miel. Jamais l'enfant n'en avait mangé. C'était couleur de soleil et ça coulait dans la gorge comme l'eau de la rivière. Et c'était doux. La fillette s'en souvenait encore.

Le blessé la regardait. Il n'avait pas l'air méchant, mais elle recula, prudente. Il marmonna quelque chose qu'elle ne comprit pas. Puis enfin, articula mieux.

— Où… Où suis-je, petite ? finit-il par dire en essayant de se redresser sur un coude.

La fillette haussa les épaules, à quoi bon lui répondre ? Il voyait bien qu'ils étaient dans la hutte.

Le blessé insista.

— Quel est ton nom ?

L'enfant secoua la tête. Le nom, c'était tout ce qu'elle avait, elle n'allait pas le donner à un étranger. Qu'était même pas un charbonnier, en plus. Le blessé était retombé sur sa couche. Il était devenu tout blanc. La fillette alla mouiller un linge dans la bassine laissée par son père et lui humecta le front. L'autre se rendormit.

L'enfant s'allongea à côté de lui, serrant sa poupée de chiffon contre elle. Il était encore tôt.

Martin les trouva dans cette position quand il rentra peu de temps après, avec quelques navets et un morceau de lard serrés dans son sac de toile.

40

Jean poussa la porte de la petite pièce où Bléry avait installé le comptable et s'arrêta sur le seuil, pour observer l'homme qui ronflait, la tête dans ses bras, affalé sur les registres.

— Monsieur Dalva, Francesco Dalva, dit-il en touchant doucement l'épaule du dormeur.

Dalva se réveilla en sursaut, mit un moment à réaliser où, et avec qui, il se trouvait. Il passa la main dans ses cheveux, étouffa un bâillement.

— Je… pardon, monsieur.

— Je suis le commissaire-enquêteur Jean du Moncel.

— Le bonjour, monsieur le commissaire, répondit-il, faisant mine de se lever.

— Restez assis, je suis désolé d'avoir dû vous tirer d'un sommeil si profond, s'excusa Jean. C'est donc grâce à vous qu'un coupable nettoie les fosses d'aisances de l'abbaye Saint-Victor ?

Un mince sourire se dessina sur les lèvres de Dalva. L'homme était maigre. Le nez long ; sans rides, sans âge, malgré quelques cheveux gris, comme souvent les hommes qui s'adonnent trop à l'étude.

— Pouvez-vous, monsieur, m'expliquer ce que vous avez trouvé là-dedans ? demanda Jean qui désigna les livres.

— Je... Voilà, juste un instant.

Francesco Dalva disposa les registres en ordre devant lui, plaçant au-dessus le livre vert de madame Lambert et sortant dudit ouvrage une feuille où s'alignaient des colonnes de chiffres.

Sur la table, à côté de lui, était posé un boulier de bois et des crayons qu'il aligna avec soin. Il aimait de toute évidence l'ordre, même dans les menus objets qui l'entouraient.

— J'ai dû refaire des calculs, finit-il par dire. Mais voilà. Par quoi commencer ?

— Tout d'abord, épargnez-moi les chiffres, je n'y entends pas grand-chose. Allons droit à ce qui m'intéresse. La comptabilité des Lambert est-elle différente pour les six derniers mois ?

— Ah çà ! oui, monsieur ! Mais pas tant la clientèle, quoiqu'il y ait de nouveaux clients comme le Châtelet, et la marchandise, que le volume des transactions et les prix. L'argent, monsieur ! L'argent !

Le comptable s'échauffait.

— Expliquez-vous.

— Depuis longtemps, monsieur Lambert, comme son père avant lui, achetait et revendait des marchandises. Servant d'intermédiaire entre des paysans ou des fabricants et des clients, le plus souvent de Paris, mais parfois à l'étranger. Sa maison avait bonne réputation.

Il toucha le livre.

— Madame notait toutes les opérations et tenait aussi les autres comptes. Elle rédige en latin. On reconnaît son écriture, une cursive soignée. Ses annotations. Elle pratiquait avec habileté la comptabilité en partie double. Sauf qu'il y a six mois à peu près, l'écriture de monsieur se substitue à celle de madame. Plus de comptabilité en partie double. Parfois même abandon du latin au profit du français. Monsieur est revenu à des calculs classiques.

— Pourtant, d'après la servante, madame continue à noter des choses dans ce petit livre qu'elle avait dissimulé ?

— Oui, mais de façon irrégulière. Elle ne doit plus avoir accès à tout. En fait, elle ne note que les achats. Car, comment vous dire, monsieur le commissaire ? Ce qui me gêne dans tout cela, et qui devait la gêner aussi, c'est l'argent. Le volume des affaires de monsieur a quadruplé, quintuplé en six mois ! Il n'hésite même pas à acheter plus cher pour honorer ses commandes.

— Plus cher ? Mais d'où vient l'argent ?

Jean repensa à la phrase de madame de Castellane : « L'argent, monsieur, tout est dans l'argent. »

— Au début, les comptes sont équilibrés, il vend, rachète, tout est normal. Puis, d'un coup, tout bascule. L'argent afflue mais pas de traces de son origine. Aucune lettre de change, ni de banques italiennes qui auraient pu lui faire des prêts, ni d'autres marchands. C'est incompréhensible. Et ces marchandises qu'il achète au-dessus du cours du marché mais qu'il revend à perte ! Une folie ! Tôt ou tard, l'homme aurait été ruiné, c'est sûr.

— Pourtant, Lambert n'était pas un débutant.

— Peut-être n'avait-il pas le choix, monsieur ?

— C'est une idée que je retiens. Merci, monsieur. Je vais demander à un de mes hommes de vous raccompagner chez vous.

— J'espère vous avoir été utile, fit le comptable en ramassant ses affaires.

Une fois le Florentin parti, Jean s'assit à sa place devant les registres.

« L'argent, tout est dans l'argent », se répétait-il en boucle. Une idée lui était venue, mais tout aussitôt repartie. Il pesta. Au même moment, bien que la porte soit grande ouverte, Pierre Dalot frappa un petit coup sec sur le chambranle.

— Oui, Pierre ?

— Nicolas vient de rentrer avec la Belette, monsieur le commissaire.

— Mets-moi tout ça en sûreté chez le lieutenant et fais-le entrer, veux-tu ?

— Ah ! Il faut que je vous dise qu'un dossier vient d'arriver sur le bureau de monsieur Mévoisins. Je l'ai vu par hasard et je me suis dit que cela vous intéresserait. Il s'agit d'un de nos médecins. Vous vous souvenez, le jeune Charles Ferrières ? Celui qui nous a recommandé Pierre Leroux. Apparemment, son frère, monsieur Gilles Ferrières, le cherche et, ne le trouvant pas, a déposé une requête au Parquet.

LORION, DIT LA BELETTE

41

L'homme qui pénétra dans la pièce était fluet. Il avait le cou long et mince, les cheveux couleur de foin, de petits yeux noirs enfoncés dans les orbites. Ses habits étaient propres et il portait des galoches de cuir usées mais cirées avec soin.

— Monsieur du Moncel, vous vouliez me voir ? demanda la Belette. Vous travaillez matin, dites-moi ! Tout le monde a l'air sur le pied de guerre.

— Assieds-toi, veux-tu ?

— Sauf votre respect, monsieur, protesta l'autre en attrapant une chaise qu'il plaça en face du commissaire, je préférerais être ailleurs. Le jour, c'est pour les bourgeois et les « lapins ferrés ». J'allais regagner mon terrier et dormir tout mon soûl si votre sergent m'avait pas fait comprendre qu'il valait mieux venir vous causer avant.

— Il va peut-être falloir que tu attendes un peu pour dormir. Tu sais que Perrin Touraine a disparu ?

La Belette hocha la tête. Jean posa une bourse sur la table.

— Je veux le retrouver et, crois-moi, si tu m'aides, tu auras de quoi t'acheter des hardes neuves, et plus que cela !

— Monsieur Touraine, je l'aime bien. Il a toujours été droit avec moi. Et si je savais quelque chose, je vous le donnerais pour rien du tout.

La Belette n'avait pas touché à la bourse.

— Je veux aussi trouver quelqu'un qui se fait appeler le « Maître ».

Silence.

— Tu ne dis rien ?

— Sauf à vous déplaire, j'aimerais mieux pas.

— Tu connais le Maître ?

— Personne le connaît. Mais j'ai entendu parler de lui et pas en bien. Y fait pas bon s'acoquiner avec ce drôle. Ceux qui l'ont fait y ont laissé leur peau. Le Maître, quand il a plus besoin de vous, il tue ou plutôt il fait tuer.

— Je veux cet homme. Connais-tu un usurier du nom de maître Janin ?

— Oui, l'a son office rue de la Tixéranderie. Une engeance comme y en a parfois. Pire qu'un morpion à vous sucer le sang jusqu'au bout. Il en a mis des malheureux sur la paille, celui-là !

— Tu as l'air de l'apprécier, dis-moi ! Nous allons nous occuper de lui. Toi, va à l'auberge des *Quatre-Piliers* : le Maître y a donné rendez-vous à un certain Anselme. Peut-être y a-t-il ses habitudes ?

— Questionnez votre Anselme.

— On vient de le conduire les pieds devant, à la morgue.

— Pourquoi que je risquerais ma vie pour vous ? fit la Belette qui avait blêmi.

La voix du commissaire se durcit :

— Ne m'oblige pas à te rappeler ce que j'ai effacé, Lorion. Sans moi, tu aurais fini à l'échafaud pour vol !

— Un châtiment bien rude, vous l'admettrez ? fit Lorion sans se démonter.

— Tu sais bien que je l'admets, puisque je t'ai sauvé !

La voix du commissaire s'était radoucie.

— Bon, j'accepte, finit par dire la Belette.

Jean poussa la bourse sur la table.

— C'est mieux, prends cela.

Lorion ouvrit la bourse.

— Sans vous offenser, c'est pas assez.

— On peut s'arranger. Tu auras la même chose si tu me rapportes des informations sur ce gars-là et aussi sur la Ligue des Marchands.

— Jamais entendu parler.

La Belette fit disparaître la bourse dans les plis de son manteau. Il allait se lever.

— Ce n'est pas fini ! Avant, je veux que tu ailles au fief d'Alby, je sais que tu y as tes entrées.

— Pour quoi faire ? Je veux pas, en plus, me fâcher avec le grand Coësre ! Ça, c'est pas possible !

La Belette avait prononcé le nom du roi des gueux avec du respect, presque de la vénération.

— Un jeune médecin allait souvent là-bas pour soigner les pauvres. On m'a dit qu'il avait demandé asile au grand Coësre.

— Vous lui voulez quoi, à ce médecin ?

— Rien de mal. Assure-toi qu'il va bien et, si tu arrives à le voir sans que quiconque vous entende, dis-lui que Jean du Moncel s'occupe de l'enfant et… de Gilles Ferrières.

— J'veux point en savoir plus. C'est vos affaires. Je peux partir maintenant ?

Jean acquiesça et il se leva aussitôt.

— Sois prudent, la Belette ! grommela le commissaire d'un ton bourru.

L'autre esquissa un pas de danse.

— Vous inquiétez pas pour ma peau, monsieur le commissaire ! Je tiens bien trop à elle pour faire le malin devant un gars comme celui que vous me demandez de chercher.

42

La femme ouvrit la porte et s'écarta pour laisser passer Bléry.

— C'est à cette heure-là que vous rentrez, monsieur mon époux ! fit-elle, mi-grondeuse mi-triste.

Madame Bléry, Pernelle de son prénom, était campée devant son mari. Des boucles blondes encadraient un visage d'une joliesse un peu fade qu'éclairaient de grands yeux bleus qui, pour l'heure, lançaient des éclairs.

— Ma Pernelle, ma douce, ne vous fâchez pas. Si vous saviez comme votre pauvre mari est fatigué, vous le prendriez en pitié, plaida Raphaël qui accrocha son manteau au clou.

— Pitié, pitié ! répéta Pernelle. Et vous, monsieur, avez-vous eu pitié de votre « pauvre » Pernelle ? Sans nouvelles de vous de toute la nuit, je vous ai attendu en me morfondant, en craignant le pire. Je me voyais déjà veuve. Imaginez mon tourment, monsieur.

Raphaël Bléry s'avança d'un pas. Il tendit les bras vers elle. Pernelle recula.

— Ne me fuyez pas, madame, supplia-t-il.

— Je ne vous fuis pas, monsieur, mais tout de même, pas une excuse de prononcée. Vous n'aimez donc plus votre pauvre Pernelle.

Des larmes coulaient maintenant sur les joues de la jeune femme. Elle se tordait les bras.

— Cessez, madame ! Vous savez que je ne supporte pas quand vous pleurez, fit Bléry en essayant de la prendre dans ses bras. Vous savez que je n'aime que vous.

Elle lui échappa, mais il ne la sentait plus si fâchée.

— Venez, monsieur, allons nous allonger.

Elle était déjà dans leur chambre et Bléry l'y suivit.

— Ma toute belle, murmura Raphaël.

Le lit était recouvert d'une fourrure épaisse, Pernelle lui tendait les bras. Ses lèvres avaient la couleur des cerises. Le commissaire se laissa tomber sur le lit.

— Vos bottes, monsieur ! s'écria sa femme. Vous n'avez même pas ôté vos bottes !

Elle se releva, tira sur les bottes cavalières qu'elle posa à côté du lit. Elle avait dénoué les lacets de son corsage et s'apprêtait à déshabiller son mari, au lieu de quoi elle poussa un soupir furieux et s'allongea, tirant sur la courtepointe dans laquelle elle s'enroula, lui tournant le dos.

Épuisé, Raphaël ronflait déjà.

L'HÔTEL DE SAINT-GERMAIN

43

Après avoir prévenu Pierre Dalot, Jean avait rejoint les écuries du Châtelet. La longue salle voûtée de plus d'une quinzaine de toises de long, munie de soupiraux, abritait une centaine de chevaux dont la plupart appartenaient au guet. Des mangeoires couraient le long des parois. Sur des perches s'alignaient les selles et des tapis en peaux de mouton.

Le chevalier du guet, Germain de la Teste, était là, surveillant de près son valet qui curait les pieds de son cheval préféré, un barbe à la robe cannelle.

Monsieur de la Teste, un homme mince et sec, préférait au monde des humains la race chevaline à laquelle il consacrait le peu de temps que sa fonction lui laissait. Il ne quittait jamais, même pour dormir – prétendaient les « mauvaises langues » –, ses bottes cavalières. Il entendit s'ouvrir la porte des écuries, se redressa et sourit en reconnaissant le nouveau venu.

— Ah, monsieur du Moncel, s'exclama-t-il, quel bonheur de vous voir ! Vous m'avez manqué.

Les deux hommes s'étreignirent. Une odeur de foin régnait dans l'écurie dont les litières avaient été changées et le pavage nettoyé à grande eau.

Des palefreniers et des cavaliers allaient et venaient autour de leurs chevaux. C'était l'heure de panser les montures qui venaient de revenir de leur patrouille quotidienne.

Le long du mur du fond étaient suspendus des mors et des brides. Une fresque peinte sur le plafond représentait des chevaux à la parade.

L'endroit et son odeur étaient si familiers que Jean se revit jeune homme, fraîchement débarqué de sa Normandie natale, accueilli dans la patrouille. Ils étaient une trentaine de cavaliers et plus de deux cents archers à pied, tous vêtus de casaques bleu-vert, une étoile blanche cousue sur la poitrine et le dos. À huit heures précises, dès que retentissait la sonnerie du couvre-feu de Saint-Germain-le-Vieux, le guet sortait du Châtelet et patrouillait jusqu'au lever du jour.

Jean n'avait jamais retrouvé l'impression de folle liberté et de camaraderie qui régnait parmi les cavaliers. De là datait sa profonde amitié pour le sire Germain de la Teste.

— Que venez-vous faire ici de si bon matin, monsieur le commissaire-enquêteur ? demanda le chevalier. Ou bien dois-je vous appeler monsieur le « chargé de mission de Sa Majesté le roi » ?

— Ma foi, monsieur, pour vous, Jean suffira. Je viens vous emprunter un cheval.

— Ils sont tous à vous, monsieur ! s'écria Germain. Mais j'ai idée que l'un d'entre eux vous conviendra mieux que les autres. Il a du tempérament et est plus fidèle qu'un homme.

Germain de la Teste se tourna vers un valet d'écurie.

— Va me chercher Balamer, ordonna-t-il, et mets-lui l'une de mes selles en cuir de Cordoue.

Il regarda l'homme s'éloigner puis se tourna de nouveau vers Jean.

— Nous faisons tout notre possible pour retrouver Perrin Touraine, monsieur. On vient de m'apprendre l'histoire de ce témoin égorgé dans nos murs et du garde tué. Que se passe-t-il, dites-moi ? D'après les ordres que je viens de recevoir, et qui émanent de vous d'ailleurs, nous allons ressortir pour continuer les recherches.

— Perrin Touraine s'est attaqué à quelqu'un qui se fait appeler le Maître, dont nous ne connaissons pas l'identité. Ces derniers temps, Perrin avait changé, il avait peur, ce qui ne lui ressemble pas. Il allait jusqu'à se méfier des gens du Châtelet.

— Si je vous entends bien, monsieur, peut-être faut-il regarder de ce côté plutôt que de battre la campagne et les bouges de notre bonne ville ? Peut-être cherchez-vous loin d'ici un coupable que vous côtoyez tous les jours ?

Germain de la Teste posa sa main sur le bras de Jean.

— Protégez-vous, monsieur, et souvenez-vous que, si vous avez besoin de moi et de vos anciens compagnons d'armes, nous n'avons point besoin d'ordres écrits pour agir.

Jean n'eut pas le temps de répondre. Le valet revenait avec un hongre à la robe isabelle, au poitrail large, au corps puissant et musclé.

— Je vous présente Balamer, fit le chevalier, il n'est pas sorti cette nuit. Je ne sais où vous désirez vous rendre, monsieur, mais celui-là, non seulement vous conduira jusqu'aux enfers mais, surtout, il vous en ramènera ! C'est un cheval des Flandres, il sera un bon compagnon et ni les armes ni l'eau ni le feu ne l'effraient.

Jean flatta le museau soyeux.

— Il est magnifique. D'où vient ce nom de Balamer ?

— C'était le nom du cheval du roi des Huns, Attila. On le disait guidé par les vents.

Jean sortit de l'écurie, tenant Balamer par la bride.

— Allez, monsieur, et n'oubliez pas, si vous avez besoin de votre vieux compagnon, je suis là. Nous autres au guet, ne craignons pas la bataille !

Jean étreignit son ami, monta en selle et quitta bientôt le Châtelet. Il ne vit pas la silhouette d'Adenet qui sortit d'un renfoncement et le suivit pendant un moment avant de renoncer.

Le commissaire traversa Paris avant de faire prendre le galop à sa monture sur la route de Saint-Germain.

44

Le laquais en grande livrée ouvrit la double porte menant au salon et annonça d'un ton solennel :

— Monsieur Jean du Moncel, madame.

Le jeune commissaire s'avança et détailla le tableau paisible qui se présentait à ses yeux. Tout cela était si éloigné de l'agitation du Châtelet, des meurtres, de la sellette… Deux mondes qui, heureusement, ne se côtoyaient qu'à travers lui.

Le soleil entrait à flots par des fenêtres donnant sur le jardin et la pièce était si vaste qu'on aurait pu y donner un bal. Tendue de draperies, peu meublée, sauf quelques fauteuils et tables de marqueterie, un parquet qui sentait bon la cire et, au fond, une cheminée où brûlaient d'énormes bûches. Trois petits chiens au poil frisé, des rubans rose et jaune au cou, étaient allongés près de leur maîtresse et des enfants.

Jean soupira. Il aurait aimé, comme Thierry de Saint-Germain, connaître plus souvent des moments comme celui-là. Antoinette, sa robe de brocart rouge en éventail autour d'elle, jouait avec Julien et Charlotte, la plus jeune de ses filles. Non loin de l'âtre, sagement assise sur une chaise, Isabelle, l'aînée, une petite blonde, jouait avec une poupée de chiffon.

L'annonce du valet leur avait fait lever la tête, les chiens s'étaient redressés. Tous restaient là, immobiles, comme si le temps s'était suspendu.

Jean sourit.

— Je sais qu'il est matin, madame ma sœur, ne me grondez point. Isabelle, Charlotte, mon Julien, je vous salue, fit-il en s'inclinant en une large révérence.

Ce fut le signal d'une soudaine et vive agitation. Les chiens se précipitèrent pour faire fête au nouveau venu. Antoinette avait saisi son vertugadin et s'était relevée dans un grand froissement de tissu. Julien se dressa d'un bond, glissa et se retrouva dans les bras de son père qui l'avait attrapé au vol.

— Mon fils ! murmura Jean en serrant le garçonnet contre lui.

Jean aimait cette odeur d'enfance qui s'accrochait encore à Julien. Le garçon passa ses bras autour de son cou et enfouit son visage dans le creux de son épaule. Charlotte et Isabelle, main dans la main, s'étaient approchées. Jean reposa son fils et les embrassa sur les joues.

— Damoiselle Isabelle, comme vous voilà grande ! s'exclama-t-il.

Isabelle, du haut de ses trois ans, remercia son oncle d'un sourire timide dissimulant mal le rouge qui montait à ses joues.

— Et toi, Charlotte ?

C'était la préférée de Jean car elle lui rappelait sa sœur, enfant.

La fillette déposa un baiser mouillé sur sa joue.

— Et moi, monsieur mon frère, vous ne m'embrassez pas ? demanda Antoinette. Vous débarquez *viron soleil levant*, c'est tout juste si les enfants ont eu le temps de manger et de s'habiller et…

— Je ne m'en priverai pour rien au monde, la coupa Jean en la saisissant par la taille et en lui plaquant deux baisers sonores sur les joues.

Les enfants les regardaient, ravis. Enfin, Julien tendit les bras à sa tante qui le souleva.

— Tu es lourd, mon ange.

L'enfant s'était accroché à la chaîne qu'elle portait au cou. Le bijou se rompit et tomba. Jean se précipita pour le ramasser. Julien, qui s'était rendu compte qu'il avait fait une bêtise, se mordit les lèvres. Il était prêt à pleurer.

— Ce n'est rien, monsieur, s'écria Antoinette, consolatrice, tu es comme ton père, tu ne connais pas ta force.

Elle se tourna vers son frère :

— Ne soyez pas colère, monsieur, rappelez-vous, à Haute Lande, vous brisiez même les chaises quand on vous tenait tête !

Charlotte et Isabelle ouvrirent des yeux ronds.

— Mais non, voyons ! protesta Jean, qui ne souvenait que trop bien de ses terribles accès de colère enfantine. N'allez pas donner des idées fausses à ces pauvres enfants !

Il examina la délicate chaîne d'or dont les motifs filigranés représentaient de minuscules violettes. L'un des maillons s'était cassé, un autre était déformé.

— Je suis désolé, ma sœur, je vous le ferai réparer. D'où vient-il ?

— C'est un cadeau de monsieur mon époux, il vient de chez un orfèvre du pont Notre-Dame. Mais regardez le poinçon, son nom doit figurer dessus.

— Le poinçon…

Jean examina le fermoir où était gravé le nom d'Arnay, puis fixa de nouveau sa sœur.

— Le poinçon, bien sûr ! s'écria-t-il. Pourquoi n'y ai-je pas pensé plus tôt ? Le poinçon !

Grâce au poinçon, il pourrait retrouver la trace du cadeau fait par Lambert à sa femme. Pour un peu, il aurait dansé.

Stupéfaite, Antoinette le fixait, ne sachant si elle devait rire ou s'inquiéter.

— Vous vous sentez bien, monsieur ?

— Oui, madame, répondit Jean en lui plaquant un baiser retentissant sur la joue. Grâce à vous et à Julien, je me sens vraiment beaucoup mieux.

— Vous allez m'expliquer ce qui vous rend si joyeux, monsieur, et puis nous parlerons, vous et moi, fit Antoinette.

Elle alla tirer la sonnette qui pendait au mur et aussitôt un laquais apparut. Le même qui avait annoncé Jean.

— Conduisez mesdemoiselles et monsieur Julien en cuisine.

— Bien, madame.

Antoinette se tourna ensuite vers Isabelle :

— La cuisinière a préparé des fruits confits, ma mie, et je pense qu'elle voudra vous les faire goûter avant de nous les servir ce soir.

Isabelle sourit. Charlotte battit des mains de joie. Elle était aussi brune et ronde que sa sœur était mince et blonde. Aussi remuante que son aînée était sage et posée. Elle partit vers la cuisine de toute la vitesse de ses petites jambes, suivie par les chiens qui, excités, se mirent à aboyer.

— Charlotte ! s'écria Isabelle qui avait saisi d'autorité la petite main de Julien que sa mère avait reposé par terre.

Le laquais laissa passer les enfants. Une fois la porte refermée et les bruits plus lointains, Jean rejoignit sa sœur qui s'était approchée d'une fenêtre, contemplant le jardin aux pelouses couvertes de neige.

— Pardonnez-moi, Antoinette, je ne vous ai même pas remerciée d'avoir accueilli Julien et Jeanne.

Il regarda autour de lui.

— Mais d'ailleurs, où est-elle ?

— Elle est partie chez Théophraste Le Noir, rue Perdue, chercher les affaires de votre fils.

À ces mots, Jean réalisa qu'Antoinette avait compris bien des choses. Il la regarda s'asseoir dans l'un des fauteuils de velours, arranger ses manches de dentelle.

— Monsieur de Saint-Germain n'est pas là ? demanda-t-il.

— Non, monsieur, il a dû repartir sur nos terres et je dois l'y rejoindre bientôt avec nos filles. Mais peut-être puis-je emmener Julien et Jeanne, si vous y consentez, vous et mademoiselle Le Noir ? Car je dois dire mademoiselle, n'est-ce pas ?

Le visage de Jean s'assombrit.

— Pardonnez-moi cette comédie qui m'a déplu tout autant qu'elle doit vous déplaire, ma sœur. C'est Jeanne qui vous a tout expliqué ?

— Oh, non ! même si Jeanne a son franc-parler, elle est bien trop discrète pour trahir sa maîtresse et vous. Non, c'est Julien, qui m'a raconté que vous aviez deux maisons et que sa maman portait des bottes !

Jean ne put s'empêcher de sourire.

— J'aime Sybille depuis bien des années, vous le savez.

— Oui, mon frère, et cela faisait rêver la jeune fille que j'étais.

Une ombre passa sur le visage d'Antoinette.

— Je me souviens, nous étions au manoir de Haute Lande, j'avais tout juste seize ans et madame notre mère voulait que je m'assagisse, que je cesse de chevaucher à travers bois comme un garçon. Je venais de rencontrer monsieur Thierry de Saint-Germain que j'allais épouser quelques mois plus tard.

La jeune femme s'arrêta puis reprit :

— Je croyais que Sybille était devenue votre épouse.

— C'était mon vœu le plus cher, madame. Mais vous comprendrez tout, y compris cette histoire de « bottes », si je vous dis que Sybille a choisi, contre les règles de notre siècle, de devenir médecin.

Et Jean raconta à sa sœur l'incroyable histoire de la femme qu'il aimait. Leur histoire. Quand il eut fini, le silence retomba.

— Vous n'avez pas choisi une femme commune, monsieur mon frère, déclara Antoinette, et j'envie, je vous l'avoue, la liberté que vous lui laissez. Dieu m'est témoin que j'aime mon époux et mes enfants, mais je regrette parfois d'être femme. Nous sommes si prisonnières, nous autres… Notre rôle est parfois si ingrat.

Elle rougit.

— Ne vous fâchez point, monsieur…

— C'est me méconnaître, madame. J'ai trop de respect et trop d'amour des femmes pour ne pas vous comprendre. Je viens de lire les poèmes de Louise Labé, celle qu'à la Cour l'on surnomme la « Belle Cordière » et votre plainte fait écho à la sienne.

Antoinette serra dans la sienne la main de son frère.

— Malheureusement pour Sybille, reprit Jean, sa liberté touche à sa fin. Le frère de ce malheureux Charles Ferrières est à Paris. Elle a dû se cacher. Elle aimerait que vous mettiez notre fils à l'abri, et moi aussi. Emmenez-le à Haute Lande, ma sœur, présentez-le à madame notre mère. Ne lui expliquez pas tout, je vous prie… pour l'instant. Si tout va bien, Sybille et moi vous rejoindrons là-bas. Et nous chevaucherons vers la mer, essayant d'oublier, vous vos conditions de femme, et moi ma charge d'homme.

Les sourcils de la belle Antoinette s'étaient froncés. Et c'est d'une voix inquiète qu'elle jeta :

— Prenez garde à vous, monsieur, j'entends ce que vous ne dites pas. Le danger que vous courez tous deux.

Jean la serra contre lui.

— Je dois partir, maintenant, *petite sœur*.

— Il y a longtemps que vous ne m'avez plus appelée ainsi, remarqua Antoinette, dissimulant mal son émotion.

Jean embrassa ses paupières.

— Prenez soin de vous et de Julien, et saluez monsieur mon beau-frère, ajouta-t-il d'un ton bourru.

Il allait sortir. Sa cadette, qui était restée au milieu de la pièce, le rattrapa comme elle le faisait enfant, se jetant à son cou pour l'embrasser.

— Revenez-nous vite, monsieur ! s'écria-t-elle.

LA MAISON CHYMIQUE

45

Pendant ce temps, rue Perdue, dans la maison de Sybille, Jeanne avait rassemblé les affaires de Julien et quelques vêtements à elle. Elle ne savait pas combien de temps ils seraient absents, mais son instinct lui disait que cela serait long. Elle allait embrasser la Robine, qui s'était de nouveau assoupie, quand elle entendit du bruit dans le jardin.

Un grincement. Des merles qui fouillaient les feuilles givrées du lierre, près de l'ancienne poterne, s'envolèrent en sifflant.

Jeanne sortit. Elle traversa la cour et s'arrêta. D'un côté du terrain, il y avait le petit bois et la Maison Chymique, de l'autre, cette vieille porte qu'on n'utilisait plus et qui donnait sur la rue de Bièvres. Et c'était elle qui s'était entrebâillée et peinait à s'ouvrir, couverte par un fouillis de lianes. Jeanne se dissimula derrière le vieux pommier.

La poterne s'écarta d'un coup sous une violente poussée. Une silhouette trapue apparut.

Après avoir regardé autour de lui et s'être assuré que nul ne l'observait, l'homme se fraya un passage à travers les ronces et s'enfonça dans la végétation en direction du laboratoire dont il apercevait la toiture couverte de neige. Une fois là, il poussa la porte qui grinça en s'ouvrant.

Jeanne, qui l'avait suivi du regard, hésita. Si elle allait plus avant, elle laisserait ses empreintes dans la neige. Elle fit demi-tour et revint sans bruit vers la maison, le cœur battant à tout rompre.

Pendant ce temps, l'intrus fouillait le laboratoire. Il faisait sombre, et il cherchait une chandelle qu'il alluma avant de la lever au-dessus de lui.

Dans la vieille bâtisse, le temps semblait s'être arrêté. Des toiles d'araignées pendaient du plafond. Les tables étaient recouvertes d'une épaisse couche de poussière.

Il s'avança, longea un établi chargé de mortiers, de pilons et de cornues et s'arrêta devant un lutrin où un grand livre était resté ouvert. La bougie allumait des reflets dans le jaune pâle des cristaux d'orpiment. Pendant un moment, l'étrange visiteur resta figé, puis il se tourna vers les tables. Son regard passa des blocs roses du cinabre de Carinthie à ceux de la pierre de soufre, d'un jaune plus vif que celui des jonquilles au printemps. Malgré la couche de poussière qui les recouvrait, les cristaux semblaient revivre sous la brève caresse de la bougie.

Il passa bientôt dans la salle voisine. Les murs et les plafonds étaient noircis par la suie, la pièce était encombrée de fours éteints. Un invraisemblable désordre y régnait. Des alambics brisés, des cornues, des creusets jonchaient le sol.

Il repartit par où il était venu, saisissant au passage le livre de l'alchimiste Théophraste qu'il glissa dans une poche de toile qu'il portait à l'épaule. Une fois dehors, il hésita puis se dirigea vers la maison.

La nourrice de Sybille le vit apparaître près du puits, elle recula et chercha des yeux où elle pourrait se cacher. La silhouette large, trapue, une capuche masquant ses traits, approchait.

Jeanne n'essaya pas d'en voir davantage, elle regarda la Robine qui ronflait, assise sur sa chaise, le menton dans sa poitrine, près du feu où ne rougeoyait plus qu'une bûche calcinée. Elle faillit la réveiller, mais il n'était plus temps. Elle se glissa dans un placard au moment où l'homme, sans faire plus de bruit qu'un chat, poussait la porte de la cuisine.

La Normande retint son souffle, le visiteur était si discret qu'elle n'entendait pas même le bruit de ses pas. Et cela n'en était que plus inquiétant. Impossible de savoir où il était. Elle tenait la porte légèrement entrebâillée. Par la fente, elle apercevait sa vieille amie qui dormait toujours, se disant que, s'il la touchait, elle se servirait du couteau qu'elle avait pris avec elle.

L'homme passa derrière la vieille femme et disparut de son champ de vision.

Jeanne avait l'impression qu'il allait entendre les battements affolés de son cœur.

Le visiteur fit le tour des pièces du rez-de-chaussée, s'arrêtant un long moment dans l'ancien bureau de Théophraste le Noir. Enfin, il ressortit comme il était venu. La Robine n'avait pas bronché, juste soupiré dans son sommeil.

Quant à Jeanne, elle avait étouffé un cri en reconnaissant le visage de celui qui venait de passer devant sa cachette.

Jacob. C'était Jacob, l'ancien apprenti de son maître Théophraste. Jacob qui entrait chez eux comme un voleur. Elle avait failli l'apostropher, mais quelque chose dans son expression l'en avait dissuadée.

Elle avait attendu longtemps.

La porte de la rue de Bièvres s'était refermée.

La clef avait tourné dans la serrure. Le silence était retombé.

Jeanne entrouvrit enfin la porte de son placard et hurla en se heurtant à… Jean.

— Eh bien, Jeanne, que t'arrive-t-il ? Tu te caches ? s'écria le commissaire.

— Ah, mon Dieu ! monsieur du Moncel, que vous m'avez fait peur !

Elle avait porté les mains à sa poitrine, laissant tomber le couteau sur le dallage.

Jean se baissa pour le ramasser. Sur son visage, l'amusement avait cédé la place à l'inquiétude.

— Pourquoi cette lame ?

— J'ai eu si peur, je ne savais pas… (Elle baissa la voix :) Je viens de voir Jacob, monsieur. Il est entré par la poterne et il est allé dans la Maison Chymique.

— Tu es sûre ?

— Je l'ai vu comme je vous vois.

Et puis, comme si de parler du laboratoire de Théophraste la ramenait à sa jeune maîtresse, elle demanda :

— Comment va mademoiselle Sybille ?

Jean secoua la tête.

— Ne t'inquiète pas, Jeanne. Je m'occupe d'elle. Je reviens de Saint-Germain où ma sœur t'attend. Tu partiras demain avec madame Antoinette et les enfants pour la Normandie.

Il s'attendait à la voir sourire. Après tout, c'était son pays et elle n'y était jamais retournée ; au lieu de cela, elle baissa le nez.

— Mademoiselle... J'aurais jamais pensé que j'irais au pays sans elle. Je lui chantais des chansons de là-bas quand elle était petite, je lui avais promis...

Sa voix se cassa. Tant de désarroi et de chagrin se lisaient sur son visage que Jean passa son bras autour de ses épaules.

— Bientôt, je te le promets, Jeanne, nous te rejoindrons, ta maîtresse et moi. D'ici là, il faut que tu sois forte, nous avons besoin de toi.

Jeanne se redressa.

— Nous te confions Julien, insista Jean.

Tout de suite, la voix de la nourrice reprit sa vigueur habituelle. Elle s'écria :

— Ah çà ! monsieur, vous pouvez comptez sur moi ! Personne touchera un cheveu de monsieur Julien !

— J'ai demandé au voisin de te déposer à Saint-Germain avec tes balluchons. Il t'attend dans sa carriole devant la porte.

— Je vais faire mes adieux à la Robine. Elle veut point venir, même à Saint-Germain, elle se trouve bien ici.

— Ne t'inquiète pas pour elle, Lajoye viendra la voir souvent. Je vais faire un tour au laboratoire.

Et Jean, après avoir traversé la cour, s'enfonça à son tour dans le jardin. Cela faisait longtemps qu'il n'était pas venu ici. Même Sybille n'y allait plus. Trop de souvenirs liés à son père.

L'herbe et les ronces avaient poussé, les arbres aussi. La neige recouvrait tout, les branches étaient habillées d'un manteau de gel et seules les baies de houx jetaient une lueur chaude au milieu de toute cette blancheur.

Les traces de pas de Jacob étaient bien visibles dans la neige. Il était allé au laboratoire puis à la maison avant de repartir par l'ancienne poterne.

Une fois la porte de la Maison Chymique poussée, il retrouva cette lumière glauque si particulière de la première salle et vit aussitôt ce qui manquait. Le lutrin, près des tables de travail, était vide. Le recueil, où l'alchimiste notait ses expériences, avait disparu. Cela avait étonné Jean que Théophraste ne l'emporte pas à Prague. Mais l'alchimiste avait fait tant de choses que ni sa fille ni Jean n'avaient comprises ! Il était parti sans prévenir, sans rien prendre, pas même des vêtements de rechange, en léguant tout à sa fille unique.

Jean fureta dans le reste du laboratoire. La poussière et les toiles d'araignées attestaient que rien d'autre n'avait bougé. Il alla vérifier que la poterne qui donnait sur la rue de Bièvres était bien fermée puis s'en alla rassurer Jeanne. Après l'avoir saluée, ainsi que la Robine, il remonta en selle, et talonna sa monture, en direction du pont Notre-Dame.

46

Situé à côté du Pont-aux-Changeurs, le pont Notre-Dame reliait l'île de la Cité à la rue de la Planche-Mibray.

Il était le pont des entrées royales, et des commerces distingués. Une soixantaine de maisons de pierre de taille et de brique y avaient été bâties de part et d'autre d'une large avenue où pouvaient se croiser sans peine des voitures à cheval.

Des colonnes sculptées et des statues ornaient ce pont habité, plus long et majestueux que le Rialto de Venise ou le Ponte Vecchio de Florence. Il y avait là des joailliers, des orfèvres, mais aussi des armuriers et des libraires installés dans des boutiques protégées des intempéries par d'élégantes arcades.

Jean du Moncel chevauchait au pas de son cheval, longeant les commerces, rendant leur salut à quelques badauds de sa connaissance quand, enfin, au numéro 12 – les chiffres étaient d'or sur fond rouge –, il repéra une enseigne de bois peinte portant le nom de « Pierre Arnay, joaillier et orfèvre ».

Il attacha Balamer à l'anneau scellé dans le mur et entra, déclenchant le tintement cristallin d'une clochette.

L'homme, assis derrière son étal, une pince à la main, se redressa aussitôt. Le visage rond et lisse, les cheveux couleur poivre et sel, il portait un tablier de cuir sur son pourpoint de velours vert. Sa barbe était soignée, sa chevelure aussi. Il s'inclina devant son visiteur.

— Bien le bonjour, monsieur. Que peut monsieur Pierre Arnay pour vous ?

Jean lui rendit son salut.

— Ma foi, monsieur, vous pouvez sans doute beaucoup. Tout d'abord regardez ceci.

Il sortit le bijou d'Antoinette de sa bourse.

— Il vient de chez vous, n'est-ce pas ?

L'orfèvre ne répondit pas de suite. Il regarda la chaîne, la soupesa, l'ausculta de mille et une manières, s'attardant sur le maillon cassé puis sur celui qui était déformé comme s'il s'agissait de quelque blessure infligée à l'un de ses enfants. Enfin, il répondit dans un soupir :

— Oui, monsieur. Un travail comme on n'en fait plus. La Cour ne veut plus que des pierres précieuses. Aurait-on imaginé cela, il y a seulement quelques années ? Plus d'émail, plus de filigrane non plus, hélas !

Craignant que l'homme ne s'égare dans d'autres considérations sur son métier, Jean coupa court :

— Mon beau-frère, monsieur Thierry de Saint-Germain, l'a offert à ma sœur, nous aimerions que vous le répariez.

— Bien sûr, bien sûr, fit le petit homme qui se frotta les mains. Monsieur Thierry de Saint-Germain, je m'en souviens.

L'orfèvre prit une peau de chamois et y enveloppa délicatement le bijou.

— Je vais prendre votre nom, monsieur, fit-il en saisissant un registre et une plume qu'il s'apprêtait à tremper dans son encrier. Je vous le rendrai dans cinq jours, est-ce que cela vous conviendra ?

— Mon nom est Jean du Moncel, commissaire-enquêteur au Châtelet.

Comme d'habitude, cet énoncé eut un effet immédiat. Son vis-à-vis pâlit, et ce fut d'une voix tremblante qu'il bafouilla :

— Mais, monsieur, je n'ai rien fait…

Il avait reposé sa plume.

— Rassurez-vous, monsieur Arnay, le Châtelet a besoin de votre aide, voila tout. Comme expert, dirais-je.

Le soulagement de l'orfèvre fut si visible que, en d'autres circonstances, Jean en aurait ri.

— Bien sûr, si je peux aider la justice de Sa Majesté, je le ferai.

— Que pouvez-vous me dire sur les poinçons, monsieur ? Sont-ils obligatoires ? Peut-on savoir, grâce à eux, l'origine d'un bijou ?

— Les poinçons ! Ah ! monsieur, il y a beaucoup à en dire. Les poinçons !

Il avait soudain l'air aussi ravi que si la conversation tournait autour d'un bon repas ou d'un vin exquis.

— Mais tout d'abord, il faut que vous sachiez que nous autres, orfèvres, sommes obligés, et cela remonte au XIIe siècle, de signer nos bijoux soit de notre nom soit d'un signe de notre choix. Ensuite, il y a d'autres poinçons que le nôtre.

Il alla chercher un pendentif – une pierre précieuse d'un jaune soleil montée sur or – et le tendit à Jean.

— Regardez bien, là, vous avez les initiales de l'orfèvre BA, Barrault Antoine. Cet oiseau est sa marque, surmonté d'une fleur de lys, symbole de la couronne de France. Et vous voyez ces deux petits points. Ils nous disent aussi que c'est un orfèvre parisien. Tout cela constitue ce qu'on appelle le « poinçon de maître ».

— Le poinçon de maître, répéta Jean, songeur. Et ceci ?

Il y avait une lettre V sur le bijou.

— Ah ! cela, c'est le « poinçon de jurande ». Il nous indique l'année de fabrication.

Jean hocha la tête.

— Il y a bien quelque part une sorte de registre où seraient notés tous les poinçons ?

— Des registres, il y en a, pour sûr. Nous sommes obligés, nous autres, orfèvres, d'en posséder. Mais le mien est sans doute plus détaillé qu'un autre, grâce à mon maître d'apprentissage, Aloysius.

— Continuez.

— Maître Aloysius a travaillé longtemps pour la Chambre des monnaies. Il en a gardé un goût de la précision. Avec ça, il savait dessiner. Imaginez, monsieur, les problèmes rencontrés par la Chambre avec tous les ateliers monétaires. C'est pareil, il a fallu imaginer des sortes de poinçons pour la monnaie. Des points secrets ! Mais je parle, attendez, je vais vous montrer.

Il grimpa sur une échelle et attrapa une sacoche de cuir glissée en haut d'une petite armoire.

— Avant de mourir, le cher homme m'a légué cet ouvrage sur les orfèvres de Paris et de province que j'ai continué, depuis lors, à mettre à jour.

Jean hocha la tête.

— Je le protège de la poussière, ajouta-t-il en sortant un paquet enveloppé de tissu.

Il dénoua la cordelette, déplia le linge et sortit un épais registre de cuir noir.

— Voilà, n'est-il pas beau ? dit-il avec une légitime fierté en ouvrant le livre.

Une idée était venue à Jean, que le bavardage du joaillier avait chassée. Quelque chose qu'avait dit le petit homme, quelque chose qu'il avait vu… Non, décidément, cela ne lui revenait pas. Et puis la phrase de la pythonisse lui tournait toujours dans la tête, elle l'obsédait : « L'argent, monsieur, tout est dans l'argent. » Mais s'agissait-il des bijoux ou bien du métal précieux qui était la matière première de la monnaie ?

— Il ne nous reste plus qu'à nous rendre au Châtelet, conclut Jean avec un soupir, après avoir jeté un œil sur les pages où se faisaient face des figures géométriques, des animaux, des fleurs et des listes de noms. Mettez votre manteau, monsieur.

— Mais je… essaya de protester le petit homme.

— Nous n'en aurons pas pour longtemps, monsieur. C'est à deux pas, et je vous ferai raccompagner.

Le petit homme prit son mantel, la sacoche dans laquelle il avait glissé le registre et sortit à la suite du commissaire, fermant sa boutique.

Il recula en voyant le cheval.

— Mais, monsieur, je ne sais pas monter, se récria-t-il.

— Peu importe, fit du Moncel en sautant en selle. Donnez-moi la main.

Il attrapa le joaillier et le hissa derrière lui. Balamer ne broncha pas. Jean flatta son encolure, murmura à son oreille et ils partirent au trot, malgré les gémissements inquiets de monsieur Pierre Arnay.

LE ROI DES GUEUX

47

Sybille s'étira et bâilla. Peinant tout d'abord à se souvenir du lieu où elle se trouvait. Ce n'était ni chez elle ni chez Jean. La chambre était tendue de tissus multicolores, il y avait des coussins partout et, au sol, une confortable paillasse et une fourrure dans laquelle elle s'était enroulée, sans même ôter ses bottes.

Elle se redressa sur un coude et sursauta en réalisant qu'elle n'était pas seule. Une jeune femme au regard intense la fixait, assise non loin d'elle sur un pouf de velours.

— Rosalia ! Mais que fais-tu là ? J'ai dormi longtemps ?

L'autre fit signe que oui.

Tout lui revenait maintenant. Sa présentation au roi des gueux. Sa crainte de finir lynchée. Et puis il y avait eu Rosalia qui avait fendu la foule et s'était avancée, fière et mince, jusqu'au pied de l'estrade où était assis le grand Coësre.

Rosalia qui avait failli mourir en couches.

— Cet homme m'a sauvé la vie et a sauvé celle de ton fils, avait-elle jeté au roi. Il a soigné d'autres gens ici, des vieux, des jeunes. Il n'a jamais rien demandé. Accorde-lui l'asile, ô mon roi.

Une vieille s'était avancée à son tour que Sybille avait reconnue.

— C'est vrai, moi aussi, j'ai été sauvée. J'avais les fièvres.

Un jeune homme lui succéda.

— Un sergent m'a tiré dessus. Je serais mort s'il m'avait pas soigné.

— Et moi, j'avais reçu un coup de couteau, déclara un autre.

Le roi avait claqué dans ses mains.

— Il suffit, vous tous ! avait-il ordonné.

Le silence se fit aussitôt.

— Le roi des gueux va parler. Les gueux sont des gueux, mais ils ne sont pas des ingrats. Un siège pour mon hôte !

Aussitôt, on avait mis une chaise à côté du trône et on y avait conduit Sybille.

— Et maintenant, assez parlé, vous tous, que la fête commence ! s'était écrié le roi des gueux. Qu'on mange, qu'on boive et qu'on danse en l'honneur de notre hôte !

Sybille avait regardé chanter et danser l'étrange peuple des gueux. Elle s'était laissé emporter par l'enthousiasme, les couleurs, la musique…

Rosalia la première s'était avancée, magnifique dans sa robe à sequins, ses longs cheveux noirs sur les épaules, des foulards multicolores accrochés à ses doigts fins. Les femmes, vieilles et jeunes mêlées, l'avaient rejointe, des enfants accrochés à leurs jupons. Puis les hommes s'étaient mis à danser à leur tour. Les tambourins et les tambours donnaient le rythme ponctué des notes aigres des flûtiaux.

Sybille avait l'impression de ne plus être à Paris, mais dans quelque pays lointain. Enfin, Rosalia l'avait conduite jusqu'ici et elle s'était effondrée sur sa couche, épuisée par tant d'émotions.

— Je préférais vous surveiller afin que nul ne vienne vous déranger, affirma la bohémienne. Quelqu'un veut vous parler, il s'appelle la Belette, c'est un ami de Manuel.

— Qui est Manuel ? fit Sybille en se levant.

— Le roi des gueux, jeta Rosalia, non sans fierté. Mon amant et le père du petit Manolo que vous avez sauvé. Tout comme vous m'avez sauvée, monsieur.

Rosalia la fixait toujours de ce regard troublant, trop perspicace. Sybille glissa instinctivement la main dans ses cheveux roux qui s'étaient défaits.

— Pourquoi me regardes-tu ainsi ?

— Tu n'est pas vraiment un homme, n'est-ce pas ?

Sybille ne répondit pas. Qu'aurait-elle pu répondre sans mentir ? Et elle savait que celle-là avait déjà tout compris.

— Sinon, je t'aurais aimé, souffla Rosalia en l'embrassant sur la bouche avant de se dresser, gracieuse et vive. Je vais chercher la Belette.

48

Lorion, dit la Belette, quitta la Cour des Miracles, répondant au signal des guetteurs par un long sifflement. Il avait passé trop de temps avec Manuel et le médecin. La journée avançait.

Il marchait vite, content de lui. Il avait donné le message du commissaire et s'était assuré auprès du grand Coësre que le médecin ne risquait rien, bien au contraire. Ce petit homme mince et gracieux du nom de Charles Ferrières avait sauvé la vie de l'amante du roi des gueux et de son fils. Nul n'y toucherait.

Quant aux gens du Châtelet, ils ne se risqueraient même pas à l'entrée du fief d'Alby ! Ceux qui avaient essayé, même des patrouilles armées, n'en étaient pas revenus.

Il lui restait à essayer de trouver ce Maître et cet Argenton de Provins, à l'auberge des *Quatre-Piliers*. Un lieu qu'il n'aimait guère, tenu par une matrone qui avait fait de la prison et en était ressortie un peu trop facilement, ce qui n'augurait rien de bon sur les relations qu'elle pouvait avoir avec des bourgeois, des magistrats, voire des seigneurs trop contents de s'encanailler avec les jeunes filles et garçons qu'elle leur fournissait. Une engeance. Une bête noire, songea la Belette avant de se jeter de côté pour éviter un tombereau d'ordures. Il se heurta à un colporteur.

— Aiguilles et les longs lacets, et les beaux peignes de buis ! Regardez-les, ils sont bien faits. Achetez, vous voyez ce que c'est ! Les beaux peignes…

— Échaudés, gâteaux, pâtés chauds ! criait un autre.

— Brins d'osier, brins d'osier ! Courbez-vous, assouplis sous les doigts du vannier ! Brins d'osier ! hurlait un troisième, portant une hotte immense où étaient attachés des dizaines de paniers de toutes les tailles.

La rue Saint-Denis grouillait de monde. La proximité avec les Halles en faisait un passage privilégié pour les chariots mais aussi pour une foule de serviteurs, de cuisiniers, de bourgeoises, venus acheter du poisson frais, du pain, de la farine, des viandes, du beurre…

La Belette s'arrêta enfin devant une vieille bâtisse dont le balcon était soutenu par des colonnes au bois rongé par les vers. Les murs étaient décrépis et, au-dessus de la porte, grinçait une enseigne dont la peinture s'écaillait.

La Belette s'écarta pour laisser passer deux hommes qui sortaient en vacillant de l'auberge des *Quatre-Piliers* et pénétra dans la pénombre de la salle basse.

Il aperçut tout de suite la matrone assise près de la cheminée où bouillonnait une soupe. Il s'approcha, jetant au passage un œil vers la marmite où surnageaient des morceaux de gras et quelques pauvres légumes. La femme, énorme et chauve, se redressa quand elle le vit.

— Salut, la mère, un pichet de ton meilleur vin, commanda-t-il.

La patronne s'essuya les mains sur son tablier, le dévisagea, évaluant la pauvreté de sa mise et de ses chaussures.

— Monsieur a de l'argent à dépenser ? demanda-t-elle d'un ton mielleux.

— Voire, fit la Belette qui tapa sur sa poche. Bien assez pour te payer, la mère.

— Un bol de soupe, une fille ? J'en ai une nouvelle, toute fraîche, si monsieur aime les tendrons.

Lorion aperçut l'une des pensionnaires de la matrone dans l'escalier. Une enfant aux joues rouges et aux yeux affolés qui, sous peu, aurait perdu le peu d'innocence qui lui restait.

— Du vin, c'est tout pour l'instant ! grommela la Belette en se dirigeant vers des joueurs de dés.

Il les observa un moment.

— Où c'est que vous vous asseyez ? fit la matrone qui arrivait avec un pichet et un bol.

Il lui désigna une table d'angle, d'où il pourrait voir sans être vu et se glissa derrière le banc.

La table était grasse, le bol sale, quant au vin – il porta le pichet à ses narines –, il sentait le vinaigre.

La Belette soupira. Même la Cour des Miracles était plus propre que ce bouge. Il se versa un bol de piquette qu'il se garda de boire et s'appuya contre le mur.

ADENET

49

Dans la pénombre du porche, enveloppé de son manteau, sa capuche baissée sur son visage, Adenet ne bougeait pas plus qu'une statue. À l'affût.

Et puis, dans la rue déserte, il y eut un bruit, lointain tout d'abord, puis plus net, celui des fers d'un cheval sur le pavé. L'homme de main se redressa et s'avança d'un pas, suffisamment pour regarder, pas assez pour être vu.

Il aperçut la large silhouette de Balamer et de son cavalier. Il avait déjà la main sur le pommeau de sa dague quand il se rendit compte que le commissaire n'était pas seul.

Du Moncel passa près de sa cachette, au pas de son cheval. Derrière lui, s'agrippant à la selle, un petit homme gémissait à chaque soubresaut. Le cavalier se présenta bientôt à la barrière des Sergents et disparut dans la cour du Châtelet.

Adenet reprit sa pose. Il avait l'infinie patience du chasseur pour qui le temps peut s'étirer. Dès qu'il se mettait en chasse, il pénétrait dans un autre monde. Comme dans les forêts de son enfance, il se glissait sans bruit dans les rues de Paris, telle une ombre. Il ne vivait plus que pour cela. Il aurait pu suivre le commissaire à l'intérieur de la forteresse, il savait comment y entrer sans être inquiété, mais il préféra attendre.

Il adorait la traque, cette poursuite silencieuse, solitaire, fiévreuse et, plus elle était difficile, plus il y prenait du plaisir. Il aimait s'approcher de sa proie à la toucher. Ensuite venait le geste sanglant, la mise à mort.

50

Perrin Touraine était seul dans la hutte du charbonnier. Il avait dormi longtemps, d'un sommeil de brute. Même s'il avait mal, terriblement mal, il se sentait un peu mieux. Il repensait à ce qui s'était passé. Au traquenard dans lequel il était tombé, à Jean qu'il n'avait pas pu prévenir.

Il entendait la petite fille chanter dehors. Il faisait jour, mais il n'avait plus la notion du temps. Combien de jours avaient passé ?

Le père fendait du bois, le choc sourd de la hache sur le billot résonnait, régulier. Perrin se redressa sur un coude puis, s'aidant de ce qui l'entourait, il réussit à s'asseoir au prix d'un effort considérable.

La tête lui tournait. Les bandages de fortune lui comprimaient le torse, l'empêchaient presque de respirer. Les plaies le brûlaient. Il essaya pourtant de se lever, avant de retomber.

— Qu'est-ce que vous avez fait ? demanda Martin qui venait de rentrer.

Il se précipita vers le blessé qui gémissait doucement, le corps à moitié en dehors de sa paillasse. Il l'allongea, défit un peu les pansements, nettoya les plaies qui s'étaient remises à saigner.

— Faut pas bouger ! C'est trop tôt. Vous avez déjà de la chance d'être en vie. Devriez être mort.

Perrin posa sa main sur son bras.

— Faut que je vous remercie. Sans vous…

— C'est pas moi, c'est la petite qui vous a trouvé. Et c'est point la peine de dire merci, protesta l'autre en découpant une bande de tissu propre qu'il passa autour du torse de Perrin.

— Faut prévenir Jean du Moncel, avant qu'il n'y ait d'autres morts. Aidez-moi, je vous jure, vous ne le regretterez pas.

— Qu'est-ce que vous voulez à la fin ?

— Faut…

Il s'interrompit, haletant.

— Qui est du Moncel ?

— Un commissaire-enquêteur au Châtelet, comme moi.

Dans l'effort qu'il faisait pour parler, Perrin sentit qu'il s'épuisait. La tête lui tournait. Il avait l'impression que la hutte se mettait à tanguer comme une barcasse.

— Vous ? Un commissaire ! Allongez-vous, fit Martin qui n'avait jamais vu de près un commissaire et qui même n'était jamais allé dans Paris.

Perrin attrapa le bras du charbonnier et souffla :

— Mon nom est Perrin Touraine. Prévenez Jean du Moncel, je vous en prie…

— Calmez-vous, monsieur, grommela Martin. Sinon vous serez bientôt raide mort.

La petite était rentrée.

— L'est tout blanc ! remarqua-t-elle, effrayée, serrant sa poupée de chiffon contre elle.

— Grimpe dans ton lit ! Faut que je réfléchisse.

La fillette obéit aussitôt. Le blessé avait fermé les yeux, il était en sueur malgré le froid qui régnait dans la hutte.

— Va mourir, marmonna le charbonnier. Va mourir chez nous. Un commissaire !

Il lui fallait des soins, de vrais soins qu'il était bien incapable de lui procurer. Il se pencha vers le commissaire.

— Je partirai demain matin à l'aube et je vous ramènerai votre monsieur du Moncel. Mais va falloir que vous preniez soin de la petite. Vous m'entendez ?

Le blessé hocha la tête. Il aurait voulu faire plus, mais il en était incapable.

51

Du Moncel était entré en trombe dans le bureau des commissaires, suivi par le joaillier Arnay.

Ce dernier ne pipait mot, affolé de se retrouver dans ce que Jean surnommait la « ruche », entouré de commissaires et de sergents. Jean attrapa l'un des jeunes commis qui passait en courant à côté d'eux, et lui demanda :

— Où est Dalot, l'ami ?

— Chez le lieutenant, monsieur le commissaire.

— Attendez-moi là, monsieur, ordonna Jean à l'orfèvre qui se figea, son livre sous le bras.

Le Normand grimpa quatre à quatre les marches qui menaient vers le bureau de son ancien chef.

Le lieutenant avait dû l'entendre : « Entrez, monsieur du Moncel ! » retentit avant même que le commissaire n'ait touché la porte.

Le Normand obéit, ôta sa toque de velours et s'inclina. Pierre Dalot, une pile de dossiers sous le bras, parlait au vieux Cosme.

— Je vous salue, monsieur.

Des registres et des monceaux de papiers s'empilaient sur le bureau de son chef.

— Trop de décrets, trop d'adjudications, d'appointements, d'affirmations de voyage, d'assignations, de registres d'écrou, d'enchères de quarantaine… Mon métier n'est plus qu'un métier de paperasse, morbleu !

Il se tourna vers son commis.

— Viens là, Cosme !

— Regardez à quoi j'en suis réduit ! s'écria le lieutenant, se servant du dos du vieux serviteur comme d'une écritoire où il acheva de parapher une lettre.

Il se redressa.

— Malgré les descentes dans les auberges, les bourdeaux, les bains, nous n'avons toujours rien sur Touraine. Pas plus à la morgue qu'ailleurs ! Et vous, monsieur du Moncel, où en êtes-vous ?

— J'avance, monsieur. Laissez-moi encore un peu de temps. Je crois que je tiens quelque chose. Il me faut le bijou qui a été mis au coffre, le bijou de madame Lambert.

Le lieutenant fit un signe à Cosme qui alla chercher le joyau et le remit à du Moncel.

— Ah ! au fait, monsieur, un certain Gilles Ferrières a déposé une requête qui a été remise au commissaire Mévoisins. Or la personne que recherche Gilles Ferrières était un ami de monsieur de Villeneuve, mentit Jean. M'autorisez-vous à reprendre le dossier ?

Le lieutenant acquiesça.

— Un dossier pour le Bureau des affaires extraordinaires est un dossier de moins pour nous autres. Trop de paperasse, vous dis-je. Mévoisins ne va pas aimer. Il est susceptible, notre jeune commissaire. Je vous laisse arranger cela avec lui, monsieur.

— Merci, monsieur. Je vous enlève Pierre, j'ai encore besoin de lui.

— Allez ! Mais n'oubliez pas de me faire votre rapport dès que vous le pourrez. On s'agite en haut lieu et je dois tenir tête aux accès d'humeur du grand prévôt de France et à ceux de ce cher Antoine Duprat III !

— Je n'ai aucune inquiétude sur votre capacité à les tenir tous deux en respect, monsieur, répondit Jean en remettant sa toque.

Il fit demi-tour, suivi par Dalot et, prenant l'orfèvre par le bras, l'entraîna vers son bureau.

Nicolas, essoufflé et en sueur, venait de s'arrêter sur le seuil du bureau des enquêteurs. Il chercha du regard parmi la foule de ceux qui se croisaient là et enfin, quand il aperçut Jean, il se dirigea droit vers lui.

— Monsieur, la petite servante est en sûreté, mais il faut que vous veniez, lâcha-t-il. C'est Lajoye.

Jean se figea en entendant le nom de son valet.

— Parle !

Il avait pâli.

— Je l'ai conduit à l'infirmerie. Rien de grave, mais…

Du Moncel s'était déjà tourné vers Dalot et ce fut d'une voix rendue sèche par l'émotion qu'il ordonna :

— Installe monsieur Arnay dans le petit bureau près de la sellette, prends note de son état civil et attendez-moi. Nicolas, tu m'expliqueras en chemin.

Ils prirent la direction de l'infirmerie, une petite pièce non loin des écuries.

— Que s'est-il passé ?

— Je l'ai trouvé près de l'Hôtel-Dieu, il s'était traîné jusque-là. Ceux qui l'ont roué de coups n'y sont pas allés de main morte.

— Qui est auprès de lui ?

— Pierre Leroux. Je suis allé le quérir de suite à l'Hôtel-Dieu.

— Tu as bien fait, sergent.

Ils arrivaient à l'infirmerie.

Jean se précipita vers la paillasse où gisait un corps ensanglanté dans lequel il eut du mal à reconnaître son cher valet. Pierre Leroux, debout à côté d'une table où il avait posé ses instruments, plongeait un linge sanglant dans une bassine.

— Il va s'en tirer, monsieur, le rassura le chirurgien. Quelques côtes cassées, des bleus, des bosses, mais rien d'autre. Et il est solide.

Jean, qui s'était accroupi, murmura :

— Lajoye ! C'est moi, Jean. Lajoye, tu m'entends ?

Le valet remua, entrouvrit une paupière enflée et esquissa un faible sourire malgré les plaies qui déformaient son visage.

— Ne bouge pas. Peux-tu me parler ?

Lajoye hocha la tête. Le commissaire se tourna vers les autres.

— Laissez-nous seuls un moment, voulez-vous ?

Une fois la porte refermée, Jean se pencha de nouveau vers son valet.

— Mademoiselle Sybille… souffla Lajoye qui essayait de se redresser.

Il arrivait à peine à ouvrir ses lèvres tuméfiés.

— J'ai voulu la suivre là-bas, monsieur, je voulais… vous la ramener, la protéger, qu'elle revienne.

Il s'énervait en parlant, Jean le força à poser sa tête sur l'oreiller.

— Calme-toi, Lajoye ! Tu ne croyais tout de même pas que tu allais réussir à pénétrer dans la Cour des Miracles ?

— Les gueux l'ont laissée passer, elle… souffla Lajoye, pas moi. Ils étaient quatre. Je suis désolé, monsieur.

— Tu as fait tout ce que tu pouvais et au-delà, mon ami. Ne t'inquiète pas. J'ai envoyé la Belette là-bas. Il nous la ramènera quand il le faudra. Et je m'occupe du frère Ferrières. Toi, laisse-toi soigner. C'est un ordre !

Lajoye hocha la tête et referma les paupières. Jean prit sa main dans la sienne et la serra un court instant avant de se redresser et d'aller rouvrir la porte.

— Prenez soin de lui, monsieur, comme de moi, ordonna-t-il à Pierre Leroux qui attendait sur le seuil.

LE POINÇON DE MAÎTRE

52

Cela faisait maintenant une heure que le joaillier manipulait la chaîne d'or et la perle en forme de poire offerte par monsieur Lambert à sa femme. Le commissaire, Dalot et Sénéchal l'observaient, agacés par son manège. Tout d'abord, le petit homme l'avait examinée sous tous les angles, puis il avait ôté le pendentif, cherché les poinçons sur la bélière qui retenait la perle, puis sur la chaîne elle-même. Cela lui avait pris du temps.

— Un soleil est le signe de cet orfèvre.

À croire que la chaîne était de verre filé et non de métal et qu'il avait peur de la briser. Il faisait cela avec une minutie qui exaspérait Jean.

Plus d'une fois, le commissaire songea à sortir. Mais, comme s'il le sentait, le joaillier lâchait une phrase, d'un air sentencieux :

— Il n'y a pas de poinçon de charge ni de décharge.

Puis, un peu plus tard :

— C'est le travail d'un orfèvre de province.

Et le clerc, Pierre Dalot, notait. Reposant sa plume jusqu'à ce que surgisse une nouvelle phrase.

— Vous vous souvenez, monsieur du Moncel ? Quand il y a les deux points, c'est un orfèvre parisien. Or, là, les deux points ne figurent pas. Ni sur la chaîne ni sur la perle. La province, monsieur, la province. Il y a là-bas des maisons qui n'ont rien à envier aux nôtres, je vous l'assure.

Du Moncel se mit à marcher de long en large. Il repensait aux paroles de Germain de la Teste et à celles de madame de Castellane. Il commençait à avoir une idée plus nette de l'affaire sur laquelle s'était penché Perrin. Mais la figure trouble du Maître ne se dévoilait toujours pas. Si c'était un de ses collègues, un commissaire, un magistrat, en bref, un homme du Châtelet, il était, pour l'instant, plus malin que lui. Jean allait devoir le débusquer, lui tendre un piège.

« Comme Janus, avait dit la pythonisse. Il a deux visages et vous ne connaissez que l'un d'eux. »

Voilà qu'il se mettait à croire à des prédictions. Mais monsieur de Villeneuve y avait cru, lui, qui avait fait graver sa pierre tombale trois ans avant sa mort.

La voix de l'orfèvre le ramena au présent.

— Le poinçon de jurande nous indique que la chaîne et la bélière ont été fabriquées ensemble, il y a deux ans.

— Au fait, monsieur ! s'écria Jean. Au fait ! Savez-vous qui est cet orfèvre de province ? Son nom, monsieur, son nom ?

Le petit homme le regarda, étonné de cette sortie.

— Ah ! mais oui, j'ai reconnu sa marque, monsieur le commissaire, répondit-il tranquillement.

— Comment ça, vous avez reconnu sa marque ? s'exclama le commissaire qui manqua s'étouffer.

Pierre Dalot ouvrait des yeux ronds. Le sergent Sénéchal n'en croyait pas ses oreilles.

— Bien sûr, nous pourrons vérifier dans mon registre, mais il travaille avec plusieurs de mes confrères parisiens, surtout en tant qu'orfèvre.

— Et… ? s'impatienta Jean qui crut qu'il allait étrangler le petit homme.

— Il se nomme Cacharf. Monsieur Yvon Cacharf, il est orfèvre dans la belle ville de Troyes. Il a des liens avec des mines en Allemagne et en Italie, il nous fournit aussi des métaux précieux, or, argent…

L'orfèvre avait ouvert son registre qu'il feuilleta avant de montrer un soleil stylisé et, en face, le nom d'Yvon Cacharf, orfèvre à Troyes.

Pierre Dalot était resté figé, la plume en l'air. Sur un signe de Jean, il réprima un bâillement et nota les paroles de monsieur Arnay.

Jean respira, essayant de calmer l'impatience qui le gagnait devant la lenteur de l'orfèvre.

— Pierre, as-tu trouvé l'adresse de ce monsieur Argenton de Provins qui travaillait avec Cacharf ?

Le commis n'eut pas le temps de répondre.

— Argenton de Provins, mais je le connais ! s'exclama monsieur Arnay. Je ne sais pas où il loge, mais un de mes collègues du pont Notre-Dame m'a dit qu'il donnait ses rendez-vous à l'auberge des *Quatre-Piliers*. À cause des filles qu'il y a là-bas.

— L'auberge des *Quatre-Piliers*, répéta Jean. Merci, monsieur Arnay, décidément vous êtes un homme précieux.

Là où il avait envoyé la Belette ! Jean se leva et s'étira. La fatigue commençait à le gagner, lui aussi.

— Je reviens, veuillez m'excuser, monsieur Arnay. Nicolas !

Il sortit du bureau, suivi du sergent.

— Il faut que nous prévenions la Belette pour cet Argenton de Provins. Est-ce que tu as vu Petit Colin récemment ?

Petit Colin était l'un des jeunes mendiants recrutés par Jean du Moncel. Pieds nus, les vêtements en lambeaux, il ressemblait à tous les « orphelins » qu'on croisait dans Paris, des enfants dont les tremblements et la maigreur apitoyaient les bourgeoises.

— Oui, monsieur, j'l'ai vu pas plus tard que ce matin, il rôdait sur la place de l'Apport-Paris autour des marchands. Doit avoir faim.

— Il a toujours faim, c'est un point que nous avons en commun, lui et moi. Va le chercher.

Le sergent salua et sortit, Jean revint s'asseoir face à l'orfèvre.

— Pourriez-vous me décrire cet Argenton de Provins ?

— Oui, je l'ai vu une fois chez moi et croisé à plusieurs reprises chez cet ami orfèvre. Il est bien mis de sa personne, trapu, le cheveu blond, l'œil bleu, plutôt jeune.

Il regarda autour de lui.

— Comme votre commis.

Pierre Dalot, qui commençait à s'assoupir à son écritoire, sursauta.

— Vous ne voyez pas autre chose qui m'aiderait à le reconnaître ?

Le joaillier réfléchit un moment puis se frappa le front.

— Si ! Bien sûr ! Il porte toujours des vêtements de même couleur, comme si la mode du temps, avec ses rouges, ses verts et ses bleus, lui déplaisait. Bien sûr, sa chemise et sa fraise sont blanches, mais ses chausses, son pourpoint, sa cape sont toujours noirs.

— Merci, monsieur.

Un sourire illumina le visage de l'orfèvre.

— Ce fut un plaisir de vous aider, monsieur.

— Pierre, occupe-toi de monsieur, note tout cela, fais aussi la liste des orfèvres que monsieur connaît, travaillant avec ce Cacharf et transmets ces informations au lieutenant criminel. Ah ! Et dis-lui que le sergent et moi allons chez l'usurier Janin.

Il regarda le clerc qui retenait à grand-peine un nouveau bâillement.

— Et ensuite, rentre chez toi. Tu n'as pas dormi depuis deux jours !

L'USURIER JANIN

53

Jean sortait dans la cour du Châtelet quand surgirent une dizaine de prisonniers, encadrés par des soldats. Mévoisins commandait la troupe, l'air sévère.

— Ah, monsieur le commissaire ! fit-il en apercevant Jean.

— Monsieur, répondit Jean qui lui rendit son salut.

— Quelques-uns de ces pendards ont essayé de nous échapper en filant par l'arrière d'une auberge. On va les mettre sur la sellette.

— Ah ! il faut que je vous dise, commissaire : je sors de chez le lieutenant, il vient de me confier un dossier qui, je crois, était arrivé sur votre bureau. Celui de monsieur Gilles Ferrières.

Le visage de Mévoisins s'allongea :

— Mais pourquoi cela ? Oui, j'ai vu ce nom. Un frère qui cherche son aîné, médecin à Paris.

— Ordre de Sa Majesté.

Jean se pencha et murmura à l'oreille de Mévoisins.

— En confidence, monsieur, le frère en question a rendu de signalés services au royaume et c'est encore le cas. Il ne faut surtout pas attirer l'attention sur lui. Vous comprenez ? J'irai voir cet homme pour l'assurer de notre compréhension et lui dire qu'il peut rentrer tranquille à Toulouse.

Mévoisins ne put rien répondre.

Jean savait qu'il n'y avait pas meilleur sauf-conduit que le nom du roi. Et puis, après tout, ce n'était qu'un demi-mensonge. Sybille ne l'avait-elle pas aidé dans de nombreuses enquêtes ?

— Vous vous souvenez de la liste que vous avez établie des clients de Lambert, ceux du Châtelet ? ajouta Jean en entraînant son confrère à l'écart.

— Oui, monsieur.

— Voyez les revenus de chacun. N'y a-t-il pas, parmi nos collègues ou magistrats, quelques-uns qui vivent au-dessus de leurs moyens ?

— N'est-ce pas notre cas à tous ? Au fait, j'ai interrogé les anciens fournisseurs du Châtelet, messieurs Ledaim et Marcault.

— Ceux qui vendaient des marchandises avant que Lambert n'apparaisse ?

— Oui. Ils ont, semble-t-il, reçu des menaces de mort. On leur a ordonné de cesser de fournir de la marchandise au Châtelet.

— Ni l'un ni l'autre n'a porté plainte ?

— Monsieur Ledaim voulait le faire. Mais on a enlevé son fils qui, ensuite, lui a été rendu. Tous deux m'ont fait jurer de ne rien ébruiter.

— Bon travail, monsieur. Notre adversaire aime faire régner la peur.

— Nous le trouverons ! jeta Mévoisins qui s'échauffait. Je vais mener mon enquête dans la maison.

— Voyez le procureur Carrel de ma part, il pourra peut-être vous aider.

— Bien, monsieur, à vous revoir.

Ils se saluèrent, Mévoisins plutôt froidement. Jean aperçut Nicolas qui revenait avec un garçonnet qu'il poussa devant lui. Un minuscule et maigre enfant dont les yeux vifs se posèrent sur le commissaire, esquissant une grimace qui se voulait un sourire.

— Salut, Petit Colin, tu te souviens de moi ?

— Oui m'sieur.

— Je veux que tu ailles aux *Quatre-Piliers*. Tu connais ?

Le drôle hocha la tête.

— Il y a là-bas un homme qui s'appelle la Belette.

— J'sais qui c'est.

— Cela m'évitera de te le décrire. Donne-lui ce papier de ma part. À lui et à nul autre.

L'enfant attrapa le message, le fit disparaître sous ses haillons puis tendit la main, paume levée.

— Tiens, dit Jean en y déposant une pièce que l'enfant mordit d'un coup de dent expert, avant de l'enfouir dans ses oripeaux.

Il détala. Jean et Nicolas partirent vers la rue de la Tixéranderie.

Tout à leur discussion, pris dans le brouhaha de la foule, les deux hommes n'avaient pas pris garde à l'ombre qui leur collait aux chausses depuis qu'ils avaient quitté le Châtelet.

Le sergent s'arrêta enfin devant une misérable bâtisse.

— D'après ce qu'on m'a dit, c'est là, monsieur le commissaire, affirma-t-il, frappant du poing sur le vantail.

Au bout d'un moment, un guichet de métal s'entrouvrit.

— Qui va là ? demanda une voix hésitante.

— Ordre du roi, ouvrez ! répondit le sergent.

Le petit volet s'écarta davantage. On les observait, mais la porte ne s'ouvrait toujours pas.

— Ça serait-y que ma tête te reviendrait pas, l'ami ? s'impatienta Nicolas. Ouvre, te dis-je !

Il y eut un bruit de clef et la porte s'entrebâilla. L'usurier, un homme roux et gras, au visage luisant, s'effaça pour les laisser passer et referma avec soin.

La pièce dans laquelle ils avaient pénétré était aussi misérable que la façade. Le sol était de terre battue. Le papier vérine de la fenêtre laissait passer un jour glauque. Il n'y avait qu'un comptoir derrière lequel l'usurier s'était réfugié. Les deux seuls objets étaient une balance et un registre.

Il faisait glacial et leur respiration montait en buée devant leurs lèvres. Jean frissonna malgré lui, il comprenait mieux l'accoutrement de l'usurier au buste enveloppé de plusieurs pourpoints sur lesquels il avait enfilé un gilet en peau de mouton serré à la taille par un tablier de toile.

On avait peine à croire que cet homme-là pouvait prêter quoi que ce soit. Et pourtant, il avait la réputation d'être fort riche.

— Maître Janin ? demanda Jean. Je suis le commissaire-enquêteur du Moncel.

— Je vous salue, monsieur. Oui, je suis bien Henri Janin. Mais vous n'êtes pas le commissaire de mon quartier. Je n'ai rien à me reprocher. Je paye mes redevances et j'ai donné pour les pauvres au début du mois, même si cela m'a éreinté.

— C'est qu'il y a beaucoup de pauvres, monsieur. C'est ici que vous vivez ?

— J'ai une chambre derrière et un office, monsieur le commissaire.

Il se tordit les mains et ajouta :

— Je vis chichement, vous savez…

— Allons-y.

— Co… Comment ? Que voulez-vous dire ?

— Je veux dire : Allons derrière, maître Janin. Je veux voir vos appartements.

Comprenant qu'il n'avait pas le choix, le prêteur sortit à regret de derrière son comptoir. Son ventre tressautait à chaque pas malgré le tablier qui l'enserrait. Il alla ouvrir une porte basse avec l'une des clefs qu'il portait pendues à un trousseau à la taille.

— C'est par ici, monsieur le commissaire. Attention au linteau.

Jean se baissa. La deuxième pièce était aussi pauvre que la précédente, il y avait une sorte de grabat, une table et deux chaises. Un brasero éteint. Il y faisait aussi froid que dans le reste de la maison.

— Ma chambre, dit l'usurier.

— Et par là ? demanda Jean en poussant une porte entrebâillée.

— L'office et une courette, monsieur.

— Asseyons-nous ici, maître Janin.

L'homme se laissa tomber sur une des chaises. Jean prit l'autre qu'il plaça en face de lui.

— Vous avez employé comme serviteur un certain Anselme, je crois ?

— Oui. Enfin, il est pas resté longtemps. C'était pas une bonne idée.

— Il vous a volé, n'est-ce pas ?

— Qui vous a dit cela ? demanda l'autre, étonné.

— Ce n'est pas vous qui posez les questions, le coupa Nicolas de sa grosse voix. Répondez au commissaire.

— C'est bien pour vol que j'ai renvoyé Anselme.

— C'est tout ?

Il haussa les épaules et ne répondit pas.

— Il m'a pourtant dit que vous vouliez le dénoncer au Châtelet.

L'usurier rougit.

— Anselme vous a dit ça, à vous ?

Le ton était incrédule. Voyant le regard courroucé que lui jetait le sergent, il poursuivit :

— C'est vrai que je l'ai menacé, mais c'était juste pour lui faire peur. Qu'il ne recommence pas.

— Mais surtout, le Maître vous a expliqué qu'il fallait laisser ce garçon tranquille, n'est-ce pas ?

Cette fois, l'usurier changea de couleur. Il s'empourpra jusqu'aux oreilles qu'il avait larges et décollées.

— Je sais pas de qui vous voulez parler.

— Mais si, tu sais, insista Nicolas en le poussant du plat de la main. Réponds au commissaire si tu veux pas qu'on t'emmène faire un tour au Châtelet.

L'usurier avait baissé la tête, il ne disait plus rien.

Jean s'était levé, laissant faire son sergent.

— Mais c'est moi qu'on a volé, protesta Janin. Et j'ai même pas porté plainte. Je vois pas pourquoi vous venez me chercher noise.

— Pourquoi n'as-tu pas porté plainte ? reprit le sergent en haussant le ton. Réponds, ou morbleu, foi d'officier, tu passeras la nuit au cachot !

Au lieu de répondre, l'homme tendit sa main gauche à Jean. Il y manquait un doigt. La plaie n'était pas belle, les chairs déchiquetées restaient boursouflées.

— Voilà pourquoi.

— Qui vous a fait cela ?

Il secoua la tête.

— Qui ? répéta Jean.

— Il s'appelle Adenet. En tout cas, c'est le nom qu'il m'a donné. Il m'a dit que, si je n'obéissais pas, il reviendrait me couper les autres.

— Comment était cet homme ? demanda Jean.

L'usurier se tordit de nouveau les mains.

— Comprenez, j'ai peur, monsieur.

Le regard de Nicolas Sénéchal lui fit comprendre qu'il devait parler.

— Il a la peau grêlée, il est maigre, plus grand que moi, les yeux… Je sais plus… clairs.

— Les cheveux ?

— Couleur de paille.

— Tu le reconnaîtrais, n'est-ce pas ?

L'usurier hocha la tête.

— Nous ferons appel à toi quand nous aurons mis la main sur lui. Et que peux-tu me dire sur le Maître ?

— C'est pas un homme, c'est un fantôme. Des gens parlent de lui. Mais personne l'a jamais vu.

— Et la Ligue des Marchands ?

— Connais pas. J'vous jure.

Jean se leva.

— Réfléchis. Et n'hésite pas à venir nous voir si tu te rappelles quelque chose. On y va. Sergent !

L'usurier les raccompagna et s'inclina devant le commissaire.

— À vous revoir, maître Janin, fit Jean.

Le rouquin referma la porte et s'y adossa, les jambes tremblantes. Au bout d'un moment, il regagna sa chambre et se laissa tomber sur une chaise. Puis il poussa un profond soupir : on frappait de nouveau.

— J'arrive ! grommela l'usurier, persuadé que c'était le commissaire.

Il ouvrit sans regarder au guichet et resta figé devant Adenet qui le repoussa brutalement à l'intérieur et referma.

Les murs de pierre de la vieille bâtisse étaient trop épais pour que quiconque puisse entendre les cris de l'usurier.

Adenet fouilla les vêtements de sa victime, trouva une bourse qu'il empocha, coupa la lanière de cuir qui retenait le trousseau de l'usurier puis essuya sa lame sur le tablier et cracha sur le cadavre. Les hommes comme celui-là le dégoûtaient. Il avait l'impression qu'ils salissaient sa lame.

Margaux Lambert, elle, s'était battue. Une belle femme, il n'aimait pas tuer les femmes… Non par vertu, mais parce que c'était facile.

Quelques instants plus tard, il ressortait, refermant à clef avant de rejoindre les bords de Seine. Une fois sur la berge, il jeta le trousseau le plus loin possible. L'eau se referma. Un cercle alla s'arrondissant autour de l'endroit où les clefs de maître Janin avaient disparu.

LE POINT SECRET

54

Pendant que Nicolas l'attendait en discutant avec le neveu de Perrin dans l'apothicairerie de la rue Saint-Martin, Jean du Moncel grimpa quatre à quatre l'escalier menant à la chambre de son ami.

Il avait enfin trouvé ce qui le tarabustait. Dire qu'il avait eu un indice sous le nez dès le début. Pour ça, oui, Perrin était malin. C'était si évident qu'il n'y avait vu que du feu.

Dans la chambrette, rien n'avait bougé. Après un bref regard autour de lui, le commissaire alla à la table qu'il souleva pour récupérer le franc d'argent à l'effigie d'Henri III qui servait à la caler.

Il regarda longuement l'épaisse pièce de monnaie puis finit par l'empocher avant de ressortir. L'argent dont avait parlé madame de Castellane était bien celui de la monnaie.

Il arrivait au rez-de-chaussée quand il se trouva nez à nez avec Gaspard Touraine, le frère de Perrin. L'homme avait les yeux rouges comme s'il avait pleuré. Et c'est d'une voix assourdie par le chagrin qu'il demanda :

— Ah ! monsieur le commissaire du Moncel, mon fils Charles m'a dit que vous étiez là. Avez-vous des nouvelles de mon pauvre frère ?

Jean secoua la tête.

— Point encore, monsieur. Prenez patience.

Gaspard secoua la tête.

— Ce n'est pas de patience que je manque, monsieur, c'est d'espoir.

Et il retourna à son ouvrage d'un pas lourd.

N'ayant pas su trouver les mots consolateurs, Jean ressortit, mécontent de lui-même. Une fois dehors, il s'arrêta. Il avait besoin de réfléchir et… il avait faim. Une faim terrible.

— Et maintenant, où allons-nous, monsieur ? demanda le sergent.

— Chez la mère Leborgne, décida Jean. Il faut que je mange ! J'ai l'impression de n'avoir fait que jeûner depuis mon retour d'Angleterre !

Un bref sourire illumina le visage de Nicolas qui adorait leurs trop rares déjeuners chez la vieille Normande. Ils repartirent d'un bon pas. Au loin, la cloche de Saint-Germain-l'Auxerrois sonnait midi.

55

Adenet avait eu de la chance. Alors qu'il s'apprêtait à retourner sous le porche, non loin du Châtelet, il aperçut, dépassant de la foule, la haute silhouette du sergent Nicolas Sénéchal et, à son côté, celle, plus petite, du commissaire du Moncel.

Il se fondit donc parmi les gens, attendant que les deux hommes le dépassent pour leur emboîter le pas. Les officiers du Châtelet n'allaient pas vite, on avait presque l'impression qu'ils se promenaient. Adenet adopta le même rythme, restant à distance raisonnable, marchant lui aussi d'une allure paisible, l'air de flâner.

56

« La vie paraît si normale en dehors du Châtelet », songea Jean en observant des passants qui s'invectivaient autour d'un tombereau d'ordures renversé, une jolie fille accoudée à sa fenêtre, un cavalier se frayant un passage dans la foule. Les voix des lavandières, les cris des corneilles, le son des cloches, les appels des crieurs, le bruit de sabots sur la chaussée pavée, le grincement des roues d'un coche, tout cela se mêlait en un brouhaha auquel le Normand s'était habitué.

Une rumeur à laquelle se rajouta bientôt le gargouillis impérieux de son estomac. Comme souvent, quand il piétinait sur une enquête, la faim le prenait. Une faim qui lui prouvait, s'il en était besoin, qu'il était bien vivant et qu'il comptait le rester !

Il accéléra le pas et repéra bientôt le vieux prunier qui servait d'enseigne à l'auberge de sa vieille amie.

Sur le seuil somnolait un chat à l'épaisse fourrure grise et aux yeux dorés qui, dès qu'il les vit, se mit à ronronner et s'étira avec volupté. Jean s'arrêta pour caresser le pelage soyeux. Le chat se redressa et les précéda, descendant les marches usées qui menaient à la petite salle où les clients déjeunaient, serrés les uns contre les autres, assis sur des bancs. Une délicieuse odeur de ragoût et de pain chaud flottait dans l'air.

Il n'y avait qu'une petite table libre, celle qui leur était réservée à lui et à Nicolas, des « pays », des Normands du Cotentin, comme l'aubergiste.

Au milieu de la salle trônait un vieux fourneau devant lequel s'activait un jeune homme brun qui leur sourit avant de retourner à sa préparation.

— Salut, petite mère ! s'écria du Moncel. As-tu encore quelque chose pour deux affamés ?

— Ah ! monsieur Jean, vous voilà, c'est plaisir ! s'exclama la vieille femme à l'épais chignon blanc.

Malgré les années, la mère Leborgne gardait un visage à la peau douce et rose et rien, semblait-il, ne pouvait altérer son humeur.

Elle le toisa d'un œil expert.

— Je vous trouve bien pâlot, monsieur Jean.

— Ma foi, fit le commissaire en plaquant un baiser sonore sur ses joues, c'est parce que tu m'as manqué !

L'aubergiste rougit de plaisir.

— Ça sent bon, morbleu !

— Oui-da, monsieur Jean. C'est votre Guillaume. Verrez comment qu'il prépare le ragoût, c'est merveille ! Asseyez-vous, le sergent et vous, et en attendant, tâtez un peu de ce pâté. Je vous amène un pichet de vin !

Le commissaire peinait à reconnaître la Mouche, le minuscule et maigre garçonnet qu'il avait arraché à ses tortionnaires, dans ce beau gars d'une quinzaine d'années.

— Comment vas-tu, Guillaume ? demanda-t-il.

— Bien, monsieur Jean, fit le cuistot avec un grand sourire. Je suis bien, ici. Et grâce à la mère, je sais même cuisiner vos plats préférés : le pâté d'anguilles et les allumelles frites au sucre ! La prochaine fois, je vous en ferai !

Jean rejoignit le sergent, qui était déjà en train de leur tailler de larges tranches de pâté qu'il posait sur du pain tiède.

Les deux hommes mangèrent en silence. Nicolas savait que son chef aimait, plus que tout, être à ce qu'il faisait.

Au bout d'un moment, Jean repoussa son écuelle vide et soupira d'aise.

— Il faut s'appliquer, pour jouir de la vie et de ses plaisirs ! affirma-t-il. C'est la force que nous mettons à chaque chose qui ralentit le temps qui passe, mon ami.

Nicolas Sénéchal approuva d'un grave hochement de tête.

— Quand nous mangeons, il ne faut songer qu'à manger et repousser toute autre pensée, ajouta Jean qui savoura encore un moment la sensation de plénitude que lui donnait son repas.

Enfin, il sortit la pièce qu'il avait prise chez Perrin et, fouillant dans sa bourse chercha, en vain, un franc identique.

— As-tu une pièce comme celle-ci ?

Le sergent mit toute sa monnaie sur la table. Une grosse pièce d'argent s'y trouvait. Jean la posa à côté de l'autre. Il resta un long moment à les examiner puis, enfin, il se redressa.

— Peste de moi, comment ai-je pu être aussi aveugle !

— Je ne comprends pas.

— Regarde ces deux pièces !

Nicolas les prit en main et fit la moue.

— Tu ne vois rien, n'est-ce pas ? déclara Jean. Remarque, si ma sœur ne m'avait parlé de poinçons, je n'aurais rien vu non plus. Tu te souviens de ce que nous a dit le joaillier, Pierre Arnay ?

Il se frappa le front.

— Mais non, c'est vrai, tu n'étais pas avec moi à ce moment-là.

Il essaya de se remémorer les phrases exactes prononcées par Arnay.

— « Imaginez, monsieur, les problèmes rencontrés par la Chambre avec tous les ateliers monétaires. C'est pareil, il a fallu imaginer des sortes de poinçons pour la monnaie. Des points secrets ! » déclara-t-il.

Nicolas le regardait, les yeux ronds, pas bien sûr de comprendre où son chef voulait l'entraîner.

— Maintenant, Nicolas, regarde le nom du roi, *Henricus III*, sur ta pièce. Tu vois ces points à la fin du nom et au début ?

Le sergent plissa les yeux.

— Oui, je les vois.

Jean lui tendit l'autre pièce de monnaie.

— Et là, que vois-tu ?

Après un bref examen, le sergent haussa les épaules. Jean se leva, empochant les deux pièces.

— Ils n'y sont pas. Ce franc est de la fausse monnaie. C'est cela, l'affaire sur laquelle travaillait notre ami Touraine. De la monnaie noire. On retourne au Châtelet, décida-t-il.

Le sergent repoussa le banc. Jean sentit qu'il avait envie de lui demander quelque chose, mais qu'il n'osait pas.

— Avant, ajouta Jean qui avait deviné ce qui tracassait l'officier, tu veux t'assurer que notre petite protégée va bien, n'est-ce pas ?

— Oui, monsieur. Merci, monsieur.

Et Nicolas sortit avec empressement.

57

Jean repartit vers le Châtelet. Il sifflotait. Il était confiant. Trop, sans doute, puisqu'il ne sentit pas venir le danger. Adenet l'avait pris en chasse dès la sortie de l'auberge et, quand Jean tourna dans une venelle sombre, un raccourci menant aux rives de Seine, il bondit.

Le Normand n'eut que le temps d'esquiver le premier coup de couteau. Il essaya bien de saisir sa dague, mais l'autre frappait avec une telle rapidité que Jean ne pouvait, pour l'instant, songer à rien d'autre qu'à éviter la lame qui dansait devant lui. L'un des coups lui arracha une brève plainte, l'agresseur l'avait touché au bras, fendant son pourpoint, pénétrant dans la chair.

Ils se faisaient face maintenant. La venelle aux parois trop proches gênaient leurs mouvements. Jean reculait. L'autre avançait par bonds, la lame en avant. Jean esquiva un nouvel assaut, manquant de peu de se faire balafrer la joue. Son pied heurta un pavé disjoint et il tomba en arrière. Au même moment, un homme, qui s'était arrêté au début de la ruelle pour pisser, s'arrêta net et se mit à hurler :

— À l'assassin ! On tue ! On tue !

Adenet décocha un coup de savate au visage de Jean et, sautant par-dessus lui, s'élança vers la Seine.

Sonné, le commissaire s'appuya au mur. Des points lumineux dansaient devant ses yeux. Adenet avait disparu. Jean finit par se redresser, inspira puis se lança à la poursuite de son agresseur.

Derrière lui étaient apparus des gens armés de bâtons et de fourches, menés par celui qui avait donné l'alerte. Jean déboula de la venelle. Devant lui, la grève descendait en pente douce vers l'eau, couverte de glace.

L'homme n'était visible nulle part, ni à droite ni à gauche.

Soudain, il le vit, au milieu du fleuve, sur une barque, poussant sur ses rames comme un forcené. Il atteindrait bientôt la rive opposée.

— Je t'aurai, je t'ai reconnu, Adenet ! hurla Jean, furieux que l'assassin lui échappe. Et dis à ton maître que je sais qui il est !

Un court instant, les deux hommes se défièrent du regard, puis le tueur glissa son canot au milieu des nombreuses embarcations amarrées sur la rive opposée. Il escalada le plat-bord d'unc barge, sauta sur une autre et ainsi de suite, jusqu'au rivage.

Jean était reparti en courant, mais il savait déjà que l'autre lui échapperait. Quand il arriva enfin sur l'autre rive, non sans mal tant la foule était dense, il n'y avait plus trace de l'assassin.

Il retourna au Châtelet, grimpant d'un pas furieux l'escalier menant au bureau des commissaires-enquêteurs.

— Vous saignez, monsieur ! s'écria Bléry en le voyant.

— Ce n'est rien, fit Jean sans prêter attention au sang qui coulait le long de son bras. Il faut que je voie le lieutenant.

Il allait partir, mais Bléry le retint.

— Qui vous a fait cela ? Arrêtez de bouger. Laissez-moi vous soigner.

— C'est le coupe-jarret qui a mutilé maître Janin. Cet Adenet. Je l'ai bien vu. Avec son visage grêlé. Il faut envoyer du monde, rue de la Tixéranderie. Je veux de nouveau questionner l'usurier.

C'était trop d'émotion pour Bléry qui avait du mal à suivre. Il essayait de maintenir Jean. La vue du sang lui levait le cœur.

— Je vais m'en occuper, monsieur, mais allons à l'infirmerie, qu'au moins on vous pose un bandage.

Jean le repoussa d'un geste agacé. Pourtant, un demi-sourire flottait sur ses lèvres.

— Vous avez presque l'air content, remarqua Raphaël, sidéré.

— Oui, ça bouge ! La bête commence à faire des erreurs. Nous allons l'avoir.

Il songea en même temps qu'une nouvelle prédiction de madame de Castellane venait de s'accomplir : on avait attenté à sa vie.

LE MAÎTRE ET L'ALCHIMISTE

58

Le Maître allait et venait dans la grande pièce. Aux murs quelques tableaux, sur une crédence des pièces d'argenterie. Adenet, qui lui faisait face, venait de lui conter l'assassinat de Janin et sa rencontre mouvementée avec du Moncel.

— S'il n'y avait pas eu ce gars qui s'est mis à hurler comme un porc qu'on égorge, je l'avais, monsieur.

— Répète-moi ses paroles. Mot pour mot.

Adenet s'exécuta :

— Il a dit : « Je t'aurai, je t'ai reconnu, Adenet ! Et dis à ton maître que je sais qui il est ! »

— Ce n'est pourtant pas un joueur de dés, notre petit commissaire, murmura le Maître. Il ne peut que mentir, il ne sait pas plus qui tu es vraiment qu'il ne sait qui je suis ni où nous trouver. Sans cela, nous ne serions pas là, toi et moi, à deviser.

— Que dois-je faire, mon maître ?

— Achever ce pour quoi tu as été grassement payé : le tuer. En attendant, va seller mon cheval.

— Bien, monsieur, fit Adenet en s'inclinant avant de sortir.

Une fois dans l'écurie, alors qu'il achevait de boucler les sangles du hongre, un frisson le parcourut. Ce n'était pas de la peur, c'était de l'excitation. La traque recommençait. Il avait enfin trouvé un gibier digne de lui. Il attacha la bride à un anneau fixé dans le mur et remonta prévenir son chef que sa monture était prête.

59

Le Maître avait chevauché d'une traite jusqu'à la porte Saint-Martin. Il avait franchi le canal puis, une fois au faubourg Saint-Laurent, avait contourné les habitations, prenant le chemin de terre qui menait aux mares et à la « maison hantée », comme l'appelaient les gens du hameau.

Il longea la grande enceinte au trot, mit pied à terre devant le portail et, une fois de nouveau en selle, remonta au galop l'allée qui menait à la demeure où travaillait l'alchimiste.

Ce dernier lui ouvrit, essayant de dissimuler son étonnement. Ils n'échangèrent pas un mot, le Maître alla près des fours, regarda les tables, les moules où scintillaient les lingots de métal argenté qui servait à la fabrication des francs. Du métal qui n'était pas de l'argent mais du cuivre d'alchimiste.

Un peu plus loin, assis sur un tabouret, l'apprenti s'activait au-dessus d'un billot. Muni d'un lourd marteau et d'une pince, il frappait sans relâche sur le flanc de métal qu'il avait découpé, pour empreindre la monnaie, serrée entre deux coins où était le moule du franc d'Henri III.

Une monnaie trop récente pour que les gens remarquent qu'elle n'était pas conforme à celle qui sortait de l'atelier royal de l'île de la Cité et qui, si le poids était bien le bon, ne comportait pas les points secrets.

Le Maître était moins calme que la première et unique fois où les deux hommes s'étaient rencontrés. Cette fois où il avait proposé à Jacob de lui donner l'argent nécessaire à la construction d'un laboratoire d'alchimie. « La contrepartie sera faible, avait-il promis, juste quelques menus travaux pour moi. » Quand Jacob avait compris la nature des « menus travaux », il était trop tard pour revenir en arrière. Il avait fabriqué ce qu'on lui demandait.

Jacob avait laissé son apprenti à la frappe de la monnaie, il avait relevé son masque de verre et écoutait le Maître, hochant la tête de temps à autre. Ce dernier n'était encore jamais venu au laboratoire et cela n'augurait rien de bon, Jacob le savait. D'habitude, il traitait avec Argenton de Provins qui arrivait avec sa carriole pour prendre la marchandise.

Le Maître, Jacob le sentait, avec son allure de notable, sa voix trop douce, était une bête dangereuse, prête à mordre.

— Il me faut de l'or, Jacob, ou ce qui peut passer pour tel.

Jacob acquiesça.

— Je vais pouvoir vous en fabriquer, affirma-t-il. De l'or qui ne vous coûtera pas plus cher que le plus vil des métaux.

Il s'approcha de l'ouvrage volé chez Théophraste Le Noir et le caressa. Il lui fallait mentir encore un peu. Faire illusion pour que l'autre le croie.

— Peu m'importe ton savoir, Jacob, gronda son chef d'une voix sèche. Fabrique-moi de l'or et vite !

— Il me faut un peu de temps, plaida Jacob. Ce n'est point si facile que de créer de l'argent, monsieur.

— Du temps, nous n'en avons plus ! Fais vite, l'alchimiste, sinon je trouverai quelqu'un d'autre.

L'allusion était claire, et Jacob trop lucide pour ne pas comprendre que sa vie était en jeu.

Pourtant, il ne travaillerait plus pour cet homme. Le fait d'être retourné à la Maison Chymique et d'avoir croisé Sybille l'avait fait réfléchir. Il devait revenir au Grand Œuvre. Il ne voulait plus être un *souffleur de cendres* !

Il se composa un air soumis, bien loin de sa nature.

— Bien, monsieur. Vous savez que je ferai tout pour vous satisfaire.

— Voilà qui est mieux. Je te laisse deux jours, pas plus. Où sont les francs à l'effigie d'Henri III ?

— Près de la porte. Dans deux sacs. Je vais demander à l'apprenti de les glisser dans les fontes de votre selle.

— Te voilà devenu raisonnable, fit le Maître.

Puis il sortit. Quelques minutes plus tard, Jacob entendit le pas de son cheval. Le portail de l'enceinte se referma en grinçant.

Jacob ordonna à son apprenti de laisser là son marteau et sa pince et d'éteindre tous les fourneaux. Le muet poussa un grognement inquiet. Il ne comprenait pas. Jacob le saisit par le col, le soulevant presque de terre.

— Ça sent le roussi, bougre d'âne ! gronda-t-il. Si tu ne fais pas ce que je te dis, le Maître nous tuera et si ce n'est pas lui, ce seront les gens d'armes et on finira tout près d'ici, toi et moi, accrochés au gibet de Montfaucon. Mais avant, on aura tâté de la chaudière ! C'est ce que tu veux, dis ?

L'autre gémissait, effrayé, blême. Jacob le relâcha et c'est presque gentiment qu'il lui ordonna :

— Allez, au travail, mon gars. On éteint tout. Et après, toi et moi, on met la clef sous la porte.

L'apprenti poussa un coassement inquiet.

— Je te donnerai un peu d'argent et il faudra que tu partes le plus loin possible. C'est fini pour nous ici. Tu comprends ? Fini !

Et Jacob, saisissant une des pelles, ramassa des cendres qu'il jeta sur le feu.

La nuit tombait quand les deux hommes quittèrent la maison forte et se séparèrent devant le portail, chacun allant son chemin.

LES FAUX-MONNAYEURS

60

Quelques chandelles avaient été allumées dans l'auberge des *Quatre-Piliers*, pourtant Petit Colin resta un instant sur le seuil, laissant ses yeux s'habituer à la pénombre de la salle basse.

— Qu'est-ce que tu veux, le pouilleux ? s'écria la voix aimable de la matrone.

Petit Colin, qui avait aperçu la Belette, fila entre les tables et jeta d'une voix de crécelle :

— Voir mon oncle ! s'écria-t-il en allant se réfugier près de la Belette.

Celui-ci fronça les sourcils puis reconnut le galopin à qui il donna une petite tape amicale.

Petit Colin lui glissa discrètement le papier et souffla :

— C'est de la part du commissaire du Moncel.

Et plus haut, avant même que la Belette lui ait dit quelque chose, il gueula :

— Oui, mon oncle, c'est promis.

Et il s'en alla aussi vite qu'il était venu, se glissant au milieu des habitués de l'auberge, maquignons et commerçants.

Une vieille femme tirait du vin au tonneau tandis que la matrone faisait monter les amateurs de « puterelles » dans les chambres de l'étage. Dehors, le ciel s'obscurcissait.

La Belette soupira en lisant le mot de Jean.

Il n'en pouvait plus d'être là avec rien à manger ni à boire, de plus il n'avait pas dormi depuis la veille et ses paupières se fermaient toutes seules.

Il était en train de dodeliner de la tête quand un homme entra, habillé comme un bourgeois. Il semblait avoir ses habitudes. Il était bien blond, comme celui que recherchait du Moncel, mais vêtu de velours violet et non de noir. Il prit directement l'escalier sans même saluer la patronne. Des rires saluèrent son arrivée à l'étage.

Un nouveau client entra bientôt, que la maquerelle avait aussi l'air de connaître et qu'elle accueillit avec sa veulerie habituelle. Lui donnant du « messire » par-ci, du « monseigneur » par-là.

Le nouveau venu était jeune, habillé de noir, mais non sans élégance. Ses chaussures, sa mise, la perle plantée dans sa toque de velours, tout indiquait une bourse bien remplie. La tenancière lui proposa une fille qu'il accepta, montant avec elle.

Cette fois, c'était peut-être le bon.

Lorion, qui avait sympathisé avec un des joueurs de dés auquel il avait offert des rasades de son mauvais vin, appela son compagnon qui vacillait non loin de sa table.

— Tu le connais, le maraud qui m'a piqué la fille que je lorgnais ?

L'autre, qui avait le teint rouge brique des vrais ivrognes, haussa les épaules et vint s'asseoir sur le banc près de la Belette.

— Bah, t'as qu'à attendre, Lorion ! Tu monteras après. Si t'as encore des sous. Çui-là l'est jamais long. Comme les lapins, j'te dis, et y vient souvent.

Il partit d'un rire gras qui le fit s'étouffer, Lorion lui tapa dans le dos.

— T'as encore un p'tit quelque chose pour moi ? mendia l'ivrogne. J'ai la gorge en feu.

La Belette retourna le pichet, il était vide.

— J'vas nous en commander. Fait soif.

La Belette fit un signe à la vieille qui s'empressa de leur apporter un autre pichet. Lorion versa une rasade à son nouvel ami.

— Tu connais son nom ?

— La matrone l'appelle « Provins ». Je m'en souviens parce c'est mon pays, Provins.

Il posa la tête sur ses bras repliés. Une ombre passa dans ses yeux au regard trouble.

— J'aurais mieux fait d'y rester, dans mon pays, même si on crevait la faim, j'avais une jolie petite et puis ma mère… Doit être morte maintenant.

Lorion lui resservit du vin. La chance commençait à tourner. Pas de Maître ni de Ligue des Marchands mais, au moins, il tenait ce gars-là.

— Allez, tu vas pas pleurer, mon vieux ! fit-il. T'es pas tout seul et, en plus, t'as du vin dans ton verre. Que demander d'autre à cette vie de damnés ?

— T'as raison, approuva l'ivrogne en vidant son verre cul sec. Tiens, regarde, je te l'avais dit, y descend déjà.

Avant de ressortir, le dénommé Provins, rajustant sa ceinture, jeta quelques pièces à la matrone qui les fit disparaître dans son tablier sale.

La Belette se leva à son tour.

— Tu t'en vas déjà ? demanda l'ivrogne d'un air désolé.

— T'as qu'à finir ! (Lorion lui donna le pichet.) Bois à ma santé !

— T'es un frère ! fit l'autre d'un ton solennel.

Dehors, la nuit tombait.

Lorion sourit. Cette fois, il était dans son élément. Il se fondit dans la pénombre, sans lâcher le sire Provins du regard. Celui-ci marchait vite. La Belette mit ses pas dans les siens, se cachant quand l'autre ralentissait, repartant quand il repartait, jusqu'à une rue où, enfin, Provins s'arrêta, jetant un coup d'œil furtif de droite et de gauche pour s'assurer qu'on ne le suivait pas.

La Belette s'était plaqué dans un renfoncement. Provins sortit une clef qu'il glissa dans la serrure, ouvrit la porte et disparut.

La Belette attendit un moment avant de s'approcher. Il connaissait bien ce quartier et cette rue sinueuse qui passait derrière le collège de Navarre. Il était rue des Fossés-Saint-Victor. Il observa la porte basse, le heurtoir de métal en forme de lézard, la maison aux fenêtres étroites.

Il aperçut derrière les vitres la lueur d'une chandelle qui se déplaçait à l'étage, puis plus rien. Soit l'homme avait soufflé la bougie et s'était couché, soit il était passé dans une autre pièce.

Après avoir encore attendu pour voir s'il ressortait, la Belette repartit comme il était venu. Un moment plus tard, il se présentait à la barrière des Sergents, demandant à parler au commissaire-enquêteur Jean du Moncel.

61

Le lieutenant avait tapé du poing sur la table. Mais c'est d'une voix sourde qu'il avait répété :

— Des faux-monnayeurs, vous êtes sûr de vous, monsieur du Moncel ?

— Oui, mon lieutenant, assura Jean qui posa sur le bureau de son ancien chef les deux pièces d'un franc à l'effigie du roi.

Le chef les prit et les examina, scrutant les points secrets que Jean lui désigna avant de les reposer.

— Je vous écoute, monsieur.

— Tout concorde. Si Perrin n'avait pas débusqué l'affaire Lambert et s'il n'y avait pas eu ce chien noir, le trafic aurait pu continuer longtemps. Celui que nous cherchons, qui se fait appeler le Maître, donnait la fausse monnaie à Lambert et sûrement à d'autres marchands qu'il nous faudra découvrir, d'où ce nom de Ligue des Marchands.

— Comment Perrin a-t-il eu vent de tout cela ?

— Peut-être ne le saurons-nous jamais, monsieur. Toujours est-il que le comptable qui a examiné les livres de Lambert me dit que l'argent rentrait sans qu'on trouve trace de ses origines. Notre Lambert achetait des marchandises et les revendait, entre autres, au Châtelet. Pas de client plus honorable que nous autres. Il allait même jusqu'à acheter au-dessus du cours du marché et à revendre à perte. Normal, il payait en fausse monnaie et était toujours gagnant. Ensuite, il n'avait plus qu'à faire parvenir sa recette au Maître. Sauf que, pour une raison que nous ignorons, sans doute parce que Perrin avait été repéré à rôder dans les parages, le Maître a fait assassiner Lambert et sa femme.

— Quel est le rôle de cet orfèvre de Troyes et de cet Argenton de Provins ?

— Nous le découvrirons bientôt. Mais on ne fabrique pas de fausse monnaie sans métal ni alchimiste. Ou en tout cas, sans ceux que les vrais alchimistes nomment les « souffleurs de cendres », ces gens dont le seul but est la fabrication de l'or et l'enrichissement matériel.

Tout en prononçant ces mots, Jean eut soudain une intuition. Jacob. Jacob, qui avait volé le livre de Théophraste Le Noir. Jacob qui, pendant des années, avait été l'apprenti de l'alchimiste. Et si c'était lui, le souffleur de cendres qui était derrière tout cela ?

Tout en souhaitant se tromper, il revint à la question que lui posait le lieutenant.

— Qui est ce mystérieux Maître ?

— C'est là où le bât blesse, monsieur, je suis prêt à mettre ma main au feu que c'est quelqu'un que nous connaissons.

— Vous voulez dire un homme du Châtelet ? s'indigna le lieutenant.

— Oui, cela expliquerait la peur de notre ami Touraine. Quelqu'un de puissant ou même d'intouchable et qui n'agit pas seul. Tout le prouve. Quelqu'un, à l'intérieur de ces murs, a renseigné Adenet, voire l'a aidé à trouver ses victimes. Margaux Lambert et Perrin qui sortent d'ici, mais n'arrivent jamais chez eux, les registres qui disparaissent, la mort de ce serviteur sur la sellette…

Le lieutenant tournait sa moustache entre ses doigts.

— Vous êtes trop intelligent, monsieur, pour n'avoir pas envisagé toutes les possibilités. Même que je puisse, moi ou un magistrat, ou peut-être bien le prévôt, être l'homme que vous recherchez.

— Ma foi, oui, monsieur, répondit Jean tranquillement.

On frappait à la porte.

— J'ai dit qu'on ne nous dérange pas ! s'écria le lieutenant.

Cosme ouvrit pourtant.

— Désolé, monsieur le lieutenant, mais c'est le commissaire Bléry. Il veut vous voir.

— Qu'il entre, gronda le lieutenant.

Bléry entra, plus pâle que jamais.

— Monsieur le lieutenant, monsieur du Moncel… commença-t-il

— Au fait ! s'écria son chef. Que veux-tu ?

— C'est l'u… C'est l'usurier Janin, bafouilla Bléry. Je suis allé chez lui, comme monsieur du Moncel me l'avait demandé. Il ouvrait pas. On a défoncé la porte. Il a été assassiné et c'était pas beau à voir, vous pouvez m'en croire. Y avait du sang partout, comme sur le pauvre Anselme.

Pour le coup, Jean se leva. Un cadavre de plus et lui qui n'arrivait pas à trouver l'homme qui se cachait derrière tout ça.

— La carriole des morts va le ramener à la morgue, conclut Bléry en avalant sa salive.

62

Après avoir salué le lieutenant, Jean redescendit avec son collègue et aperçut la silhouette de la Belette qui l'attendait, assis à son ancien bureau, dans la pénombre de l'escalier.

Des chandelles avaient été allumées sur les quelques tables où travaillaient encore des greffiers. La plupart des commissaires étaient dehors, à chercher Perrin.

— Bléry, je te laisse t'occuper de réceptionner le corps à la morgue. Je dois voir la Belette.

Bléry, l'air assez mal en point, le regarda d'une drôle de façon, puis il hocha la tête et sortit. Jean fronça les sourcils. Quel étrange commissaire il faisait ! Pas mauvais enquêteur d'ailleurs, mais si fragile, défaillant à la vue du sang. Jean haussa les épaules et rejoignit la Belette.

— Te voilà ! Je me faisais du souci.

Jean se pencha et murmura :

— As-tu vu le médecin ?

— Oui, monsieur. Il est comme un coq en pâte au fief d'Alby, protégé par le grand Coësre lui-même. Je lui ai passé votre message.

— Qu'a-t-il répondu ?

La Belette ne parut pas s'étonner de l'air fébrile du commissaire.

— Qu'il vous faisait confiance. Et que le plus important était Julien.

— Tu es sûr qu'il est en sûreté ?

— Plus en sécurité qu'ici, d'après ce que j'ai compris.

Jean sentit qu'une part de la tension qui l'habitait depuis la disparition de Sybille se relâchait. Ne lui restait plus qu'à voir et convaincre Gilles Ferrières que tout allait bien.

— Tu as raison, la Belette. Quoi d'autre ?

— Votre Maître reste un fantôme, j'ai passé la journée dans ce bouge avec cette mère puterelle, à éviter de boire sa piquette ; par contre, je sais où niche votre Provins. Je l'ai vu entrer dans une maison rue des Fossés-Saint-Victor, il n'en est pas ressorti. Je peux vous y conduire.

Le regard de Jean s'illumina.

— On y va. Mais à cheval et avec quelques bons camarades.

Peu de temps après, une dizaine de cavaliers quittaient le Châtelet. Parmi eux, Jean et son ami, Germain de la Teste, le chevalier du guet. La Belette, qui ne tenait pas trop à s'afficher avec eux, était parti à pied.

Quand les cavaliers arrivèrent au début de la rue, Lorion était déjà là, qui les attendait.

LA FUITE

63

Bléry avait regardé le cadavre de Janin que des soldats descendaient de la carriole des morts mais, au lieu de filer à la morgue pour l'étiqueter, il avait tourné les talons.

Il sortit sans répondre au salut des gardes à la barrière des Sergents et sans voir Nicolas qui s'était dirigé vers lui. Il partit d'un pas si pressé, une expression angoissée sur le visage, que Nicolas le suivit.

Raphaël bousculait des gens tant il se hâtait. Il marmonnait en marchant, livide, et essayait en vain de maîtriser les tremblements qui l'agitaient. Il ne voulait plus voir qu'une seule personne et cette personne, c'était Pernelle. Il frappa à coups redoublés sur sa porte.

Et quand sa femme ouvrit, il la poussa à l'intérieur.

Nicolas, qui l'avait suivi jusque-là, faillit se détourner. L'homme était revenu chez lui. Rien d'anormal à cela. Pourtant, au lieu de partir, il alla s'asseoir sur un muret et attendit.

À l'intérieur de la maison, Bléry allait et venait dans la salle basse, et Pernelle n'arrivait pas à comprendre ce qui l'agitait ainsi.

— Mais enfin, monsieur, s'écria-t-elle, que vous arrive-t-il à la fin ?

Bléry s'arrêta.

— Nous partons chez ton frère. Fais les bagages, ma femme, je vais chercher une carriole qui puisse nous emmener jusque là-bas.

— Une carriole ? Mais enfin, nous ne sommes pas allés chez mon frère depuis bientôt trois ans. Et puis Blois, c'est loin, et c'est l'hiver. Les routes sont mauvaises.

— Plus c'est loin, mieux ce sera, madame. Préparez des couvertures. Et aussi tout ce qui est précieux. Nos étains, tes bijoux.

Effrayée, Pernelle posa sa main sur son cœur.

— Que veux-tu dire ?

— Nous ne reviendrons pas, Pernelle. C'est fini. Je ne peux plus supporter tout cela. D'abord la disparition de Perrin, puis tous ces morts.

— Mais tu en as vu d'autres, mon ami ! s'exclama-t-elle.

Elle n'avait pas envie de partir, de quitter Paris où elle avait ses habitudes et ses amitiés.

— Tu ne comprends donc rien ! s'exclama Bléry avec amertume, et il ressortit.

Nicolas le vit se diriger vers l'hôtellerie voisine, une auberge avec écuries qui servait de relais aux messagers royaux, discuter un moment avec le patron puis revenir à son logis, claquant la porte derrière lui.

Le sergent traversa la rue et alla trouver l'hôtelier.

— Je peux vous être utile, sergent ? demanda ce dernier.

— Ma foi, oui, mon ami Bléry vient de te parler. Que voulait-il ?

— Une carriole avec une jument. Il part avec sa femme pour Blois.

Sénéchal réfléchit un instant puis ajouta :

— Pour la carriole, prenez votre temps, ordre du commissaire du Moncel. Faites durer jusqu'à ce que je sois de retour.

— Bien, sergent, fit le tavernier sans oser poser de questions.

Et Nicolas reprit le chemin du Châtelet.

À l'intérieur de la maison, Pernelle se disputait avec son époux.

— Monsieur, comprenez, je ne veux pas m'enterrer à la campagne, dans la boue. Je suis faite pour la vie d'ici. Voyez comme nous vivons bien, tous les deux, comme des tourtereaux. Voyez comme je vous aime !

Elle lui adressa un sourire enjôleur. Mais, là, son mari ne la regardait pas. Il marchait de long en large.

— Sais-tu ce que je dois faire pour que nous « vivions bien » ? grommela-t-il. Y as-tu seulement songé ?

— Mais monsieur ! protesta la blonde.

Pour la première fois de sa vie, Bléry l'attrapa par le bras et, tout en la secouant, lui ordonna :

— Tu vas m'obéir, dis ? Tu vas m'obéir ? Ou bien faut-il que je te frappe ?

Il avait les yeux exorbités, il était si hors de lui que Pernelle, effrayée, gémit d'une toute petite voix :

— Vous me faites mal, monsieur.

Il la lâcha et, d'un air las, ajouta :

— Fais ce que je te dis, ou bien, morbleu, je pars sans toi !

Pernelle courut à la chambre et tira une malle qu'elle commença à remplir.

Enfin, elle souleva une des lattes de parquet et sortit les bijoux que lui avait offerts son mari, qu'elle glissa dans un balluchon qu'elle prendrait sur elle.

64

Un des gardes frappa au vantail de la maison de la rue des Fossés-Saint-Victor et, comme personne ne venait, un autre enfonça la porte.

Les cavaliers du guet entrèrent dans la petite maison, Jean et la Belette grimpant à l'étage, le chevalier et un de ses soldats derrière eux, épée et pistolet à la main.

Apparemment, il n'y avait pas de serviteur. Quant au sieur Provins, ils le trouvèrent dans sa chambre. Il dormait d'un sommeil si profond qu'il n'avait rien entendu. Jean secoua le dormeur qui se dressa aussitôt, se frottant les yeux, et pâlit à la vue des hommes armés qui entouraient sa couche.

— Debout, monsieur ! ordonna Jean.

L'homme rejeta la courtepointe et posa les pieds par terre. À l'exception de son braiet, il était nu.

— Habillez-vous, monsieur, ordonna l'un des cavaliers en lui jetant ses vêtements.

Argenton obéit et enfila sa chemise et ses chausses.

— Mais pourquoi ? demanda-t-il d'une voix faible. Qui êtes-vous ?

— Pourquoi ? Je pense que vous le savez, monsieur Argenton de Provins. Je suis Jean du Moncel, commissaire-enquêteur au Châtelet et je vous arrête, au nom de Sa Majesté le roi !

Sur le coup, Argenton se rassit au bord de son lit. Un court instant, il regarda l'épée qu'il avait posée près de lui, mais il n'esquissa pas un geste pour l'attraper.

— Voilà qui est sage, monsieur, fit Jean qui avait suivi son regard. Allez, debout !

L'autre enfila ses bottes, mit le manteau qu'on lui tendait et sortit, encadré par les gens du guet.

Une fois en bas, en apercevant les chevaux, il eut un mouvement de recul. L'un des gardes lui lia mains et pieds, puis on le hissa en travers d'une selle.

Germain de la Teste plaisanta :

— Voilà, monsieur du Moncel, une affaire rondement menée. Je suis presque un peu déçu, je m'attendais à quelque bataille.

— Moi aussi, je vous l'avoue, répondit Jean.

— Au moins, celui-là, reprit Germain, nous allons veiller à ce qu'on ne nous l'assassine pas !

65

Adenet, après avoir quitté le Maître, était retourné près du Châtelet. Il s'était glissé dans les bâtiments de la Grande Boucherie, grimpant par une échelle dans un grenier où s'entassaient du bois et du fourrage. Il s'allongea sur le plancher et rampa jusqu'à une ouverture dominant la place de l'Apport-Paris.

De là, il voyait sans être vu l'entrée de l'ancien château et la barrière des Sergents.

Il n'eut pas à attendre longtemps. Il vit tout d'abord passer la carriole des morts sans savoir que c'était l'usurier qu'on ramenait là, enveloppé dans un linceul, puis Jean du Moncel sortit avec les cavaliers du guet.

Enfin, Bléry s'en alla comme s'il avait le diable aux trousses et les gens du guet revinrent avec du Moncel.

Ils portaient un prisonnier en travers de leur selle et celui-là était Argenton de Provins. À partir de cet instant, Adenet comprit qu'ils étaient démasqués. Il aurait pu aller prévenir le Maître mais ne le fit pas. Il aurait pu s'enfuir, nul ne l'aurait retrouvé. Au lieu de cela, il resta à surveiller les allées et venues des gens du Châtelet.

Jean du Moncel finirait bien par sortir. Et il achèverait ce qu'il avait commencé. La mise à mort.

66

L'aube pointait son nez. Un rayon de lumière éclairait les tentures multicolores, les coussins jetés à même les nattes et les tapis. Sybille était assise, tout habillée, au bord de sa paillasse. Elle avait dormi. Elle avait réfléchi. Elle était plus calme. Jean lui manquait, et Julien aussi.

— Vous avez l'air triste, remarqua Rosalia qui venait d'entrer sans bruit dans la chambre.

— Tu as raison, je le suis. Je vais repartir. J'ai agi dans un moment de peur. Je veux rentrer chez moi.

— Mais les dangers ?

— Je ne peux pas fuir éternellement. Je dois les affronter, Rosalia, d'une façon ou d'une autre. Cela fait trop longtemps que j'évite de le faire.

Sybille se tut. Elle tenait à la main le mot qu'elle avait écrit à Jean, lui disant qu'il la trouverait rue Perdue.

Au bout d'un moment, elle ajouta :

— Je voudrais remercier le grand Coësre pour son hospitalité.

— Manuel n'est pas là, il ne reviendra que demain. Je le ferai pour toi.

— Pourrais-tu me ramener à la sortie du fief d'Alby ?

— Quand cela ?

— Maintenant, s'il te plaît.

En même temps qu'elle prononçait ce mot, Sybille sentit que sa décision était prise.

— Tu reviendras ? fit la Gitane en posant sa main sur son bras.

— Je ne sais pas, Rosalia. Mais je te promets que, si ce n'était pas le cas, un autre médecin prendrait ma place. Nous sommes nombreux à vouloir vous aider.

Rosalia se détourna. L'ombre qui était passée dans ses yeux disparut, elle releva fièrement le menton.

— Je vais te conduire, Charles Ferrières. Et même, je t'accompagnerai jusque chez toi.

Sybille sourit, enfila sa veste puis ses bottes cavalières.

— Rosalia, pourrais-tu t'arranger pour que ce mot parvienne au commissaire Jean du Moncel ?

Elle lui tendit le papier que Rosalia saisit.

— Je connais quelqu'un, un orphelin, qui fera ça pour nous.

— Merci, Rosalia.

La Gitane secoua la tête, faisant voler les magnifiques boucles noires de sa chevelure.

— Jamais je pourrai payer ma dette envers toi, Charles Ferrières, tu as sauvé ma vie et celle de mon fils, ne l'oublie pas. C'est moi qui te remercie.

Quelques secondes plus tard, ses cheveux soigneusement noués, sa toque de velours sur la tête et sa sacoche à l'épaule, Sybille se faufilait derrière son guide dans le dédale des ruelles de la Cour des Miracles.

LA CONFESSION D'ARGENTON DE PROVINS

67

Martin était arrivé dans Paris. Jamais le charbonnier du bois de Séquigny n'y avait mis les pieds et ce qu'il vit l'effara. L'immensité de l'enceinte et les tours de guet. Et quand il entra dans la ville par la porte Saint-Jacques, ce bruit, cette foule !

Les rues étaient si étroites qu'une voiture et un cavalier ne pouvaient s'y croiser, et avec cela une rumeur faite d'injures, d'appels, de cris. Il y avait tant d'échoppes, d'étals, de colporteurs, de mendiants aussi, même des enfants pas plus vieux que sa petite, qu'on ne pouvait faire un pas sans se faire apostropher.

Martin se hâta vers la Seine et le Châtelet qu'une petite vendeuse d'oublies lui avait indiqué.

Malgré le froid et la neige, des relents de sang caillé flottaient dans l'air. Le charbonnier longea les abattoirs de la Grande Boucherie. Il vit les bœufs qu'on égorgeait dans la rue de la Tuerie, et les volailles, sur les quais, à la Vallée-de-Misère. Enfin, il déboucha sur la place de l'Apport-Paris et se trouva devant le Châtelet, sinistre bâtisse de pierre, avec ses tours, ses murailles et ses meurtrières. Et là, il s'arrêta. Effrayé.

S'il n'avait donné sa parole au blessé, il aurait fait demi-tour et serait rentré chez lui, dans sa forêt, auprès de sa fille. Mais il avait promis.

Et puis il avait peur que le commissaire ne meure et qu'on ne l'accuse de l'avoir tué. Il passa donc sous le porche, se présenta aux gardes de la barrière des Sergents et suivit l'un d'entre eux qui le mena vers le bureau des commissaires-enquêteurs.

— Asseyez-vous là, fit l'un des greffiers en lui désignant des chaises alignées le long d'un couloir. Qui demandez-vous ?

— Je veux voir le commissaire du Moncel, de la part du commissaire Perrin Touraine.

Le greffier écarquilla les yeux.

— Vous avez dit de la part de qui ?

— De Perrin Touraine. Faut faire vite, monsieur !

— Bougez pas, je reviens. C'est quoi, votre nom déjà ?

— Martin, le charbonnier de Séquigny.

Au même moment, il y eut un grand remue-ménage dans le couloir. Martin se dressa.

Des cavaliers vêtus de casaques perses[1], une étoile blanche cousue sur le plastron et sur le dos, escortaient un prisonnier, les mains attachées dans le dos.

Devant eux marchait un jeune homme brun, l'air décidé, le regard noir comme un ciel de tempête. Il portait l'épée et le pistolet au côté et ses manières étaient celles d'un homme du monde.

Le greffier se glissa près de celui-là et lui murmura à l'oreille. L'homme regarda Martin.

1. Bleu nuancé de vert.

— Conduisez le prisonnier à la sellette et restez avec lui, messieurs. Je vous rejoins.

Il s'approcha du charbonnier.

— Je suis Jean du Moncel, le greffier m'a dit que tu me cherchais ?

Le charbonnier ôta son bonnet, s'inclinant maladroitement.

— C'est point moi, mais monsieur Perrin Touraine. Moi, je suis Martin, charbonnier dans la forêt de Séquigny. J'l'a trouvé. En fait, c'est ma petite qui l'a trouvé. Mais y va pas bien.

— Suis-moi.

Jean héla Germain de la Teste qui s'éloignait avec deux de ses hommes. Ils s'entretinrent à voix basse, puis le chevalier du guet s'approcha pour questionner le charbonnier :

— La forêt de Séquigny ? À Sainte-Geneviève-des-Bois ?

— Oui, c'est là que je vis, monsieur.

— Ne perdons pas de temps, vous monterez avec nous.

— J'sais point monter, monsieur.

— Ma foi, mon ami, tu apprendras ! Sergent, va me chercher un médecin.

Jean regarda le chevalier du guet s'éloigner avec le charbonnier. Perrin vivant ! Il n'y croyait plus. Il en aurait pleuré.

Il allait ouvrir la porte de la salle des interrogatoires quand il entendit la voix de Nicolas Sénéchal. Il se retourna :

— Eh bien, que t'arrive-t-il, sergent ?

— Je crois que j'ai trouvé le judas, vous me croirez jamais, mais…

— Explique-toi.

Nicolas obtempéra. Au fur et à mesure de son court récit, le visage de Jean se durcit.

— Prends quelques hommes et ramène-le-moi ! Une fois ici, garde-le à vue dans une pièce fermée avec sa femme et toutes leurs affaires.

Le sergent allait tourner les talons, Jean s'écria :

— Et passe chez le boulanger Neuvy, prendre le chien noir !

Il ouvrit la porte de la salle des interrogatoires.

— À nous, monsieur !

68

Argenton de Provins était assis sur l'inconfortable sellette, livide.

Il gardait les lèvres serrées comme si c'était la seule issue possible. Qu'aurait-il pu dire qui le mette en sécurité ? Qui lui fasse remonter le temps jusqu'au jour maudit où il avait accepté la proposition d'Yvon Cacharf ? Où il avait commencé à travailler avec le Maître ?

— Vous paraissez désemparé, monsieur Provins, fit la voix de Jean qui s'était assis en face de lui.

L'autre se raidit.

— Je vais vous expliquer ce qui va se passer.

Silence, juste une infime crispation des doigts sur la sellette.

— Tout d'abord, monsieur, sachez que vous ne nous servez pas à grand-chose puisque nous savons déjà tout ! mentit Jean.

La respiration d'Argenton de Provins s'accéléra.

— Vous n'allez servir qu'à confirmer ce que nous avons déjà appris. Vous pouvez aussi refuser, auquel cas je vous laisserai aux mains expertes du bourreau afin que vous soyez conduit à la question ordinaire.

Jean laissa le temps à ces mots de faire leur chemin dans l'esprit de son interlocuteur. Celui-ci avait frémi.

— Que savez-vous, monsieur le commissaire ? finit-il par demander d'une voix tremblante.

— Tout, vous dis-je ! Mais surtout, il y a cette accusation de fausse monnaie. La pire de toutes. Allez, monsieur, n'abusez pas de ma patience. Je vous écoute.

L'homme s'était mis à trembler.

— Dois-je vous décrire le châtiment qui attend les gens convaincus de ce crime ? ajouta Jean.

— Non, monsieur, je le connais, répondit Argenton de Provins d'une voix blanche. Suis-je en mesure de vous demander quelque chose ?

— Demandez toujours.

— J'ai compris que je suis perdu, monsieur. De toute façon, croyez-moi ou pas, cela fait longtemps que je veux sortir de tout cela, mais que je ne sais comment faire.

— Je vous crois.

— Et puis je n'ai jamais été un homme courageux, commissaire. La torture, je ne la supporterai pas. Je suis pas de ce genre d'homme auquel on peut briser les os sans qu'il dise rien. Je cracherai tout avant qu'on me touche.

L'homme se tut.

— Je vais tout vous dire, monsieur, mais faites que je sois mort avant le supplice de la chaudière.

Jean hocha la tête.

— Vous avez ma parole, monsieur, répondit-il gravement. Mais je ne pourrai vous éviter la pendaison.

— Prions que cela aille vite alors.

Et Argenton de Provins raconta tout.

Yvon Cacharf qui était à l'origine du trafic avec le Maître. Les barres de métal qu'il livrait. Les fausses pièces que lui, Argenton, allait chercher au laboratoire, cette maison forte, au faubourg Saint-Laurent. Jacob, l'alchimiste et son apprenti muet. Les bijoux de Cacharf que le Maître offrait parfois à ceux qui travaillaient pour lui. La peur enfin qu'il avait d'Adenet et du Maître.

— Et Adenet, vous savez où il se terre ?

— Non, personne sait où est sa tanière. Il est pire qu'une bête fauve. Les animaux ne tuent pas pour le plaisir, lui si. C'est un démon !

— Vous connaissez le Maître, bien sûr ? fit Jean.

— Vous aussi, monsieur du Moncel, vous le connaissez, jeta Provins d'un air las. Vous le cherchez loin alors qu'il est tout près.

Et se penchant, il souffla un nom à l'oreille de Jean qui ferma les paupières un court instant, stupéfait.

On frappait à la porte. C'était Nicolas qui revenait. Jean se tourna vers Argenton.

— Je suis obligé de vous laisser, monsieur. Mais vous ne serez pas seul.

Il ordonna aux cavaliers du guet, qui attendaient dehors pendant l'interrogatoire, de retourner près du prisonnier et de ne laisser entrer personne. Absolument personne.

LA DEMOISELLE DORÉE

69

Rosalia s'arrêta devant la porte que lui indiquait Charles Ferrières.

— C'est donc ici, chez vous ? dit-elle.

— Oui. Tu veux entrer ?

La Gitane secoua la tête.

— Non, monsieur. Je sais que vous êtes là. Cela me suffit.

Et elle saisit la main de Sybille qu'elle baisa à plusieurs reprises avant de la lâcher et de se détourner.

Émue, Sybille regarda la mince et vive silhouette s'éloigner, puis elle poussa la porte et cria :

— La Robine, c'est moi ! Sybille !

70

Raphaël Bléry était affalé, plus qu'assis sur la chaise qu'on lui avait indiquée. Et, quand il vit entrer Jean, il parut s'affaisser davantage encore.

Quant à Pernelle, son épouse, elle semblait ne rien comprendre à ce qui se passait. Elle serrait contre elle un petit balluchon en tapisserie, l'air effaré.

Jean attrapa une chaise et s'assit en face de son collègue. L'excitation avait cédé le pas à la lassitude. Il était sûr, rien qu'à regarder le visage de Raphaël, que Nicolas avait vu juste : celui-là était bien le traître, le judas qui renseignait le Maître.

Il le revoyait, disant qu'il ne comprenait rien à la disparition de Perrin, ni à l'assassinat d'Anselme…

Il soupira. Même si des proches étaient déjà tombés sous le coup de la justice, jamais encore il n'avait eu à accuser un commissaire-enquêteur et encore moins de trahison. Il fit signe à Pierre Dalot de prendre place à côté de lui. Le jeune commis – il était revenu au Châtelet après quelques heures de sommeil réparateur – obéit, posant son écritoire sur ses genoux, prêt à prendre des notes.

Jean resta un moment silencieux, puis il demanda au sergent Sénéchal, debout derrière lui, d'ouvrir la malle et de la vider devant eux.

Il n'y avait que des vêtements et quelques pièces d'étain, un miroir, deux bougeoirs, une cruche…

Il désigna le balluchon que tenait l'épouse de Bléry. Pernelle se dressa aussitôt.

— C'est à moi, monsieur ! s'indigna-t-elle.

— Alors ouvrez-le, madame ! répondit Jean du même ton égal.

Il savait déjà ce qu'il y avait dedans. Il savait déjà qu'il y trouverait ce qui la faisait surnommer dans son quartier la « demoiselle dorée ».

Le pire, c'était qu'elle n'avait rien compris, qu'elle avait trouvé normal que son pauvre mari, avec sa maigre solde de commissaire, lui offre ce qu'elle était en train de déballer.

— Dites-nous, madame, au fur et à mesure, que le greffier puisse prendre note.

— Vous n'allez pas me les prendre, tout de même ! s'insurgea Pernelle.

— Madame, n'abusez pas de ma patience !

Pernelle allait rétorquer, mais un coup d'œil au visage de Jean l'en dissuada.

— Il y a…

Elle se mit à compter, égrenant ses bijoux entre ses doigts fins. Soudain elle sembla ailleurs. Jean sentit qu'elle prenait plaisir à toucher son trésor, à le contempler.

— Il y a, je le sais, mon mari me les a offerts récemment, vingt-six gros pompons d'or, attachés par un touret de velours noir.

— Vingt-six. Vous avez bien dit vingt-six ? questionna Pierre Dalot.

— Oui, monsieur. Et attendez… Dix, quinze, vingt…

Ses gestes étaient lascifs, sensuels. Elle ne comptait pas ses bijoux, elle les caressait.

— Trente-cinq, trente-six, trente-sept petits pompons, également d'or, à oreillettes, enfilés ensemble. J'ai aussi une chaîne d'argent à mettre au cou et une ceinture d'argent au bas de laquelle il y a une clochette d'argent.

Le regard de Du Moncel alla de Pernelle à Bléry.

— Tout ça pour ça, murmura-t-il pour lui-même.

Comme s'il avait suivi le cours de ses pensées, Raphaël protesta :

— Tu ne peux pas comprendre, toi, tu ne peux pas comprendre ! Tu es jeune, tu es beau, tu es noble. Regarde-moi ! Non, mais dis, regarde-moi !

Il s'était dressé, si fluet dans ses vêtements, avec son crâne dégarni et ce teint maladif qu'il avait toujours.

Pernelle ne disait plus rien, elle serrait contre elle ses bijoux. Et l'observer ainsi révulsa Jean.

— Nicolas, fais sortir cette femme, veux-tu ? Je ne veux plus la voir.

Raphaël devint grisâtre. Pernelle, vexée, s'était levée.

— Pernelle… souffla son mari.

— Je ne sais pas ce que vous avez fait, monsieur Bléry, et je ne veux pas le savoir ! s'écria-t-elle soudain. Mais je veux sortir d'ici ! Dites-leur qu'ils me laissent sortir !

Sa voix montait dans les aigus. Jean fit un signe. Nicolas l'attrapa par le bras, les entraînant, elle et ses bijoux, vers la pièce d'à côté.

La porte se referma.

— Continue, ordonna Jean.

— À quoi bon ? demanda Bléry en se rasseyant.

— Parle !

Le ton était sans réplique. Bléry obéit d'une voix sourde :

— Tu sais tout. T'as tout deviné. Oui, c'est à cause d'elle. Tu comprends qu'une femme comme ça m'aime, moi, Raphaël. Un jour, elle a voulu me quitter pour un autre qu'avait plus que moi et qu'était moins laid. Le Maître est venu me trouver. Il m'a fait parler et, la fois d'après, il m'a offert un petit pompon d'or. « Donne ça à ta femme, qu'il a dit. Tu verras, tout va s'arranger. » Et je l'ai fait. Et il avait raison. Pernelle, elle me regardait plus pareil.

— Alors, tu as continué, s'indigna Jean. Tu as trahi les tiens. Au début, cela ne devait pas être grand-chose, des broutilles, le « Maître » ferrait le poisson, et puis après, d'un coup, il a tiré ! Et t'as senti l'hameçon dans ta gueule, Bléry ! Il te déchirait la chair.

Bléry s'était laissé retomber sur la chaise, les épaules basses.

— Je dormais plus, avoua-t-il. Mais comment sortir de là sans perdre Pernelle ? Elle me tenait, vous comprenez ?

— Je comprends, jeta Jean. Je comprends que tu as trahi tes compagnons et que, ensuite, tu avais surtout peur pour ta peau. J'ai bien vu la tête que tu faisais quand Perrin a disparu.

— C'est sa faute. Il était venu chez nous pour dîner, et Pernelle, elle a pas résisté, il a fallu qu'elle mette tous ses bijoux, alors le Perrin, il a trouvé ça étrange, une femme de commissaire avec des bijoux en or. Et puis il est revenu. J'ai même cru, à un moment, qu'il tournait autour de ma femme.

— Mais c'était pour les bijoux.

— Oui, et il a commencé à enquêter. À rôder. J'ai pris peur. J'en ai parlé au Maître.

— Et ton « Maître » a fait tuer Lambert, puis sa femme. Et toi, Judas, tu n'as rien fait pour l'en empêcher. Et quand Adenet s'est débarrassé de l'usurier, t'as préféré fuir. Mais il est trop tard, Bléry. Tu es fait.

— Je sais, lâcha Bléry. Je ne te demande rien. Mais elle, elle y est pour rien, la Pernelle.

— T'as pas besoin de la défendre. Le seul mal que je vais lui faire – et pour elle, ce sera pire que la torture –, c'est de lui arracher ses bijoux, fit Jean. On la reconduira chez elle. Je te laisse terminer ta déposition. Adieu, Raphaël.

— Jean !

Du Moncel se retourna. Bléry s'était dressé.

— Quoi ?

— Laisse-moi un couteau. Au cachot, laisse-moi un couteau.

Jean regarda cet homme qui avait été son compagnon pendant tant d'années.

— Réponds-moi, je t'en supplie.

Jean se contenta de hocher la tête en guise d'acquiescement et Bléry se laissa retomber sur sa chaise avec un soupir.

Du Moncel referma lentement la porte. Il se sentait si las.

Et pourtant la journée ne faisait que commencer.

LE POURQUOI

71

Jean avait fait son rapport au lieutenant et s'était entretenu avec Mévoisins qui, épuisé, lui avait avoué n'avoir pas trouvé trace du mystérieux Maître.

— Ne vous inquiétez de cela, monsieur, nous savons maintenant qui il est. Je veux par contre que vous cherchiez le pourquoi.

Il lui donna ses instructions et alla dans la pièce où Nicolas avait enfermé le chien noir.

La bête, qui était allongée sur le plancher, se dressa quand il entra et vint vers lui en remuant la queue.

Son poil était redevenu d'un beau noir luisant. Le chien fixait le commissaire de son regard attentif.

— Je vais avoir besoin de toi, le chien, fit Jean qui le caressa. Un jour, un ami m'a dit qu'un animal n'oubliait jamais rien. Ni le bien qu'on lui faisait ni le mal. Il y a ici quelqu'un qui a tué ton maître. Quelqu'un dont tu as senti l'odeur. Que tu as vu sortir de la maison où il a égorgé ton maître. Tu es mon unique témoin… Avec mon pauvre Perrin.

L'animal s'était assis face au commissaire, la gueule entrouverte, il semblait sourire comme s'il avait compris ses paroles et le plan qui s'échafaudait dans sa tête.

Jean alla chercher une corde qu'il passa au cou de la bête.

72

À peine revenu avec le malheureux Perrin sur un brancard de fortune lié entre deux chevaux, le chevalier du guet était reparti en compagnie de sa patrouille vers le faubourg Saint-Laurent. Il devait investir la maison forte et rapporter du matériel prouvant qu'il y avait eu fabrication de fausse monnaie.

On avait allongé Perrin Touraine à l'infirmerie. Lajoye avait été transporté dans une autre pièce.

Perrin avait les yeux grands ouverts mais ne disait mot malgré les soins prodigués par Pierre Leroux. Et puis Jean entra avec le chien noir et le regard du blessé s'éclaira.

— Jean, souffla-t-il.

Le commissaire s'assit à côté de lui et lui prit la main qu'il serra dans la sienne. Ils restèrent un moment ainsi.

Le chien s'était allongé près de la paillasse, le médecin sortit.

— Ne dis rien, Perrin, il ne faut pas que tu fasses d'efforts. Hoche juste la tête pour me dire oui.

Perrin Touraine obéit.

— Nous avons fait prisonnier Argenton de Provins et il a avoué. Je sais aussi qui est le judas. Il est sur la sellette avec sa femme.

Le blessé hocha lentement la tête.

— Mais j'ai encore besoin de toi. C'est Bléry, le premier que tu as soupçonné, n'est-ce pas ?

Un nouveau hochement de tête.

— À cause de la demoiselle dorée. De ces bijoux que la maigre solde d'un commissaire n'aurait pu lui offrir. C'est une des seules erreurs qu'a commises le Maître, mais il ne pouvait pas imaginer que dame Pernelle allait parader dans son quartier avec ses pompons dorés ?

Un pauvre sourire étira les lèvres de Perrin.

— Maintenant, je vais coincer le Maître. Il n'a pas réussi à te tuer et il a oublié d'achever un autre témoin.

Touraine fronça les sourcils en signe d'incompréhension.

— Le chien noir. Le chien de Lambert. C'est lui, mon témoin. Je ne sais pas si Dalot saura prendre sa déposition.

Perrin sourit. Jean se leva, le chien l'imita, docile.

— Faut que j'y aille, mon ami. Tu n'as qu'à guérir. Ne te soucie plus de rien. Et quand tu seras sur pied, on ira chez la mère Leborgne avec Nicolas.

Il referma la porte.

— Est-ce qu'il va s'en sortir ? demanda Jean au médecin qu'il retrouva dehors.

— Cela dépend de lui, il a l'air costaud. Les plaies ne sont pas belles, mais le charbonnier a fait ce qu'il a pu. Je vais continuer à les nettoyer et à chasser les mauvaises humeurs.

— Et Lajoye ?

— Il va mieux. C'est un solide gaillard. Il pourra rentrer chez vous demain.

Jean retourna à son bureau où un homme, habillé comme un bourgeois de province, l'attendait.

Celui-ci se leva et s'inclina avec courtoisie.

— Mon nom est Gilles Ferrières, monsieur le commissaire. On m'a dit que vous vous occupiez de mon dossier.

— On vous a dit vrai. Asseyez-vous, monsieur Ferrières, je vous écoute.

Le chien se coucha aux pieds de Jean et ne bougea plus.

— Voila, je dois repartir pour Toulouse, mais avant je veux être assuré que vous lancez bien des recherches, car mon frère aîné, Charles, a disparu…

Jean leva la main.

— Je vous arrête tout de suite, monsieur, votre frère Charles Ferrières n'a pas disparu. Pas au sens où vous l'entendez.

Même s'il n'aimait pas mentir, Jean savait qu'il n'y avait, pour l'instant, pas d'autre solution. Un jour, sans doute, il faudrait dire à cet homme que le corps de son frère reposait au cimetière des Innocents, mais la décision en revenait à Sybille, non à lui.

— Comment cela ? s'étonna l'autre.

Jean se pencha, sa voix était si basse que le Toulousain dut prêter l'oreille.

— Puis-je vous confier quelque chose, monsieur ? Quelque chose qu'il vous faudra garder pour vous ?

L'homme rougit.

— Je ne comprends pas. Mais oui, monsieur, je suis un homme de parole.

— Votre frère, comment dire ? Votre frère est bien le médecin qu'on vous a dit. Mais il est plus que cela.

Jean baissa encore la voix.

— Il est au service de Sa Majesté.

— Médecin du roi ? s'étonna Gilles Ferrières.

— Non, monsieur, non. Homme du roi serait plus exact. Il a dû quitter Paris pour l'Angleterre où se trament des événements qui requièrent sa présence.

— Mon frère ?

— Je comprends votre étonnement, monsieur, mais Charles Ferrières n'est plus celui que vous avez connu.

— Mais je devais lui dire la mort de notre père, ma mère, la succession…

— Je crois qu'il vous faudra gérer seul les affaires de votre famille, monsieur. Charles Ferrières a ici tout ce qui lui convient, honneurs, richesse. Que peut-il souhaiter de plus ?

— Je comprends, fit l'autre, abasourdi.

Jean se leva.

— Je dois vous quitter, on m'attend, monsieur. Saluez madame votre mère et dites-lui bien à quel point son fils est un homme précieux pour Sa Majesté.

Gilles Ferrières se leva et s'inclina avant de prendre congé.

73

Jacob se réveilla et mit un moment à réaliser où il était. Par les fenêtres aux châssis recouverts de papier vérine filtrait une lueur jaunâtre qui éclairait des tables chargées de mortiers, de pilons… Un peu plus loin, il y avait le lutrin où il avait reposé avec soin le livre de son maître Théophraste.

Jacob avait dormi sous une des longues tables, au milieu des sacs de toile emplis de charbon de bois, des briques de tourbe.

Il se revoyait en train de fermer la maison forte, de faire ses adieux à l'apprenti.

Il regarda autour de lui, le jour s'était levé. Il s'étira et bâilla, content d'avoir tout quitté, d'être revenu ici, dans ce qu'il considérait comme son foyer.

Il avait un peu d'argent. Sans doute irait-il à Prague. Mais d'abord, il voulait voir Sybille, lui demander pardon, lui expliquer ce qu'il avait fait. Se confesser. Après seulement, il serait en paix avec lui-même.

LE MAÎTRE, JUSQU'AU BOUT

74

Le lieutenant avait fait monter du vin et des verres. Cosme avait dégagé les chaises et un coin de table pour y poser une collation. Le lieutenant criminel recevait son ami, le procureur Carrel.

Ce dernier leva son verre et le choqua contre celui de l'officier. Les deux hommes se connaissaient depuis bientôt vingt ans.

— À votre santé et à la santé des vôtres, monsieur le lieutenant, fit courtoisement le procureur.

— Et à celle de ce pauvre Le Ber qui va être pendu, n'est-ce pas ?

— C'est déjà fait, monsieur. La justice royale peut être aussi rapide qu'elle est capable d'être lente. Tant d'années de prison pour finir la corde au cou… Sans doute l'espoir qui revient, même entre les murs du cachot, et puis, d'un coup, on vous conduit à l'échafaud.

Le lieutenant tourna sa moustache dans ses doigts. Il observait le procureur.

— On m'a dit que vous aviez prêté de l'argent au roi, monsieur ?

— Ma foi, tout comme vous, je crois. Comment résister aux appels à l'aide de Sa Majesté ?

— Même si on y laisse quelques plumes. Ah ! au fait, j'ai fait prévenir monsieur du Moncel de se joindre à nous.

On frappait à la porte.

— Entrez ! fit le lieutenant.

Jean du Moncel entra.

Il tenait en laisse un grand chien noir qui resta un instant en arrêt puis, le poil hérissé, se mit à gronder en découvrant les dents.

— Du calme, le chien ! ordonna Jean sans conviction.

Le chien noir continuait à gronder. Jean le tira en arrière.

Carrel s'était levé, arrangeant sa fraise de dentelles.

— Ah çà ! monsieur du Moncel, êtes-vous fou ? Pourquoi amener ici cette bête fauve ? Elle a la rage.

— C'est parce que ce chien vous connaît, monsieur, ou dois-je vous appeler le Maître ?

Le procureur se tourna vers le lieutenant criminel qui n'avait pas bronché.

— C'est une plaisanterie ? Faites quelque chose, mon ami.

Le chien noir essayait d'échapper à la poigne de Jean, les crocs découverts. Jean reprit :

— Cet animal est mon témoin, c'est celui de ce malheureux Lambert que vous avez fait assassiner !

— Je ne comprends rien à ce que vous dites, monsieur. Je ne connais personne de ce nom.

— Vous mentez, mais cela ne vous sauvera pas.

Jean appela :

— Nicolas ! Mévoisins !

Les deux hommes entrèrent.

— Vos complices ont avoué, le Maître. Argenton de Provins qui logeait, nous venons de le découvrir, dans une maison vous appartenant derrière le collège de Navarre, et aussi le commissaire Bléry. Ce commissaire que vous avez corrompu avec les bijoux d'Yvon Cacharf. La justice appréciera.

Le procureur avait pâli, mais il n'avait rien perdu de sa superbe.

— Je ne voulais pas croire monsieur du Moncel quand il m'a dit que c'était vous, jeta soudain le lieutenant criminel. Pourquoi, monsieur, alors que tout vous souriait ? Que vous étiez passé du rôle de greffier à celui de procureur ? Que tous ici trouvaient votre réussite aussi exemplaire que celle d'un Villeroy ?

Le procureur se rassit et croisa les jambes. Ce fut d'une voix froide et calme qu'il répondit :

— L'argent, monsieur, l'argent. Vous en avez toujours eu, pas moi. Et il en faut pour tenir ce rôle dans lequel vous me voyez. Et même pour acheter ces dentelles et ces vêtements de soie. Mais la vraie raison, monsieur, c'est la ruine de l'État. Il faut de l'argent pour l'effort de guerre. Et puis, comme nous le disions, j'ai prêté à Sa Majesté le roi Henri III et comme vous, j'ai tout perdu.

Sur un signe de Jean, Mévoisins prit la parole. Il avait passé son temps dans les papiers, se faisant aider par le comptable Dalva.

— Monsieur le procureur fait partie, dès l'année 1585, des prêteurs que compte notre maison, tout comme monsieur Jean Allamant. Et puis monsieur Carrel briguait la charge de receveur général des finances, pour laquelle il vient de payer la somme de vingt-quatre mille livres.

— Monsieur Mévoisins dit vrai. J'aurais sans doute été moins gourmand si Sa Majesté ne l'avait été elle-même. Notre royaume est ruiné. Monsieur de Morvilliers le disait lui-même, il n'y a point si longtemps : « Nous sommes au pire état du monde, pour le regard des finances, car il n'y a point de revenus pour vivre ni plus rien pour vendre ni engager et, quand il y aurait de quoi, il n'y a personne qui veuille avoir affaire à nous. » Mais à quoi bon discuter de cela avec vous ? Vous ne pouvez pas comprendre.

« L'argent, tout est dans l'argent », songea Jean qui se répéta, une fois de plus, les paroles de madame de Castellane. La boucle était bouclée mais, comme chaque fois, cela lui laissait un goût amer. Il savait que, pour un cas comme celui-là, la justice irait vite.

— Messieurs, puis-je vous laisser ?

Il redescendit au bureau, toujours avec le chien noir, qui avait fini par se calmer. Jean caressa l'animal.

— On va te ramener au boulanger, le chien. Je crois que tu as trouvé une bonne maison et un bon maître.

Dalot se leva en le voyant entrer.

— Monsieur du Moncel, un « orphelin » a déposé cela pour vous.

Jean prit le papier que le greffier lui tendait et y reconnut l'écriture de Sybille. Il sentit les battements de son cœur s'accélérer. Il tendit la laisse à son commis et après une dernière caresse au chien noir ordonna :

— Pierre, ramenez ce chien à son maître, le boulanger Neuvy, voulez-vous ?

Il n'entendit pas la réponse de Dalot, car il s'était éloigné pour lire les quelques lignes griffonnées à la hâte par Sybille.

« Monsieur, je rentre chez moi. Si vous le pouvez, venez m'y retrouver. Je vous attends. Votre S. »

75

Jean ouvrit la porte de la rue Perdue. Il était si impatient qu'il lui semblait que sa poitrine ne pouvait contenir la puissance des battements de son cœur. Il traversa le salon et s'arrêta sur le seuil de la cuisine. Sybille était là, agenouillée près de la vieille Robine qui avait posé sa main sur ses cheveux épars.

Il ne dit rien. Sa gorge était trop nouée.

Sybille l'avait-elle entendu ? Ou bien sentit-elle sa présence ?

Elle tourna lentement la tête et leurs regards se croisèrent. Et il y avait tant de choses dans leurs yeux que les mots ne pouvaient exprimer. Jean s'approcha. Elle se jeta dans ses bras.

Ils restèrent un long moment serrés l'un contre l'autre, puis Jean attrapa son menton, relevant son visage avant de baiser son front, son nez, ses joues et, enfin, ses lèvres, passionnément.

Il se raidit.

Un sixième sens, mais trop tard.

La piqûre d'une lame dans son dos, un souffle tiède sur sa nuque. Il se rappela qu'il n'avait pas refermé la porte à clef et se maudit pour cela. Il n'avait pas trouvé Adenet, mais Adenet l'avait trouvé.

Il repoussa doucement la jeune femme dont les yeux s'agrandirent en découvrant le tueur derrière lui.

— Du calme, Sybille, souffla-t-il, du calme.

À côté d'eux, la Robine s'était rendormie et ronflait.

— Elle est sourde et aveugle, ne la touchez pas ! lança la jeune femme.

— Je n'en avais pas l'intention, mon mignon, répondit Adenet. Où mène cette porte ?

— Au jardin.

— Il y a une autre issue ?

— Oui, une poterne sur la rue de Bièvres.

— Va fermer la porte d'entrée, si tu veux pas que je le crève tout de suite, ton galant.

— Laisse-la partir, Adenet ! gronda Jean. C'est entre toi et moi, elle n'a rien à voir là-dedans.

La lame avait traversé le pourpoint, entrant dans sa chair. Il serra les dents.

— Dis, t'es pas au Châtelet, ici ! Tu crois pas que tu vas me commander ? Et toi, le mignon, obéis ! Va fermer et passe devant nous, on va dans le jardin.

Sybille alla donner un tour de clef et revint. Une fois dehors, Adenet regarda autour de lui et fronça les sourcils en apercevant le toit de la Maison Chymique.

— C'est quoi, ça ?

— L'ancien laboratoire de mon père. Il est abandonné.

— Avance-toi, on y va.

Jean réfléchissait vite. Il savait qu'il n'y avait aucune pitié à attendre de la bête fauve qu'était Adenet. La jeune femme entra dans la pièce des préparations, suivie de Jean.

Adenet n'eut pas le temps de faire un pas qu'une cornue de verre s'abattit violemment sur son crâne et se brisa. Le tueur vacilla et tomba en avant, assommé.

— Jacob ! s'écria Sybille. Jacob, que fais-tu là ?

Le jeune homme ne répondit pas. Il regardait l'homme à ses pieds, sur lequel Jean s'était penché.

— Sybille, y a-t-il de la corde quelque part ?

— Oui, sur le meuble en entrant dans le laboratoire.

— Surveillez-le.

Jean posa la main sur le rouleau de corde et, au même moment, entendit Sybille crier. Puis il y eut un autre cri, d'homme cette fois, et un coup de feu.

Il retourna en courant dans la pièce. Adenet, une lame plantée dans le ventre, lâchait au même moment le pistolet avec lequel il avait tiré. Il tomba à genoux, puis face contre terre et ne bougea plus. Sybille s'était précipitée vers celui qui les avait sauvés.

— Jacob, non ! cria-t-elle. Jean, vite, aide-moi.

Elle s'agenouilla près du blessé qu'une balle avait touché au bas-ventre.

Jacob ne disait rien. Il était livide et regardait Sybille. Sur ses chausses, une large tache rouge allait s'élargissant.

— Il faut le déshabiller.

Jean allait sortir son couteau, mais Jacob lui retint la main. Il haletait et son teint virait au gris.

— Je vais mourir, souffla-t-il.

Les yeux de Sybille s'emplirent de larmes. Elle avait soigné trop de plaies au ventre pour n'avoir pas compris que celle-là était fatale.

Jean se redressa et, sans un regard au cadavre d'Adenet, passa dans le laboratoire. Il entendait la voix de Jacob, si basse, à peine un murmure.

— Tout est bien, disait-il à Sybille qui ne cherchait plus à retenir ses sanglots.

— Non, Jacob, non ! Tu dois vivre.

— Pas sans vous, maîtresse, pas sans vous. J'ai… j'ai compris que c'était impossible.

Il eut un sursaut. Son regard s'obscurcit. Il était mort.

LE SUPPLICE DE LA CHAUDIÈRE

76

Il n’y avait pas eu d’audience supplémentaire ni de plaidoiries.

Sur la demande de Sa Majesté et à la seule vue du dossier constitué, ces messieurs de la Cour avaient statué. On était le 10 janvier 1587 quand la Chambre criminelle prononça sa condamnation à mort :

« Nous autres, ordonnons que soit suffoqué et bouilli en eau et huile pour avoir forgé fausse monnaie le sieur Charles-Timoléon Carrel.

Nous ordonnons aussi que ses complices, Argenton de Provins et Raphaël Bléry, soient auparavant pendus à l’échafaud jusqu’à ce que mort s’ensuive, avant d’être jetés dans ledit chaudron.

Pour ce faire, le sieur Jean Roseau, exécuteur de Paris, et ses aides dresseront une chaudière en place de Grève, en notre ville de Paris. La sentence sera exécutée le 21 janvier 1587. »

Quand Pierre Dalot lui avait lu l’arrêt, lui annonçant quels étaient les châtiments réservés aux coupables, Jean avait senti un long frisson lui courir dans le dos.

La veille, il était allé voir Bléry et Argenton, donnant au premier le couteau qu'il lui avait promis, disant au second qu'il serait pendu avant que d'être jeté dans la chaudière. Puis il était reparti, se hâtant dans ces couloirs lugubres où les doigts des condamnés s'agrippaient aux grilles, où sans répit, de jour comme de nuit, s'élevaient leurs cris.

— Je viens de lire la sentence aux condamnés, monsieur Carrel a été le seul à ne pas broncher, ajouta le commis.

Même s'il connaissait la réponse, Jean demanda :

— Est-ce que Pernelle Bléry est venue visiter son époux ?

— Non, monsieur, elle a quitté Paris avec notre permission et est repartie chez son frère, à Blois.

— Et Cacharf ?

— Le bourreau de Troyes prépare sa chaudière.

77

Il faisait encore nuit, en ce 21 janvier 1587, quand Jean du Moncel se hâta de rejoindre la Conciergerie. Le procureur Carrel et Argenton de Provins venaient de monter dans la carriole qui allait les mener à la place de Grève ; un soldat vérifiait leurs liens.

— Et Bléry ? demanda Jean à son commis qui venait de le rejoindre.

— On l'a trouvé mort dans sa cellule, monsieur. Il s'est poignardé et s'est vidé de son sang.

Des soldats arrivèrent bientôt, portant le cadavre de Raphaël sur une civière qu'on hissa sur la carriole. Les flammes des torches éclairaient la scène. La neige tombait doucement et recouvrait le sol. Argenton de Provins avait l'air affolé. Carrel restait très droit, le regard fixe.

Sur un signe de l'exempt qui escortait les condamnés avec des archers à cheval, la charrette se mit en branle.

La ville se réveillait, les gens ouvraient portes et fenêtres. On s'écartait pour laisser passer le convoi. Le chemin n'était pas long entre la Conciergerie et la place de Grève. Les cavaliers débouchèrent bientôt sur l'esplanade, près de l'immense croix de pierre et de fer qui servait aussi à mesurer les crues du grand fleuve.

L'échafaud et la chaudière avaient été dressés la veille. Jean Roseau, le bourreau de Paris, s'activait avec ses aides. Des gens accouraient d'un peu partout. D'autres étaient déjà là, à piétiner et à discuter, malgré le froid et la neige.

Jean frissonna, mais il savait bien que ce froid-là ne venait pas du dehors.

Un fourneau en maçonnerie avait été bâti spécialement pour y mettre la chaudière. De quoi chauffer six quartes d'huile mélangées à un volume d'eau. Un feu d'enfer ronronnait dessous depuis plusieurs heures, de grosses bulles montaient à la surface.

L'exécution d'Argenton de Provins fut rapide. L'homme se débattit puis, une fois le nœud serré autour de son cou, s'immobilisa comme une bête prise au piège. Le curé s'approcha, Argenton pleura en l'écoutant. La trappe bascula, la nuque du condamné se rompit. Ce fut au tour du cadavre de Raphaël Bléry qu'on hissa sur l'échafaud malgré les sifflements de la foule qu'on privait du spectacle de sa peur.

Enfin, le liquide étant assez chaud, on détacha le procureur Carrel et on le hissa sur un petit échafaud qui dominait la marmite.

Lorsque le curé voulut le faire s'agenouiller pour prier, il le repoussa.

Jean Roseau le lia avec une chaîne ; les bras sous les cuisses et la tête contre les genoux. Ce fut le seul moment où Carrel essaya de se débattre, mais il était trop tard.

Il allait finir dans un creuset comme celui où il avait fait couler la fausse monnaie. Une fois le condamné immobilisé par la chaîne, le bourreau le saisit par les pieds et le précipita, cul par-dessus tête, dans le chaudron en ébullition. Le malheureux remonta une fois en hurlant, mais le bourreau le repoussa au fond à l'aide d'une fourche et l'y maintint. Une femme cria, une autre s'évanouit.

Jean se détourna, écœuré.

Le cadavre, la chair rouge, remonta à la surface. La foule s'était tue. Même la neige avait cessé de tomber.

DE RETOUR À HAUTE LANDE

78

Jean et Sybille sortirent de l'église de Tourlaville avec leurs deux témoins, Lajoye et Antoinette de Saint-Germain. Le curé les rejoignit bientôt, leur faisant ses adieux avant de rentrer dans son église avec ses enfants de chœur.

L'échange des vœux avait été faits. Sybille Le Noir était devenue madame du Moncel. Lajoye alla chercher les chevaux, un hongre à la robe gris pommelé et une jument isabelle à la crinière noire.

Jean aida son épouse à grimper en amazone, arrangeant les plis de sa robe à la Médicis. Après avoir embrassé sa sœur et serré la main que Lajoye lui tendait, il sauta en selle à son tour.

— Nous vous retrouverons à Haute Lande, ma sœur, jeta-t-il à Antoinette.

Malgré le froid de mars, les mariés partirent au galop.

Jean prit la tête. Ils savaient où ils allaient, empruntant chemins creux et gués, franchissant les fossés, ils contournèrent les murailles de Cherbourg, rejoignant les grèves face à l'île Pelée.

L'air était si vif que Sybille, malgré ses gants de peau, ne sentait plus ses doigts. Elle talonna sa bête pour rattraper Jean.

— La mer, enfin !

L'air était chargé de sel. Un vent allant croissant ridait les mares laissées par le jusant sur le sable.

Ils galopèrent jusqu'à l'épuisement, les sabots de leurs montures levant des gerbes d'eau, avant de tourner bride et de mener leurs chevaux à travers la lande jusqu'au sommet d'une colline où ils s'arrêtèrent, le souffle court.

Dans le ciel tournoyaient des goélands.

Jean aida Sybille à descendre de cheval et ouvrit la porte de la petite bergerie de pierre où il avait fait allumer un feu par Lajoye.

Ils s'allongèrent l'un contre l'autre sur la paille recouverte d'un drap et se déshabillèrent.

Jean fit l'amour à Sybille alors que dehors le vent soufflait en rafales. Bientôt, la renverse fit son office, réduisant les grèves au sable sec et volatil que bordaient les dunes. Dans leur bergerie, les jeunes époux affleuraient à peine à la réalité après des heures d'étreintes et de courts sommeils mêlés.

Nue tout près des flammes, encore engourdie de sommeil et de plaisir, Sybille joua avec l'anneau que Jean lui avait glissé au doigt.

Le jeune homme effleura la chair de son amante si pâle qu'elle paraissait d'albâtre. Il avait peur soudain.

— Madame, regrettez-vous ? demanda-t-il d'une voix que l'émotion rendait moins ferme.

— Non, monsieur. Jamais je ne regretterai de porter votre nom. Quant à la médecine…

Elle regarda Jean d'un air malicieux.

— Charles Ferrières n'est pas officiellement mort et, s'il ne va plus à la faculté, il peut encore se rendre à la Cour des Miracles ?

En guise de réponse, Jean baisa la main de Sybille.

— Et puis peut-être aurez-vous besoin de mes lumières pour résoudre quelques énigmes ? ajouta sa femme.

— J'aurai toujours besoin de vous, madame. Vous êtes le pays où je suis né. Je voudrais parfois vous perdre pour n'avoir que le bonheur de vous retrouver.

Sybille posa ses lèvres sur celles de son mari.

Plus tard, bien plus tard, ils s'habillèrent et, après avoir couvert le feu de cendres, remontèrent en selle. Un vent froid et sec poussait les nuages vers l'intérieur des terres.

Ils repartirent au pas, leurs chevaux côte à côte, jusqu'à ce que se dressent, au-delà d'un grand pré couvert d'une neige éparse, les fières bâtisses où les ancêtres de Jean avaient vu le jour.

Là-bas, Julien les avait aperçus et s'élança, suivi par sa tante Antoinette et par Jeanne qui riaient aux éclats, veillant à ce qu'il ne tombe pas.

— Madame, fit Jean. À vous l'honneur !

D'un claquement de langue, Sybille encouragea sa jument et, passant devant son époux, prit le galop vers le manoir de Haute Lande et les bras de leur fils.

ANNEXES

À l'usage du lecteur

Athanor : fourneau alchimique.

Blanc de céruse de Venise ou **blanc de Saturne** : ce pigment blanc rare et très cher était considéré comme la seule véritable céruse. Bien que toxique car à base de plomb, on l'utilisait comme fard à la cour de Catherine de Médicis.

Braiet : caleçon.

Chainse : tunique de toile fine, portée surtout comme vêtement de dessous, ou chemise en toile grossière.

Chausses : chaussettes en drap, tricot ou laine, parfois munies de semelles de cuir et maintenues par des lanières s'attachant au-dessous du genou. Le haut-de-chausses était l'équivalent de nos bas.

Courtepointe : couverture de lit piquée et rembourrée.

Eau de lune : une des nombreuses appellations alchimiques du mercure.

Information : acte de procédure criminelle détaillant l'enquête et les dépositions enregistrées.

Lapins ferrés : surnom des cavaliers du guet.

Œuf alchimique ou **matras** : réceptacle que l'on chauffait sur l'athanor ; il pouvait être de terre, de verre ou de métal. On lui donnait différents noms hermétiques tels que chambre nuptiale, ventre de la mère…

Orphelins : dénomination donnée à certains jeunes mendiants. Selon Henri Sauval, ils allaient presque nus, chargés de paraître gelés et tremblant de froid, même en été.

Orpiment : minéral facilement reconnaissable à sa belle couleur entre jaune et jaune orangé, utilisé comme pigment ; il était toxique car il contenait de l'arsenic.

Papier vérine : papier graissé, utilisé avant les vitres, pour obstruer les fenêtres.

Philiâtre : étudiant en médecine, titre précédant celui de bachelier.

Registre d'écrou : registre des emprisonnements.

Rahj al-ghar : poudre de mine ou réalgar.

Sandaraque : sulfure d'arsenic.

Silènes : boîtes d'apothicaire en bois ornées d'un cartouche et de dessins.

Souffleurs : mot employé pour désigner les faux alchimistes, ceux que la seule recherche du métal précieux intéressait.

Les mesures à la Renaissance

Aune : mesure de longueur, 1,188 mètre.

Coudée : mesure de longueur, distance séparant le coude de l'extrémité du médius, environ 50 centimètres.

Lieue : mesure de distance, environ 4 kilomètres.

Pied : mesure de longueur, 32,4 centimètres.

Pinte : mesure de capacité, 0,93 litre.

Pouce : mesure de longueur, 2,7 centimètres.

Quarte : mesure de capacité, équivaut à 2 pintes, soit près de 2 litres.

Toise : mesure de longueur, équivaut à 6 pieds, soit près de 2 mètres.

Le temps à la Renaissance

Matines ou **vigiles** : office dit vers 2 heures du matin.
Laudes : office dit avant l'aube.
Prime : office dit vers 7 heures du matin.
Tierce : office dit vers 9 heures du matin.
Sexte : sixième heure du jour, vers midi.
None : office dit vers 14 heures.
Vêpres : du latin *vespera*, « soir ». Office dit autrefois vers 17 heures.
Complies : dernier office dit après les vêpres, vers 20 heures.

Les lieux d'hier

Auberge *Saint-Martin* : auberge sise rue du Faubourg-Saint-Germain, où les étudiants de l'École de médecine se rendaient après avoir herborisé dans la plaine de Gentilly.

Fief d'Alby : dit aussi « Grande Cour des Miracles », situé entre la rue du Caire et la rue Réaumur.

Hôtel-Dieu : le plus vieil hôpital de France et, sans doute, d'Europe occidentale jusqu'à la Renaissance. Fondé par l'évêque de Paris, saint Landry, en 651. La tradition de charité et le droit d'asile y étaient toujours respectés et on y acceptait tous les malades quels que soient leur maladie, leur sexe, leur âge et leur religion, à l'exception des contagieux (lépreux, pestiférés…) qu'on orientait vers d'autres établissements.

Île aux Vaches : incorporée à l'île de la Cité.

Île Louviers : intégrée au quai Henri-IV.

Île Notre-Dame : devenue l'île Saint-Louis.

Meudon : en 1500, Meudon est un hameau. Au lieu-dit « Les Ouches », parmi les vignes et les champs, Jean Masselin, bourgeois parisien, possède une maison, rue de la Masure (appelée rue des

Pierres aux alentours de 1545). En 1541, Ambroise Paré, chirurgien du roi, achète la maison pour apurer les dettes de sa belle-famille, les Masselin. En 1590, François Rousselet, contrôleur général de la Maison de la reine de Navarre et des fortifications d'Île-de-France, beau-frère d'Ambroise Paré, rachète la demeure, devenue aujourd'hui un musée d'art et d'histoire.

Pont-aux-Changeurs : à l'origine et jusqu'au XIVe siècle, habité par des changeurs. Il est détruit par un incendie et reconstruit en pierre sur les dessins d'Androuet du Cerceau.

Port-à-la-Chaux ; Port-au-Blé ; Port-au-Bois : jusqu'à l'avènement du chemin de fer, la plus grande partie de l'approvisionnement de Paris se fait par la Seine. En amont et en aval, l'octroi se perçoit sur des bateaux.

Rue au Fer : correspondait à une partie de la rue Berger.

Rue de la Tixéranderie : son nom vient des tisserands qui y demeuraient. Elle disparaît dans les années 1850 avec le tracé de la rue de Rivoli.

Rue de la Tuerie : placée dans l'ancien 7e arrondissement, elle disparaît avec la construction du Théâtre de la Ville en 1860.

Rue Perdue : devenue rue Maître-Albert.

ILS ONT VÉCU À LA RENAISSANCE, OU BIEN AVANT…

Auger, Edmond (1530-1591) : né à Sézannes, près de Troyes. Prêtre jésuite français, prédicateur, confesseur du roi Henri III. Il se retira à Côme en Italie après la mort du roi.

Bellièvre, Pompone de (1529-1607) : issu d'une famille de notaires lyonnais, il était jurisconsulte de formation. Sa carrière le mena du parlement de Chambéry et de la lieutenance générale du bailliage de Laon au conseil privé du roi en 1570. Il fut surtout un grand diplomate et mena nombre de négociations entre les huguenots et les ligueurs. Après un temps de disgrâce, il fut nommé chancelier de France en 1599, mais son opposition à Sully mit fin à sa carrière.

Catherine de Médicis (1519-1589) : épousa en 1533 Henri II, roi de France, dont elle eut sept enfants (François II, Élisabeth, Claude, Charles IX, Henri III, Marguerite et François). (Henri II eut aussi un fils naturel de Flamin Lewinston et une fille naturelle de Filippa Duc.) Son influence politique fut prépondérante sur les choix de la Couronne.

Cavriana, Philippe de (1536-1606) : historien, lettré, médecin du roi et diplomate.

Christine de Lorraine (1565-1637) : fille aînée de Charles III, duc de Lorraine, et de Claude de France, petite-fille de Catherine de Médicis. Elle épousa Ferdinand Ier de Médicis.

Clouet, François (1522-1572) : issu d'une illustre famille de peintres et de dessinateurs français. Né à Tours. Il fut peintre ordinaire du roi, on lui doit de nombreux tableaux et une série de dessins d'une grande finesse.

Du Halde, Pierre : premier valet de chambre du roi, baron d'Avrilly, chevalier, capitaine et gouverneur pour le roi en la ville et château d'Étaples, châtelain de Longvilliers. Il est déjà aux côtés d'Henri III lors de son bref règne polonais et de sa fuite. Il le suivait partout, était là à son réveil et à son coucher. Il avait le privilège rare de « coucher ordinairement en la chambre royale ». Le roi dota généreusement sa fille Diane quand elle épousa Robert de Halluin.

Duprat, Antoine III : prévôt de Paris en 1553, il exerça sa charge jusqu'en 1589, date de son décès.

Flamel, Nicolas (1330-1418) : né à Pontoise. Écrivain public et libraire juré de l'université de Paris, copiste. Il doit sa célébrité et sa légende à son incroyable fortune et à la publication en 1612, du *Livre de figures hiéroglyphiques* qui le rendit célèbre dans les milieux hermétistes.

Galien, Claude (v. 131-201) : fils d'architecte. Médecin grec, né à Pergame, il soigna Marc Aurèle. Il fut la grande autorité médicale jusqu'au

XVIIe siècle. Anatomiste, il eut le tort de donner trop d'importance au raisonnement au détriment de l'observation.

Henri III (1551-1589) : fils d'Henri II et de Catherine de Médicis. Roi de Pologne puis roi de France de 1574 à 1579. Épousa en 1575 Louise de Lorraine-Vaudémont. Mourut sans descendance, à trente-huit ans, assassiné par le moine jacobin Jacques Clément.

Henri de Navarre, futur Henri IV (1553-1610) : fils d'Antoine de Bourbon et de Jeanne d'Albret. Roi de France et de Navarre de 1594 à 1610. Marié à Marguerite de Valois (1572), puis à Marie de Médicis (1600). Il eut six enfants du second lit. Sept enfants légitimés de quatre de ses maîtresses (Gabrielle d'Estrées, Henriette d'Entragues, Jacqueline de Bueil, Charlotte des Essarts). Et une fille non légitimée de la dernière. Mourut assassiné par Ravaillac à cinquante-sept ans.

Le Noir, Philippe : fils d'une dynastie de libraires-imprimeurs au XVIe siècle, à l'enseigne de la *Rose blanche couronnée*, rue Saint-Jacques à Paris.

L'Estoile, Pierre de (1546-1611) : chroniqueur français. Fils et petit-fils de magistrats orléanais, né à Paris, magistrat lui-même, catholique tolérant, audiencier de la chancellerie. À la mort de Charles IX, il rédigea, au jour le jour, ses *Mémoires journaux*, chronique des événements sous Henri III puis Henri IV, de 1574 à 1611.

Machiavel (Niccolo di Bernardo dei Machiavelli, dit) (1469-1527) : penseur florentin de la Renaissance, théoricien de la politique et de la guerre. Tout d'abord au service de César Borgia, puis très engagé en faveur de la république, il connut la disgrâce et la prison lors du retour des Médicis qui finirent par le prendre à leur service. Il publia entre autres *Le Prince*, *L'Art de la guerre*, *L'Histoire de Florence* et eut une forte influence sur les politiques italienne et européenne.

Marguerite de Valois (1553-1615) : fille d'Henri II et de Catherine de Médicis, elle épousa Henri, futur Henri IV, en 1572. Son mariage fut annulé en 1599. Elle a laissé des *Mémoires* et des *Poésies*.

Neufville de Villeroy, Nicolas de (1543-1617) : robin à l'anoblissement récent (son arrière-grand-père aurait été marchand de poissons aux Halles), cet étonnant homme politique exerça sous les Valois pendant vingt et un ans, puis sous Henri IV pendant vingt-deux ans. Homme de cabinet, catholique fervent, pacifique et laborieux, il fut conseiller politique du duc de Mayenne, secrétaire d'État aux Affaires étrangères et ministre des Affaires étrangères. Il publia en 1590 un *Avis d'État sur les affaires de ce temps*. Son fils Charles devint gouverneur de Pontoise.

Neyrestan, Philibert de : gentilhomme de la Maison du roi, vieille noblesse issue de la vallée du Mars, dans les rudes terres d'Auvergne.

Nostradamus (Michel de Nostre-Dame, dit**) (1503-1566)** : né à Saint-Rémy-de-Provence, inscrit à la faculté de médecine de Montpellier, il fut radié pour avoir exercé en même temps la profession d'apothicaire. Il est surtout connu pour ses prédictions et l'intérêt que la reine Catherine de Médicis lui porta. Il reçut le titre de médecin ordinaire de Charles IX à la fin de sa vie.

Paracelse (Aureolus Theophrastus Bombastius von Hohenheim, dit en français**) (v. 1493-1541)** : alchimiste, astrologue et médecin. Né à Einsiedeln en Suisse, dans la région de Zurich sur la route des pèlerinages de l'Etzel. Fils de médecin, il s'efforça d'introduire dans la médecine l'emploi des composés minéraux. Grand voyageur, il professa à Bâle. La plupart de ses ouvrages (*Liber Paragranum*, *Grande Astronomie*, *Philosophia sagax*...) ne seront publiés qu'après sa mort.

Paré, Ambroise (1509-1590) : célèbre chirurgien français. Il sera le chirurgien des rois, d'Henri II à ses descendants, François II, Charles IX et Henri III. D'un milieu modeste, ne connaissant pas le latin, il devint apprenti barbier. Il s'engagea comme chirurgien des armées pendant plusieurs campagnes, notamment en Italie, et devint maître barbier chirurgien en 1541. De son mariage avec Jehanne Masselin naquirent trois enfants, François, Isaac et Catherine. Paré, avec l'appui du roi (le latin lui faisant toujours défaut pour obtenir son diplôme), devint chirurgien juré. Il mourut peu après l'avènement d'Henri IV.

Roseau, Jean : bourreau de Paris de 1558 à 1594. Il finit pendu comme un criminel pour avoir exécuté Barnabé Brisson, président du Parlement, sous l'autorité des ligueurs.

Ruggieri, Cosme : le plus jeune des fils de Ruggieri le Vieux (un des savants du XVIe siècle et médecin de Laurent de Médicis, duc d'Urbino et père de Catherine de Médicis), Cosme fut l'astronome et le conseiller de Catherine de Médicis. Il arriva à la cour de France en 1571 et se fit très vite remarquer pour sa brillante intelligence. En disgrâce et même envoyé aux galères, il finit par être gracié et reprit sa place auprès de la reine mère. Il mourut en 1615 et, comme il avait refusé les derniers sacrements, sa dépouille fut traînée dans les rues.

Stuart, Marie (1542-1587) : fille de Jacques V et de Marie de Guise. Couronnée reine d'Écosse à neuf mois. Elle devint reine de France en 1558 en épousant François II, qui mourut un an plus tard. Elle quitta alors la France pour rejoindre son pays natal. Elle épousa Lord Darnley qui lui donna un enfant, le futur Jacques Ier d'Angleterre. Darnley mourut assassiné. Marie Stuart épousa Lord Bothwell. Elle fut ensuite placée en résidence surveillée pendant dix-huit ans par la reine Élisabeth Ire, puis accusée de complot contre elle. Elle mourut décapitée, à quarante-quatre ans.

Tronchet, Étienne du (1510-1585) : conseiller et secrétaire de la reine Catherine de Médicis. Il publia un *Finances et trésor de la langue française*, traduisit Pétrarque, écrivit des sonnets.

Vésale, André (1514-1564) : né à Bruxelles, il fit ses études au collège de Louvain puis à la faculté de médecine de Paris. Il enseigna à l'université de Padoue, entra au service de l'empereur Charles Quint, puis à celui de Philippe II d'Espagne. Il publia la quasi-totalité de son œuvre considérable en six ans. Chirurgien, anatomiste, il fut le premier à contester l'autorité de Galien. Il publia le *De humani corporis fabrica* en 1543, premier véritable traité d'anatomie. Il mourut, après le naufrage du bateau qui le ramenait de Jérusalem en Italie, sur l'île de Xanthe où il est enterré.

POUR LES PLUS CURIEUX…

LAZLO, Pierre, *Qu'est-ce que l'alchimie ?*, Hachette, coll. « Questions de science », 1996 ; nouvelle édition augmentée, Hachette, coll. « Pluriel », 2003.

KAHN, Didier, *Alchimie et paracelsisme en France à la fin de la Renaissance (1567-1625)*, Droz, coll. « Cahiers d'humanisme et Renaissance », 2007.

JOLY, Bernard, *La Rationalité de l'alchimie au XVIIe siècle*, Vrin, coll. « Mathesis », 1992.

ELIADE, Mircea, *Alchimie asiatique*, traduit par Alain Paruit et Ileana Tacou, L'Herne, coll. « Méandres », 1990.

—, *Forgerons et alchimistes*, Flammarion, coll. « Champs », 1977.

—, *Cosmologie et alchimie babylonniennes*, traduit par Alain Paruit, Gallimard, coll. « Arcades », 1991.

FLAMEL, Nicolas, *Écrits alchimiques*, postface de Didier Kahn, Les Belles Lettres, coll. « Aux sources de la tradition », 2007.

BAUD, Jean-Pierre, *Le Procès de l'alchimie*, Cerdic, coll. « Recherches institutionnelles », 1983.

BONARDEL, Françoise, *La Voie hermétique. Introduction à la philosophie d'Hermès*, Dervy, 2011.

HOLMYARD, Eric John, *L'Alchimie*, traduit par Michel Deutsch, Arthaud, coll. « Signes des temps », 1979.

CANSELIET, Eugène, *Alchimie. Études diverses de symbolisme hermétique et de pratique philosophale*, Jean-Jacques Pauvert, 1964.

RASHED, Roshdi (dir.), *Histoire des sciences arabes*, tome 3 : *Technologie, alchimie et sciences de la vie*, Seuil, 1997.

GEREMEK Bronislaw, *Les Fils de Caïn*, Flammarion, coll. « Champs », 1997.

—, (présentation), *Truands et misérables dans l'Europe moderne (1350-1600)*, Gallimard, coll. « Archives », 1980.

—, *Les Marginaux parisiens aux XIV*[e] *et XV*[e] *siècles*, traduit par Daniel Beauvois, Flammarion, coll. « Histoire », 2009.

FOISIL, Madeleine, *Le Sire de Gouberville. Un gentilhomme normand au XVI*[e] *siècle*, Flammarion, coll. « Champs », 2001.

BRELET, Claudine, *Médecine du monde. Histoire et pratiques des médecines traditionnelles*, Robert Laffont, coll. « Bouquins », 2002.

PELT, Jean-Marie, *Les Nouveaux Remèdes naturels*, Marabout, 2007.

MANN, John, *Magie, meurtre et médecine. Des plantes et de leurs usages*, traduit par Jacques Falquet, Georg Éditeur, coll. « Terra Magna », 1996.

AUBUIN, Michel, TEYSSIER, Arnaud, TULARD, Jean, *Histoire et dictionnaire de la police. Du Moyen Âge à nos jours*, Robert Laffont, coll. « Bouquins », 2005.

MIXTE
Papier issu de
sources responsables
FSC® C003309

10/18, une marque d'Univers Poche,
est un éditeur qui s'engage pour
la préservation de son environnement
et qui utilise du papier fabriqué à partir
de bois provenant de forêts gérées
de manière responsable.

Imprimé en France par CPI

N° d'impression : 3023614
X06945/01